木马湖

The Trojan Lake

宋老邪／著

江苏凤凰文艺出版社
JIANGSU PHOENIX LITERATURE AND ART PUBLISHING, LTD

CONTENTS **目录**

目录 CONTENTS

CONTENTS **目录**

目录 CONTENTS

第一章
寄自10年前的邮件

这是一个美好安逸的清晨，窗外初夏的阳光崭新而明亮。

齐修远坐在西阳台上，放眼望去，能看到五环路车流缓动，西山绵延静穆，天空淡蓝而悠远。

面对这样的城市景色，人的心情应该是惬意的，但齐修远此刻的心情却十分低落甚至烦闷。

他是一名资深的自然风光摄影师，经常飞往世界各地进行拍摄任务，但刚刚结束的这次非洲肯尼亚拍摄任务让他特别不满意。在归途中，他翻看了所有的拍摄样片，感觉特别失望，因为他发现，所有的照片少了一种自己想要的东西，简单来说，就是那种从照片画面里喷薄而出的视觉震撼和蕴含在内的精神力量。

这种对自己作品的失望是一个专业摄影师最不愿遇到的，因为作品失去了内在表现力，就像失去了它的灵魂。

这几天齐修远像失去灵魂一样，意志消沉，什么事都不想做，只独守在房子里愣愣地发呆。

他在这个房子里已经租住3年了，由于工作性质，经常需要出国拍摄，所以并不常住在这里。也因此，这个足有160平方米的三居室对他来讲，只是一个工作归来后可以落脚休憩的地方。

每次完成拍摄任务归来，旅途中积存在身体里的疲累、兴奋和异域孤独感，都会在把存储卡交给杂志社的那一刻瞬间散去。然后，他就在这个大房子里休整一段时间，等待下一个拍摄任务和一段充满未知的遥远行程。

军人出身的他，始终保持着在部队时的良好作息习惯。他把这个房子的两间卧室改成书房和健身房，每天早起后，会在健身房里锻炼两小时。因为他知道，健康强壮的体魄能让他在任何恶劣的工作环境中保持良好的应对能力。健身完毕，他还会把所有房间仔细收拾一遍，甚至被子也叠成规整的形状。干净整洁和有条理的生活规律会让他保持良好的身心状态。

锻炼和收拾完毕，他会选择看书、看电影、给自己做饭，或者静静地看着窗外的城市景致发呆。他有时觉得，一个人在这么大的房间里居住，总有种游荡的感觉。但这次回来后，他已经没有心情再做这些事情了，心底的烦闷让他对所有事情都失去了兴趣。他深深地感到一种发自内心的倦怠感和对自己的失望，虽然杂志社对他这次的拍摄成果依然十分满意，但他知道，自己的创作热情已经冷却，需要一个新的挑战，一次新的激发，让他可以为之跃跃欲试，擦掌神往。此刻满眼的风景他根本无心欣赏，他拿起桌上的书，翻看了两页，发现自己根本看不进去，只好长长地吐了一口气，探身把书放回桌上。

他回头看了一眼门厅处堆放的那些摄影设备和行李，心情更加低落，一直做事条理性很强的他，这几天竟然连收拾它们的心情都没有了。

他继续发了会儿呆，正准备起身去做早餐，突然门铃响起。

叮咚——叮咚——

齐修远一愣，起身慢慢走到门前，按下门禁对讲键。

“你好，哪位？”

“你好，我是快递公司的。你是1002住户吧？我这儿有你的包裹。”

齐修远听完有些纳闷，因为不定期出差，他一般都让人把邮件寄到杂志社，那里会有自己的助手负责接收，所以他愣了一下，说：“哦，我是1002，你先上来吧。”说完，他按下开门键。

过了一会儿，一位年轻的快递员拿着一个牛皮纸包裹来到门前。

快递员看了一眼包裹地址，问：“你好，我是‘慢邮时光’的快递员，请问曼曼女士住这里吗？这是她10年前寄出的邮件，按约定时间在今天送达，你查收一下。”

齐修远听说过“慢邮时光”这个很有文艺范儿的邮寄业务，就是把一些信件物品寄给未来的自己，在北京的798工厂、丽江或者厦门等旅游胜地经常见到这种邮寄小店。

不过他并不认识这个曼曼，所以他满脸疑惑地说："曼曼？我不认识这个人。她不住这里。"

那快递员一笑："怪了，可地址确实是这里。"

齐修远看了眼那个包裹，那是一个A4纸大小的牛皮信封，表面有些旧了，上面贴满邮票和一些文艺印戳，信封微鼓。

牛皮信封封面中央，"曼曼 收"三个碳素大字格外醒目。

齐修远想了想，道："我是后来在这里租住的，这个曼曼也许是以前的租房人。"

快递员一笑："嗯，这可以理解，我每天的任务就是送这些邮件，地址变了或者找不到人的情况有很多。10年时间，人事变化太多，当初有的情侣把海誓山盟写下寄给未来的自己，等收到的时候，也许两人早就分开了。"

齐修远点点头："嗯，你说得对。我估计房东应该认识这个曼曼。这样吧，我先收下，然后问问房东。"

"好的。"

齐修远接过快递员手里的笔和登记本，签收了包裹。

齐修远坐回沙发，低头仔细看了看手里的包裹，这其实是个大信封，褐色的牛皮纸已经有些发旧变色，甚至有些地方已经被勒出泛着毛绒的褶纹，里边的物品硬邦邦的，鼓出的轮廓像是图书一类的东西。封面上的文字潇洒漂亮，写得并不潦草，能看出当时寄件人书写时的认真。

齐修远把信封翻了过来，发现背面信封口的黏合处已经绽开，应该是时间太久，胶水已经变干失效。

见信封有个开口，齐修远突然产生了好奇心，想看一看里面到底是什么书，所以他轻轻地扒开那一条开口往里看了看，里边果然是一本书，隐约可以看到棕色的硬纸封面，但内页并不整齐均匀，像夹了很多东西。

齐修远的好奇心越来越浓，想试着用手指撑开书的内页，看看里边夹的是什么，谁知刚把书撑开一条缝，信口就嗒的一声全部绽开了。

齐修远心里泛起一阵自责，觉得自己的行为有些不太光彩，但在好奇心的驱动下，他还是把信封里的那本书掏了出来。齐修远拿到手里一看，它并不是书，而是一本16开的硬封复古日记本。封面是棕色的布面麻纹硬纸板，内页纸张是淡黄色的。

齐修远轻轻地翻开扉页，五个钢笔大字猛地映入眼帘：

木马湖日记。

木马湖，这是一个陌生的名字。齐修远在自己丰富的旅行记忆里搜寻了一下这个湖名，并没有任何印象。

五个字下面，是一行小字“寻找人：曼曼 & K先生”，字体工整娟秀，应该是这个叫曼曼的女人写的。

接着他翻开日记首页，页面正中贴着一张照片，看到它，齐修远不禁眼前一亮。

这是一张惊艳绝伦的照片。由于密闭保存，它并没有随着时间而颜色暗淡，反而散发着一种别样的时光色彩。画面是一片湖景，是拍摄者以俯瞰视角拍摄的。画面中央是一片颜色浓郁的湖，色彩斑斓，湖面幽蓝中存着墨绿，泛着青色的微光，颜色错落优美。近景是拍摄者眼前的一片红艳无比的花海，花朵饱满清丽。远景是一片灰绿色的森林，连贯延绵着，形成了浓郁的剪影，并有浅白色的雾气在其间弥漫飘荡。更远处，一座白雪覆盖的雪山如海市蜃楼般映立在深蓝色的旷美天空下。

作为一个阅尽万千美景的摄影师，齐修远竟然被这张照片所记取的美深深震撼了。

“好美的木马湖！”齐修远心里暗暗惊叹。

果然，照片下的页面空白处，写着一段文字：

终于找到了，这就是奶奶当年遇到的木马湖！这就是她说了千万遍的木马湖！木马湖，每个人一生都应该去一次的地方！

齐修远静静地看着这张照片，心底竟然涌起一阵激动，他知道，这张照片所给他的视觉冲击和心灵震撼，就是他在这次肯尼亚的拍摄任务中所要追求但没有达到的东西。

齐修远低头盯着木马湖的照片，瞬间感觉自己的视线都融化在摄影者的视角里。

他看了许久，心一直无法平静下来。接着，他又仔细翻看日记里的所有内容。

人的生命中，一切的机缘都是刹那而生，也许下一秒的一件小事，就能改变一切。所以齐修远没有想到，这次发自好奇心的随意翻阅，会让他置身一个凶险而神秘的魔咒里，而且他将会越陷越深，无法回头。

第二章
木马湖日记

这应该算是一本旅行日记，但又和别人的旅行日记有很大区别，因为它的内容太丰富了。

齐修远像一个文物工作者一样，轻轻地翻动着已经泛黄的日记页面，一看之下，他发现里面的内容超出想象、异彩纷呈。

日记里，有时会是或长或短的诗和随笔，有时会是一幅铅笔画，有风景也有植物工笔，虽然勾画简单，但栩栩如生。除去这些，日记里还有很多各式各样植物的叶子，叶片有圆有尖，形状不一，被日记的主人用透明胶带认真地贴在页面上，并在空白处写上它们的名字和纲目科属信息，虽然这些叶子已经干黄，但一股若有若无的植物气息还是渗透在页面里，这味道随着齐修远手指的翻动，隐隐飘进他的鼻腔。

齐修远对于植物学不是很在行，他看了看这些叶子的名字和形状，大多数都没有见过。

这本日记最吸引他的还是那些文字，齐修远逐页认真地翻阅着，同时嘴里轻轻地读着那些时而凝重时而俏皮的文字，并深深地沉迷其中。

日记的中间位置，大概有三四页的样子，是一些大理古城的照片，有建筑，有人文，还有一些美食的特写。摄影者的视角独特，可以看出当时是在用心地拍摄记取，并且乐在其中。

照片下面配的文字轻松异常：

喜欢流连此地，没有喧闹，时间似乎静止。

嗯，这个蜡染是如此特别。K先生竟然看出是一群金鱼，哈哈，果断买下。寄回去，让它们在我们“大窝”的墙上游泳。

好美的一幅油画，画得好温暖，那片绿色里竟然有奶奶的气息，我想睡在画里。把它搬回北京的窝，挂书房吧，K先生，可好？

这样的天空，这样的彩虹，我想融化在这色彩里，K先生，去给我摘下呗！

……

看到日记的主人提到她北京的家，齐修远想到，她所说的“大窝”应该就是自己现在所住的房子。

齐修远下意识地环顾了一下宽大的房子，似乎看到一对情侣的影子在屋里浮现，他们在10年前曾经生活在这里，在房间里拥抱、睡觉、走动或者依偎而坐。

齐修远感觉到，当时曼曼一定沉醉在与K先生的爱情里，因为这种感情热烈地跃动在所有文字里，发自内心，洋溢奔放。

日记后面几页，都是曼曼对木马湖的感叹，文字、语气像得到最珍贵的礼物一样惊喜。但最后有一段文字突然语境悲伤，让齐修远心里一动：

> 在一个一生只能去一次的地方，我们所有的纯真在那里聚水为湖。湖水甘甜，清澈如爱。我们一直在寻找它，用尽生命向它执着行进，可随着时光衰老，世事变迁，我们离它已经越来越远，甚至背道而行。

看完这段文字，齐修远感觉心里涌起一阵怅惘，多年的人生感触被这段文字激发并荡漾开来，这滋味里有喜悦，有酸楚，还有生命沉淀下来的淡然，就像照片里的木马湖一样，像梦一样虚幻，但又是那么真实。

齐修远认真地翻到最后一页，立刻眼睛一亮，一张女孩子的照片出现在眼前。

照片里，女孩20岁左右的样子，双手抱着膝盖坐在一块岩石上，背景还是那片幽蓝静阔的木马湖，身边是那片红艳绚丽的花海，她头发高高地梳在头顶，对着镜头灿烂地微笑着，笑容甜美如艳阳，眼神清澈而明媚，泛着快乐的光芒。她的肤色白皙，额头圆润明亮，面庞如花般灿烂，清新绝伦。

“好漂亮的女孩子。”齐修远惊叹，“她应该就是曼曼吧？”

照片下面，写着一段文字：

> 20天，如在梦境，不忍离去。我爱的木马湖，我爱的K先生，你们会陪我终老吗？我的心已经留在这里，永不能归去，这里有奶奶的气息，有最纯净的爱情，也许这里就是我的一切和我的归宿。我不忍把这份美好带回平凡的生活，希望10年后，我们带着这本日记，带着我们的孩子，带着我们的爱，再来看你。我爱的木马湖，10年后见！

齐修远长舒了一口气，合上日记，轻轻抚摸着它，心里翻涌着激动和怅惘，他知道，手里的这本日记，其实是一份珍贵的美好记忆，它并没有随着10年时光而变淡，反而变得沉厚且深远，让人动容和羡慕。

他又翻开日记的第一页，凝视着照片里美丽的木马湖，心中暗暗决定，一定要把这本日记送到它的主人手里。他知道在这个信息发达的时代，找到一个人再简单不过了。他有百分之百的把握找到日记的主人——曼曼和K先生。

慢慢地，他发现自己这些天的低落和烦闷轻了很多，但一种莫名的冲动在心底鼓荡着。他突然想去看看这片神秘纯美的木马湖，接近它，用镜头记取它，然后让自己再次恢复到充满激情的工作状态。

想到这些，他有些微的兴奋，又翻到日记尾页，凝视着那个女孩子的照片，心里问："木马湖边的你，现在在哪里？"

许久，齐修远把心绪拉回现实。他拿起日记准备装回信封，在撑开信封的同时，几片叶子和照片从日记里掉落并飘到茶几和沙发下。他赶忙低身一一捡起，分门别类地把它们重新夹回原页，然后仔细地把日记装回信封并封好。

他换好衣服，拿着信封去找房东老黄。他相信应该能从老黄那里找到日记的主人曼曼的联系方式。

房东老黄就住在附近一个老旧小区，走路十多分钟就能到。齐修远来到老黄家门前，敲了几下门，听到老黄在里面应了一声，然后门开了，老黄出现在齐修远的眼前。

房东老黄是北京人，45岁左右的年纪，微胖。他穿着白色背心和深蓝短裤，脚上穿着拖鞋，脖子上挂着一串蜜蜡星月串珠。

"哟，是小齐啊。你从国外回来了？"老黄乐呵呵地说。

齐修远笑了笑："是啊，黄哥，前天刚回来。"

老黄赶忙伸手往里让："来来来，先进屋。"

"好。"齐修远拿着日记信封走进老黄家。

老黄关上门："怎么着小齐，找我有事儿？"

齐修远点头，把手里的日记信封一晃："对。是这样，我刚收了一个邮件，收件人我不认识，应该是以前的租户，就赶紧给您拿过来了，估计您认识。"

老黄看了一眼邮件："哦，先坐先坐。"

老黄家的房子不是很大，屋里设施陈旧而杂乱，阳台落地窗前摆满了观赏绿植，沙发前一张宽大的茶几上放着一面黑石茶海，上面的茶具和茶包零散地摆放着，电视开着，播放着股市频道的节目，一只黄色花猫懒洋洋地窝在门口的收纳柜上。

齐修远轻轻摸了摸花猫的头，猫没有反应，一动不动，眼睛眯着。

老黄穿着拖鞋吧嗒吧嗒地踏着地板，直接坐在茶几后的沙发上，伸手请齐修远坐下，又烫了个茶杯并倒上一盅茶，顺手拿起桌上的一对核桃盘玩着，问："邮件上写的谁收？"

齐修远把手里的那个邮件一递："哦，写的是曼曼收。"

老黄一愣，伸手接过信封看了看，嘀咕了一句："曼曼？"

齐修远点头："嗯，曼曼。这邮件是10年前寄出的。"

"10年前寄出的？现在才到？"

"对。这是一项特殊邮寄业务，就是把东西寄给10年或20年后的自己。"

"哦哦哦，那我听说过。"老黄点点头，低头仔细看了看封面上的字，然后把邮件扔在茶几上，说，"行，那就先搁我这儿，我试着找找这个人。"

齐修远问："黄哥，您不认识这个曼曼？"

"不认识。"老黄摇摇头，说道，"10年前，你住那个小区刚建好，属于我们大学职工家属院回迁房，前后有好几拨人在那房子租住，这个曼曼也许是以前租户的朋友。"

齐修远感到心底一阵失望，只好站起身说："那行吧黄哥，反正就这事儿，东西搁您这儿了，我就先回去了。"

“哎呀，别着急走啊，一会儿就在我这儿吃，咱哥俩喝口儿。”

齐修远一笑：“不了黄哥，我回去还要忙点儿事，就不打扰了。”老黄点头回应：“那行吧！你要是真忙，那就改天，反正离得近。那我回头试着找找以前那几个房客，问问这邮件到底是谁的，有人认了，我就给她送过去。”

“好，那我先回去了黄哥。”齐修远一边说一边走到门口，顺手又摸了摸收纳柜上的那只花猫，轻声说，“小东西，还挺乖。”

出门走到电梯前，齐修远感觉心里有些难以言说的失落感，他仔细想了想，知道这失落感来源于那个已经交给老黄的日记信封。

他呆呆地看着楼层数字显示，等着电梯下来。突然喵地叫了一声，老黄家轻微地传来了那只花猫的叫声。

听到猫叫，齐修远突然感到有些不对劲，但又说不清楚是哪里不对劲，他皱眉想了想，一时理不出头绪。

“好奇害死猫。”这个俗语突然在齐修远的脑海里闪出。他突然觉得，对于这本日记，自己的好奇心有些太重了，但这好奇心带来的结果是好是坏，自己也并不能预见。

第三章
奇怪的房东

齐修远回到家里，心里依然是满满的失落感。这一上午翻看日记时的心绪波动让他难以平静。他百无聊赖地委身在沙发里，脑海里都是日记里的文字和照片，整件事像一个虚幻但又美好的谜团，缠绕着他此刻复杂的心绪。

静了一会儿，齐修远站起身走到窗前，呆呆地眺望着窗外的景色。此刻时近中午，初夏的阳光把眼底所有景物照得有些发白，五环路上的车流笛声隐隐地传到耳边，偶尔，还会有汽车玻璃的反光猛地折射过来，闪烁刺眼。

最远的西北天空，此刻已经云层堆积，隐隐发灰，慢慢遮挡住浅蓝色的远天。

齐修远回到沙发前，拿起茶几上的手机，在网络上搜索了一下木马湖，发现并没有查询结果。

木马湖根本不存在。

但日记上真真切切地写着这个名字，齐修远更加疑惑了。

他探身把手机放回茶几，低头间不经意地看到，沙发与地面的缝隙里露出照片一角。

齐修远蹲下身捡起照片，仔细一看，原来是木马湖日记里的一张照片，画面是云南蜡染布的特写。

齐修远仔细回忆了一下日记里这张照片下面的文字，应该是K先生看到这块蜡染布后，觉得它的图案像许多均匀分布的金鱼，让曼曼拍了照片并把它买了下来，想着寄回北京，作为家中的装饰。

齐修远仔细看了看这块蜡染布的图案，果然，布上被漂染过的浅白色块，确实像一条条热带鱼，它们对称均匀地分布在整块布面上，越看越逼真。

看着看着，齐修远突然心里一紧。一种似曾相识的感觉出现在他的内心深处。

渐渐地，这种感觉慢慢由模糊变得清晰，他又仔细看了看照片里的蜡染布图案，猛地想了起来，在房东老黄家，自己看到过这块蜡染布。

“没错，就是在老黄那里看到的。”齐修远在心里肯定地对自己说。

一刹那，齐修远的好奇心和疑惑再次爆发。他站起身，把照片塞进裤兜，匆匆走出房间，再次去老黄家。

齐修远脚步匆忙，他也不知道自己为什么会有这样近乎冒失的冲动，甚至不带一丝犹豫。他觉得也许是木马湖日记太过美好和神秘了，他必须把事情搞清楚，让日记物归原主。

老黄打开门，看到齐修远再次来访，脸上闪过一丝慌乱，虽然这丝慌乱一瞬而逝，但还是被齐修远看在了眼里。

“小齐啊，怎么又回来了？”老黄问。

齐修远表现得很平静：“哦，黄哥，刚才走得急了，有件事忘了问您。”

老黄并没有做出让他进门的动作，但齐修远却把身体往前一探，径直进了屋。

老黄有些无奈，赶忙关门跟上。

齐修远走进屋里，看了眼门口收纳柜上的那只花猫。那只花猫依然懒懒地蜷缩在柜面上，仿佛这世界上的事都与它无关。

“坐，坐下说。”老黄伸手示意，让齐修远坐到沙发上，但语气没有第一次那样自然。

齐修远一眼就看到了桌上那个日记信封，它已经被打开，木马湖日记就放在茶海旁边。

老黄看到了齐修远的眼光，脸上闪过一丝尴尬，赶忙说：“哦，那什么，我也是好奇，打开看了一眼。”

齐修远坚持着自己的平静，其实内心已经充满了疑惑。

他点点头，探身拿起木马湖日记，故作惊讶地说：“哦，原来是本日记。”

“嗯，我也是想打开找找，看看里边有没有他们的联系方式。”

“有吗？”齐修远对自己的问话感到可笑，毕竟自己也曾打开过这个信封。此情此景，让他感觉自己和老黄像两个小偷在对话。

“没有，里面都是一些照片和干树叶子。”老黄说。

齐修远下意识地直接翻到日记最后一页，曼曼那张照片依然贴在那里，但下一秒齐修远就有些后悔了，自己这么熟练的动作容易让人觉得自己对日记的内容早已了如指掌。

老黄并没有察觉，只在一旁说道：“哟，这儿还有张照片呢。”

齐修远把照片展示给老黄：“黄哥，您见过这个女孩子吗？”

老黄连连摇头：“没见过，没见过。这应该就是那个曼曼吧？”

齐修远看到了老黄的不自然，点点头：“应该是。”

“这姑娘倒是不难看。”

“是。”

接着是几秒的静默，齐修远突然话锋一转，用手一指门口那个收纳柜，问：“黄哥，那柜子上的蜡染挺漂亮，您哪儿买的？”

这时，收纳柜上的花猫懒洋洋地站起，弓着身子伸了个懒腰，然后喵地叫了一声，轻盈地从柜子上跳到了地上。

齐修远清楚地看到，收纳柜上盖着一块蓝色蜡染布，被漂白过的那些浅白色块，像一条条栩栩如生的热带鱼，均匀分布在布面上。

老黄没想到齐修远突然问到这个，一下就慌了，语气变得紧张："哦，那块布啊，那是朋友送的。"

说话的同时，他不敢直视齐修远的眼睛，而是走到花猫那里，俯身抱起花猫，把它又放回收纳柜上。

借这机会，齐修远立刻从裤兜里掏出那张照片，迅速地把它夹在木马湖日记里。

老黄并没有看到齐修远这个动作，他站在收纳柜旁，低头抚摸着那只花猫，片刻，回头问："哎，对了小齐，你又回来一趟，有事儿？"

齐修远没有直接回答，拿着木马湖日记走到老黄身边，低头看了看那块蜡染布："这布有年头了吧？白的地方都发黄了。"

"哦……"老黄用手扫了扫蜡染布上的猫毛，"10多年了。"

齐修远不想再这样猫捉老鼠似的和他绕圈子，直接从日记里拿出那张照片，展示给老黄："您看，日记里这张照片，和这块布还挺像的。"

老黄变得尴尬异常，接过照片故作惊叹："还真是！嘿，估计跟我这块布是一批出的。"

"黄哥，这种手工艺品，一块布一个样，不可能有相同的。"他认真地盯了一眼老黄，"您……是不是认识这个曼曼？"

"不认识，不认识。我怎么可能认识她？"老黄语气坚定，眼神却慌乱异常。

齐修远把那页的文字展示给老黄："可这日记里写了，这是她当时从云南寄回1002那屋子的，您要说不认识她，不太可能吧？”

听到齐修远这么问，老黄脸色一下黯淡下来，嘴巴张了张，并没有回答。

齐修远觉得老黄肯定有事隐瞒自己，但为了不让他产生抵触情绪，便把语气缓了缓，摸了摸老黄怀里那只花猫的脑袋：“黄哥，没事的，我就是问问罢了，别的意思没有。其实事儿不大，我就是想把这个日记还给原主人。也许您觉得这个日记就是一本普通的日记，顶多有些照片和植物标本罢了，可刚才翻了翻，觉得它对原主人——也就是这个曼曼，挺重要的。”

老黄脸色缓和了一些，点点头：“嗯，是。”

齐修远接着说：“您不知道。我的工作性质，就是天南海北地到处跑，随行的笔记和相机曾经也丢过，忘不了那种着急的心情。所以，我也能理解这个曼曼的心情，也许她一直在等着，等着10年后收到这个日记，这日记对咱们来说没什么，可对她来说也许很重要。”

听他这么说，老黄点点头，脸色愧然，他把猫放到地上，语气缓慢地说：“先坐，坐下说。”

两人坐到沙发上，齐修远注视着老黄，等待他说出事情的真相。

老黄重重地叹口气，缓缓说道：“这个曼曼，我认识。”

听到他这么一说，齐修远的心放松了一下，但又跟着紧张起来，现在最想知道的是：为什么老黄一开始坚决地否认认识曼曼？

老黄拿过齐修远手里的木马湖日记，翻到最后一页，看了看曼曼的照片，说：“这个曼曼呢，其实是我的弟妹。”

“弟妹？”

“对，就是弟弟的媳妇，我们北京人习惯称呼弟妹。”

齐修远点点头。

老黄继续说道：“可这个曼曼呢，加一起，我总共也就见过两次。10年前他们俩恋爱后，我弟弟把工作辞了，两人就到处跑，按他们的话，是旅行去了，一会儿新疆一会儿西藏的，我根本见不到他们人影。”

齐修远点点头，问：“那这日记里的K先生，就是您弟弟吧？”

“对，我弟弟。”老黄跟着叹口气，语气低沉地说。

“他现在在哪儿？”

“已经死了。”

齐修远一惊：“死了？”

“对，死了。应该就是那回他们旅行时出的事，死在云南了。”

齐修远万万没想到会是这个结果，心里一阵悸动，问：“那曼曼呢？”

老黄摇摇头：“不知道，应该也一起死了。”

“啊！”

老黄叹口气：“当时是云南的警方找到我的，跟我说了弟弟死亡的消息，说在一个悬崖深谷下发现了他的尸体和他们两个人的背包，却没有曼曼的尸体。”

“那之后警方没有找过曼曼？”

“找过，没找到，应该也死了。警察说了，我弟弟坠落的那个地方，有他们两个人的背包。要是曼曼和他一起的话，也是凶多吉少，那里野兽太多，见不到尸骨很正常。其实……我弟弟被发现时也不是全尸，已经被野兽啃得不成样子了。”

齐修远听到这儿，心里既难过又失落。

老黄接着说：“我去云南辨认尸体时，当地县医院太平间有很多无人认领的尸体，那边挨着边境，森林也多，山高路险的，经常出现死人的事，不是不小心掉悬崖摔死，就是迷路饿死，单就被毒蛇咬死的，一年也不少呢，更别说那种旅游大巴出事故的。这种普通死亡的案子，就是走了个程序，我认了尸，开了死亡证明，又在那边把我弟火化，就带着骨灰回来了，回来就把他的户给销了。”

齐修远叹口气，忽然想到一件事，接着问：“黄哥，那块蜡染布是哪儿来的？”

老黄说：“哦，都是他们那会儿寄回来的。他们俩去云南买的东西太多，都是在那里打包邮寄回来，然后我到邮局取的。”

齐修远又看了一眼收纳柜上的蜡染布：“那他们俩还有别的遗物没？”

老黄尴尬地笑了笑：“他们俩爱玩，婚礼都没办，就领了个结婚证。我弟弟和我同父异母。10年前，我们大学职工宿舍的房子拆迁，分了两套房子，我和弟弟一人一套。他们死之后，我就把他们的东西卖了，其实也没什么值钱东西。他们常年在外旅行，家里留下的东西都是衣服和书。”

“曼曼是哪里人？”

“不清楚，好像是四川那边的。我父母死得早，我和弟弟也不亲。他大学是在外地上的，回来在大视界广告公司干了一段时间，和曼曼结婚后就辞职了。他们俩到处旅行，我们根本见不到面。曼曼是哪儿的，我也懒得打听。”

齐修远叹口气，看了一眼老黄手里的木马湖日记，又看了一眼收纳柜上的蜡染布，心中泛起一丝怅惘。虽然才几个小时的时间，但日记里的照片和文字，已经像一个美好、深远的梦一般让他无比神往。现在他知道日记里的两人已经悲惨地死去。这残酷的现实和日记里描述的那些快乐相比，真是件让人心痛的事。

想到这儿，齐修远问：“黄哥，那个曼曼应该有全名吧？”

老黄摇摇头：“那我就不知道了，我就见过她两次。文凯一直叫她曼曼，全名是什么，我还真不清楚。”

“那您的弟弟叫文凯？”

“对，黄文凯。”

齐修远点头，然后站起身：“行了黄哥，也没什么事了。我这人好奇心太重，您多担待，我这就回去了，不打扰您了。”

老黄缓了口气，说：“行。”

临走齐修远指了指木马湖日记：“黄哥，这本日记我能拿回去看看吗？我看完再还给您。”

老黄听齐修远这么一说，立刻把日记递给齐修远：“你尽管拿走看去吧。看完你也不用还回来了，人都没了，我留着也没用。”

齐修远笑着接过日记本：“那行，黄哥，我回去了。”他往门口走去。

老黄随着他走到门口，又指了指收纳柜上的蜡染布，问：“这布，要不你也拿走？”

齐修远看了眼那块蜡染布，发现那只花猫已经不声不响地卧在上面，便笑笑摇头，用手摸了摸花猫的头：“算了，我不要了，它待在上面不是挺舒服嘛。”

第四章
K先生的离世

齐修远回到家，草草地吃了午饭，然后就窝在沙发上，再次翻阅起那本木马湖日记。这次他看得十分仔细，因为知道曼曼已经死去，再次阅读的心情是复杂而沉重的。

曼曼的文字都是随性而写，字数不是特别多，所以齐修远几乎是在逐字逐句地阅读。

因为知道二人已经不在人世，所以一些有关死亡的字眼让齐修远特别在意。他不相信轮回和报应，但文字里有关死亡的词语出现后，还是让他心里一紧，似乎看到了上苍对这对情侣不幸离世冥冥之中的暗示。

有一首诗里，“墓碑”二字特别扎眼，这让齐修远不得不仔细阅读这首诗。

相爱的人会长生不老

在梦没有醒透的凌晨
我以风为马
冲破依然顽固着的黑夜
呼啸着
任由千里
向你而驰

踩着时间 踏着遥远
看着头顶银河横亘
感受脚下大海温暖

只为见你 拥抱你
然后用我最热忱的生命去爱你
至死不渝地爱你

我们像两个开心的坏孩子
相爱着
或奔跑 或大睡 或发呆
看着我们有声有色 悲喜交加的四季

我们就这么相爱着
在世界上每一个角落都留下只有我们懂的情话

到最后
在你的墓碑上刻上我的名字
在我的墓碑上刻上你的名字
谁也猜不出哪个是你 哪个是我

而这只是个笑话
我们不会死 永远不会
因为相爱的人会长生不老
对吧

从字里行间，齐修远感受到日记的主人曼曼对黄文凯深深的爱恋，也能感受到她对这份爱情强烈的依赖和满足。她已经把自己所有的热情都投入到了这场爱情里，近乎痴狂。

日记里，这样长篇幅的诗并不是很多，但里面每一个文字都热情地跳跃和缠绵着。和这些赞颂爱情的文字相比，木马湖的照片显得更加幽静清澈。

这些文字和照片对比着、呼应着，一起被封存在这个充满植物气息的日记本里，它们是那么和谐而神秘，有一种独特的魔力，深深地吸引着齐修远。

看到最后，齐修远把目光停驻在曼曼的照片上，这个美丽的女孩，笑得那么明媚，她当时肯定不会想到，不久后的一天，她和最爱的人会在归途中一起离开这个世界。

齐修远心里一阵难过，他看着窗外，不知不觉中，天已经阴了，西北方向的乌云密布着，天空中的鸟雀胡乱飞蹿。五环路上的车流里也闪着车灯的光点，隐约中，似乎可以听到隆隆的雷声隐隐传来，看来一场大雨就要来临。

齐修远合上日记走到窗前，静静地凝视着阴沉的天空，感觉心中郁结的伤感无处安放。不久，几颗豆大的雨滴撞到玻璃窗上，发出噼里啪啦的声响。接着，雨滴越来越密，顷刻间一起倾洒在玻璃窗上，然后迅速聚成水线，顺着玻璃往下流。紧接着，雷声也阵阵而来，雨似瓢泼一样，远处的景物已经模糊不清，只看到近处的树木在狂风中奋力地摇摆着，西山在滚滚乌云的映衬下变得墨黑，五环路上的车流汇成了灯的光带。

这一刻，齐修远的心被这暴雨压抑得透不过气来，有些烦躁和绝望。

渐渐地，他产生了一种冲动，就是想去日记里那个神秘美丽的木马湖看一看，也许只有那里才能驱除此刻心里的烦郁。

“对，去木马湖。”齐修远暗暗对自己说，同时，感到心脏激动地一振。

齐修远是个说干就干的人，既然已经决定，就着手寻找曼曼和黄文凯的各种信息。他选择的开启点，是黄文凯曾经的工作单位：大视界广告公司。

这是一家在国内广告业大名鼎鼎的公司，所以第二天他直接来到大视界广告公司北京总部。

到了公司大厅，他和前台接待员说明了来意，前台接待员给他登记后，直接让他去5楼人事科询问。

人事科里只有3个女人在工作，见到齐修远走进来，一个戴眼镜的年轻女人抬头问：“您好，请问有什么事？”

“哦，您好。”齐修远微微点头致礼，“我是旅游杂志的一名记者，偶然看到一位叫黄文凯的人写的文字。我听说他曾经在大视界工作过，想找到他的联系方式，了解一下他。”

那个女科员点点头：“好，您稍等一下。”说完，她走回自己的办公桌，俯身在电脑上查找。

过了片刻，女科员一边看着电脑，一边说：“您说的黄文凯，确实在我们大视界工作过，可他10年前已经辞职了。”

齐修远问：“那曾经和他一起工作过的同事，还有在的吗？”

女科员直起身，说：“黄文凯以前是策划部的副总监。您现在去2楼策划部找于部长，他在我们公司干了很久了，肯定认识黄文凯。”

齐修远道谢出来，又坐电梯来到2楼，找到了于部长。

于部长40岁左右，是个很健谈的人。听齐修远说出黄文凯的名字，他眼睛一亮，说：“黄文凯啊，我太知道了。他是我哥们儿，我们是一块儿进的公司，又一块儿在策划部上的班，可惜他10年前辞职了，要不现在好歹也是个分公司经理什么的了。文凯人聪明，虽然大学学的是药用植物学，但脑子灵活，广告策划能力强，干了不到一年，业绩在公司里已经数一数二了。他文笔也特别好，10年前博客还流行，就开了一个博客写东西，内容是植物研究科普和旅行游记什么的，当时点击率特别高。他那时属于资深博主，有很多粉丝。”

齐修远笑着点头：“嗯，那您还记得他的博客名叫什么吗？”

于部长记忆力特别好，根本没有思考就脱口而出：“K先生的绿色视界啊！这我可忘不了，K是他名字‘凯’拼音的第一个字母，视界是我们公司的名字，太好记了。那会儿在公司里，我们有时就叫他K先生。”

齐修远听完兴奋异常，问道：“那您知道曼曼吗？他的妻子。”

于部长摇摇头：“不认识，文凯从我们公司辞职时，好像还是单身。你说的这个曼曼，也许是他辞职后认识的。”

齐修远能想到这个结果，接着又听于部长说了一些关于黄文凯的趣闻和故事，但全都是工作方面的，没什么用处，只好在道谢后离开大视界广告公司，回到家中。

进了屋，他立刻打开电脑，试着搜索“K先生的绿色视界 博客”，庆幸的是，第一个搜索结果就是黄文凯的博客链接。

随着微博和微信的兴起，博客这个当时盛行的事物，已经渐渐被人遗忘，现在能坚持更新博客的人已经少之又少。

齐修远点开链接，黄文凯的博客出现在电脑屏幕上。齐修远发现，黄文凯最后一篇博客日志发表在11年前的圣诞节，内容是大视界广告公司的新春年会，屏幕上都是些员工表演的照片，上面并没有黄文凯。

齐修远接着往前翻阅黄文凯的博客日志，果然如于部长所说，他的博客精彩丰富且个性十足。

黄文凯的博客还是以植物普及的帖子为主，每个帖子都详细而新颖，所配的植物图片也是精彩绝伦。除了这些，剩下的都是生活感悟，文字简要且富有哲理，其中不乏幽默的调侃。从文字中能感觉出，黄文凯是个有着独特思维方式和热爱生活的人。

齐修远看了一下黄文凯博客的粉丝数，果然，他的头像下方显示，博客粉丝数量高达13万，这在10余年前博客流行的年代，确实是个让人佩服的数字。虽然之后博客慢慢被微博和微信取代，但不得不承认，它曾经也造就了一大批有个性的博客大神，这些大神用独特的语言和思想表达，吸引了一大批追随者。不难看出，黄文凯就是其中之一。

齐修远逐篇翻看着黄文凯的博文，看了很多，也没有发现关于曼曼的只言片语。

齐修远注意到，一些日志下有数十甚至上百条的粉丝评论。有些近期的评论，语气中都是对博客曾经红火时光的留恋，还有询问黄文凯近况的，文字中满是伤感和真诚。

不知不觉中，齐修远翻看了黄文凯的大部分博客，他有些累了，便离开电脑，回身倒在沙发上。渐渐地，困意袭来，齐修远在沙发上睡着了。

齐修远做了一个梦。他梦到自己在翻越一座高山，四下是一片深绿色的迷雾，山路宽阔且漫长，隐约还有河流与灌木丛出现。他不知道自己要去哪里，只是一直在行走，接着路过了自己曾经去过的赞比亚草原，遇到一些模糊的人和一些陌生的房屋。最后，他在一片平地处停住了脚步，似乎在等待什么，接着，一个女孩子微笑着向他走来并和他说着话，后来两个人并肩行走。齐修远仔细辨认，这个女孩竟然是曼曼，曼曼的面容模糊不清，只有明媚的眼睛证明是她，曼曼时而奔跑，时而停步回头，始终没有和齐修远分开太远。

不知道过了多长时间，突然一切变暗了，一片宽阔的湖面猛地出现在眼前，是木马湖，神秘而美丽的木马湖。齐修远用力向湖边跑去，想在最近的地方看看这片湖。他回身招呼曼曼，但曼曼已不知去向。再回头，木马湖突然升起直到天空，像是悬挂在天空中的海市蜃楼，齐修远仰头望着，但无法接近它。最后，齐修远跑到悬崖边，底下是万丈深谷，低身俯瞰，隐约可以看到，在深深的谷底躺着两个人，眼睛紧闭着。齐修远大吃一惊，试着探身往下看，突然，脚下的悬崖消失了，他开始急速地向下坠落……

齐修远猛地惊醒，睁开眼，觉得自己的心脏还在怦怦乱跳，脑门儿也沁出虚汗，定定神，知道自己做了个梦。

齐修远发现，自己一开始就把事情想得太简单了。现在，他觉得自己还是要再去找老黄聊聊。

他不知道，不知不觉中，自己已经被牵进一个巨大的黑洞。到现在为止，他还不知道这个黑洞的恐怖和幽深。

第五章
木马湖之心

齐修远再次和老黄面对面坐到了一起，老黄已经变得自然了很多。因此，两人谈话的氛围也变轻松了。

齐修远不愿再绕圈子，直接说：“黄哥，我想去日记里那个木马湖看一眼，所以又来打扰您，想再听一些他们俩的故事。”

老黄苦笑：“唉，怎么说呢，其实吧，文凯和我根本就没什么感情。我们父母去世时他刚上大学，是在重庆西南大学上的。他毕业工作后，我们见面更少了。搬迁后的楼房装修，他也没来找我帮忙。”

齐修远接着问：“那您知道他们俩是怎么认识和恋爱的吗？”

老黄想了想："这我就不知道了，他们俩好像是大学同学，这事我听弟弟说过一次。"

"那曼曼以前在哪个公司上班？"

"不知道。反正两人结婚不久就到处旅行，经常从外面寄回东西，一般文凯都是打电话和我说一下，让我帮他到邮局去取。"

齐修远又问："那您这儿有您弟弟的照片吗？"

老黄摇头："没有。他不爱照相，反正我没见他照过照片。"

齐修远听到这儿，眼神中闪过一丝失望。

接着，两人就是一阵沉默，只能听到鱼缸里加氧泵的马达声和水泡声。

还是老黄打破了沉默，看了眼齐修远，语气低缓地说："兄弟，说实话，我觉得那个什么木马湖，你就别去了，跋山涉水的，多危险啊。"

齐修远笑了笑，说："黄哥，我不怕。我是自然风光摄影师，就是干这个的，越是危险越想去。我这两天脑子里都是木马湖，我必须去看看。"

听到这里，老黄似乎想到了什么，说："哦对了，他们俩还有一些日记和书什么的，我倒是留着呢。"

齐修远眼前一亮："还有日记？"

"嗯，没扔，你等下。"老黄一边说一边起身，推开门走到阳台，接着他的身影在阳台晃动着，像在翻找什么。

不一会儿，老黄提着一个棕色旅行箱走了进来，他把旅行箱放到地板上，轻轻打开。

这时，那只花猫轻轻地蹿了过来，叫了一声，探头闻着箱子。

老黄把花猫推到一边，把箱子全部展开，说："你看，这些都是他们比较重要的物品，我都集中放这箱子里了，我怕万一曼曼的家人找来要遗物什么的，没法跟人家交代。"

齐修远低下身，蹲在旅行箱前低头看了看，只见箱子里有7个日记本和2个素描本，还有几个银行存折和几件小玉雕，最多的是曼曼的首饰，以复古民族风格的银饰为主。

齐修远拿起最厚的一本日记翻看了一下，里边都是曼曼写的旅行日记，写作时间应该是在曼曼与齐修远认识之前，文字都是她去西藏旅行的记录，但日记里没有照片，只夹了很多植物叶子。看来，曼曼是个植物爱好者，无论到哪里旅行都习惯收集植物叶子。

另外的几本旅行日记，基本上是一个日记本记载着一个地方的旅行，文字有多有少，各式各样的植物叶子标本夹贴其中。

齐修远看到曼曼留下的这么多旅行日记，感觉像得到了一座神奇的宝藏，一下开心了很多。

他抚摸了一下这些日记本，抬头对老黄说："黄哥，这几本日记，我能拿回去看看吗？"

老黄点点头："嗯，都拿去吧。"

齐修远和老黄道别，抱着那堆旅行日记回到家里。他先拿起那本西藏旅行日记，仰躺在沙发上翻看起来。

这厚厚的一本旅行日记，记载了曼曼在西藏的所有心路历程和情感。文字随着旅程的行进从第一页就慢慢延展开来，时而细腻时而跳跃，开始是她在318国道的一些经历，接着她到达拉萨，文字从拉萨开始详细起来，从高大宏伟的布达拉宫，到午夜蒙蒙细雨中安静的大昭寺广场；从像蓝宝石镜子一样美丽绝伦的羊卓雍措湖，到色彩斑斓如仙境一样的林芝风景。曼曼都用最纯净的文字，记载着一路上所见所闻给自己所带来的心灵感触。从她的文字里，齐修远感受到一种隐隐蕴含的情绪，这种情绪就是孤独：一个自由行走的女孩无时无刻不在的孤独。

在大昭寺见闻记录后，曼曼写道：

我把我的孤单留在了这静静的广场，如果有一天，你来到这里，请找到我的孤单，安抚它，并让它与你的孤单做伴。

下一页是一首诗，不是很长，但也语境苍凉。

在拉萨的夜里行走
脚步轻轻
头顶蓝色的月光
笼罩着圣城
虔诚的人们在膜拜
他们用身体
涂抹每一寸空气
白日为红 夜晚为蓝

我在此刻
也拥有了蓝色的眼睛
我可以在高原俯视一切
俯视你
但我知道
最美的爱情却需要仰望
它在夜空之中
像月亮一样蓝
像圣湖一样蓝
拉萨的夜啊
静止可好
我要让身体每一个细胞
都呼吸到你蓝色的夜气
我要融化在这静谧孤单的时光中
也愿
往生安若 此世如蓝

整本日记的文字情绪，竟然和木马湖日记大不相同，相比之下，木马湖日记的字里行间都是幸福和快乐。

齐修远一边翻看，一边留意着书页里夹着的叶子标本是否会掉落，动作十分轻缓。在翻看关于纳木措的日记时，一个东西滑出内页，吧嗒一声掉在齐修远的腿上。齐修远急忙低头去看，原来是一把黄铜钥匙。

这是一把刻着花纹的老式直棍黄铜钥匙，大约10厘米长，表面锈迹斑斑，看样子已经是几十年前的旧物了。齐修远也是很久没见过这种钥匙了，在记忆里，只有民国电影里或者国外的惊悚电影里才能看到这种钥匙，电影里和它一起出现的，大多是一把黄铜老锁，或是一个能窥探房间秘密的钥匙孔。

齐修远抚摸着这把钥匙，能隐约闻到它散发出的铜的气味。

齐修远准备把黄铜钥匙夹回日记本里，但想了想，并没有那样做，而是起身取来自己的牛皮腰包，把钥匙收藏在夹层的最里边。

这个小小的牛皮随身包，是他出门在外工作时从不离身的东西，里边长期放着一个Zippo打火机和一把瑞士军刀。工作时，他还会把驾驶车辆的备用钥匙和自己的护照、身份证放入腰包，以应对随时发生的危险。

这是他做摄影师后养成的习惯，因为这每一样东西都会在危急时刻发挥它的作用，甚至会挽救他的生命。

此刻，他把这把黄铜钥匙放入自己的随身包，其实是把它当作护身符看待。他这两天已经被曼曼的文字深深吸引，甚至曼曼文字里的一些情绪和思想上的东西都让他隐隐产生共鸣。他觉得自己遇到了世界上最美好的一份情感：高尚、纯真、自由和伟大。这把钥匙虽然普通，但对他的意义却十分深刻。

接下来的一段日子，齐修远几乎每天都沉浸在曼曼的旅行日记里，为她的快乐而开心，为她的孤单而伤感。

他把曼曼的日记反复看了很多遍，木马湖日记里的文字甚至都能背下来。

木马湖日记里这个乐观而孤单的女孩子，用她的文字书写了一个虚幻而真实的梦，而这个梦的终点，就是那片美丽而神秘的木马湖。

齐修远知道，在最遥远的地方，那片纯净的湖水正在等待着他，也相信，在未来的某一时刻，自己会出现在它的面前，然后让自己的感动与那片最旷美幽蓝的湖水融入在一起。

齐修远把那张木马湖的照片翻拍放大，打印成一幅装饰画，挂在客厅的墙上。在他感到疲累和低迷的时候，就会静静地抬头凝望着这个绝美的画面，并让自己的情绪沉浸其中，放松疏解。

但木马湖在什么地方，齐修远依然一无所知，也没有头绪。他只知道木马湖在云南某地，但没有精确的位置。

随后，他通过照片里的雪山模样搜索了很多资料，最后大概推测出木马湖的位置应该在滇西一带。但那里有广袤的森林，江水湍急，要寻找这样一座湖泊，也不是一件很容易的事。但是他并不着急，因为他感觉，时机还没到来，如果时机到了，一切都会迎刃而解的。

这种乐观的处事心态是他一直保持的。因为这种心态，在人生中给了他很多次不一样的惊喜。

更让齐修远意想不到的是，随着自己频繁阅读曼曼的那些旅行日记，一种奇怪且错综复杂的情绪在自己身体里慢慢出现并弥漫开来，说不清，道不明，但确实存在着。

齐修远是个敏锐的人，对这种情绪，总结为自己只是喜好曼曼的性格和文笔，但后来觉得有些不太对了。因为他发现，当看到曼曼在日记里表达对黄文凯的热爱时，自己的心底竟然有些隐隐的嫉妒，然后就会刻意地越过那段文字，不去看它。到后来，这种情绪充盈着齐修远的身体，不得不承认，他已经暗暗爱上了日记里的曼曼，爱上了沉浸在爱情里的这个女孩子。

一到这种情绪不可抑制时，齐修远总习惯看一眼曼曼的那张照片，静静地和她的眼睛对视，似乎曼曼的眼睛里也有一片湖，纯真而清澈，神秘而令人神往。

甚至有时候，他会为曼曼的死去而悲伤。他觉得，这么好的一个女孩子，应该受命运的恩宠，而不应得到死无全尸的下场。

世上的事都是有变数的，就像“蝴蝶效应”一样，也许你一个不在意的动作或一个刹那间的想法，就会改变以后所有的事，甚至改变你的一生。

几天后，齐修远就遇到了一个转机，这个转机一出现，齐修远的命运也就随之发生了改变。

这一天，齐修远打开电脑去浏览黄文凯的博客，点开黄文凯写的一篇电影观后感。这部电影正巧他也看过，是一部叫《香水》的外国电影。

齐修远记得当时看完这部电影后，心灵触动特别大。此刻读着黄文凯对这部电影的评论和心得，他也有很强烈的认同感。当然，文章下面依然是那些粉丝的评论。

对于这些评论，齐修远从来没有认真看过，一般只是简单地滚屏浏览，这次也一样，只是随便地扫了一眼。

好几十条评论在鼠标滚轮的驱动下一晃而过。突然，屏幕里飞速滑过三个字，这三个字如电光石火般闪动了一下。

木马湖。

看到这三个字，齐修远的心重重地跳了一下，赶忙往回翻看，果然，一个粉丝的名字吸引了他的注意力——木马湖之心。

木马湖之心！齐修远整个人随着这个名字而激动起来。

这个叫“木马湖之心”的粉丝评论道：

看过这部电影的小说原著，弥漫着香气的罪恶。有时植物如罂粟一样，虽然是这世界上最美的东西，但也是最邪恶的。

齐修远第一个反应是点击这个名字，鼠标咔嗒一声，直接就打开了这个粉丝的博客网页。

但“木马湖之心”的博客一片空白，只显示主人是个女性，别的资料根本就没有，甚至年龄都是0岁。

但这已经让齐修远大为惊异了。他猜想到，这也许就是曼曼的博客名字。

齐修远赶忙逐个打开黄文凯的博客文章，并在每篇博客评论里寻找“木马湖之心”的评论。

寻找之下，竟然找到很多属于她的评论，但字数都不多，有调侃的，有理智地发表看法的，还有些只是发了个微笑表情的。而黄文凯的回复也都是简单的笑脸表情或调皮表情，并没有过多的文字。

把这些评论全都看完后，齐修远的心也平静了下来。他觉得自己有些小题大做了，虽然可以肯定“木马湖之心”就是曼曼的网名，但她和黄文凯是情侣关系，在爱人的博客文章下评论一下，并不是什么奇怪的事。

齐修远觉得自己有些可笑，把身体靠在沙发上伸了个懒腰，无意中看见自己的手机，紧跟着一个更大的推断突然产生：既然曼曼的博客名字叫“木马湖之心”，那她的微博名字是不是也叫“木马湖之心”呢？

齐修远知道，当年博客衰落的同时，微博也随之兴起，并以最快的速度取代了博客，之后和微信一起，很快占据了手机屏幕的重要位置，“微博控”和“微信控”这两个名词在近几年已经成了很火的网络词语。

齐修远想，如果曼曼的博客名字是“木马湖之心”，那她的微博名字应该也是“木马湖之心”。他知道，一个人是不会随意更改自己的网名的，特别是曼曼这样性格独特的女孩子。

齐修远想到这里，赶紧拿起桌上的手机，并登录到自己的微博上，点开微博里的“发现”一栏，输入“木马湖之心”五个字。

输入的同时，他感到自己的心又在怦怦地跳动，深吸了一口气，轻轻点了一下输入栏后面的“搜索”键。

结果不出所料，“木马湖之心”果然出现在屏幕上。

齐修远简直不敢相信自己的眼睛，因为“木马湖之心”的头像，竟然是收在腰包里的那把黄铜钥匙。

齐修远的心提了起来，点开“木马湖之心”的微博，猛然发现，微博最近的一次更新，竟然就在一个月之前，内容是一张特写的街景随拍。

齐修远感觉心里的激动和惊诧已经不能自抑。

一个念头在心底鸣响——

“木马湖之心”就是曼曼的微博名字。

而且，一个月前还有更新，那说明曼曼还活着。

第六章
谜一样的女人

曼曼还活着!

齐修远难以抑制心里的激动和惊喜，迅速地翻看了一下“木马湖之心”的微博，发现这个微博的更新并不是很多，大多是转发一些植物科普的帖子，原创也就五六条的样子，里面并没有她的照片，而是一些简单的风景和花草，配的文字也是平淡直白的，字里行间充满着落寞。

他又看了一眼“木马湖之心”的个人资料，所在城市显示为重庆市。

虽然“木马湖之心”的微博不多，但齐修远还是逐条认真地看了。他想从中找出曼曼的一些消息，哪怕一点儿蛛丝马迹也好，但一直翻到第一条微博，还是一无所获。

他又把“木马湖之心”的头像点击放大，仔细地看着，像要从那把黄铜钥匙的照片里寻找到一些蛛丝马迹。

他知道这一切都是徒然。

最后，他只能把所有的赌注都押在微博私信上，希望给曼曼发私信后，能得到她的回信。

齐修远点开微博私信，给“木马湖之心”留了一句话：

你好，请问你是曼曼吗？

接下来的几天，齐修远像是着了魔一样，没事就打开手机微博不停地刷新消息，但失望的是，给“木马湖之心”发的那条私信，并没有任何回复。

同时，他反复地观看“木马湖之心”最近发的那条微博，希望能从那张街景照片里找到些地理位置信息，但照片里的街道、楼宇并没有什么特点，只是一栋旧式的灰砖洋楼，矗立在梧桐树的树荫里，楼体古老而颓败，甚至标牌都看不清楚。

齐修远感到有些失落，事物的规律就是这样，一开始只是简单的好奇心，可一旦陷入后就会无法自拔，甚至执迷其中。

到最后，齐修远已经有些心灰意冷了，不再反复刷新微博私信，而是经常对着墙上那幅木马湖照片发呆，心里的失落弥漫扩散着。

但是，所有事情的转机都是在心灰意冷时发生，这似乎也是一条特别准确的事物规律。

这一天，齐修远听到手机叮地响了一声，拿起手机一看，屏幕上是一条微博消息推送。令他惊喜的是，那条未读消息来自微博私信。

齐修远感觉自己的心脏加快了跳动，甚至手都有些发颤，打开微博一看，发给“木马湖之心”的私信后边，有了一条回复：

哪位？

虽然只有简单的两个字，但足以让齐修远按捺不住地狂喜，手指快速打字回复：

你好。你有一个邮包在我这里，是你10年前通过“慢邮时光”寄到现在的，收件人是曼曼，如果你是曼曼，我想把邮包给你，如果能见你一面，再好不过。

齐修远写完这些字，就匆匆地点击发送了，发送完，才觉得自己过于急躁，文字表达有些唐突。他开始担心曼曼会误会自己，想了想，跟着又发了一条：

你不要误会，我是清华东里5号楼1002的租客，你的那份邮包寄到我这里，我只是想把它还给你。

接下来，是很长一段时间的静默，齐修远不停地刷新微博私信，唯恐错过“木马湖之心”的回复。

过了很久，“木马湖之心”回复道：

谢谢，我是曼曼。你是怎么找到我这个微博的？

看到这个回复，齐修远的心总算踏实下来，“木马湖之心”果然是曼曼。

他感觉自己此刻的心情就像探险者发现了宝藏大门一样兴奋，但又一时不知如何回答曼曼提出的问题。

要是按事实回答，他觉得有些不好意思甚至羞惭，因为对于一个陌生的人来说，自己寻找对方的方法有些过于缜密和急切，用窥探狂这个词都不为过。

他反复斟酌着措辞，数次删掉写好的文字，最后，还是选择了不直接回答，而是回复道：

你不要误会，我就是想把你的邮包给你。我收到的时候，邮包包装已经损坏，出于好奇心，看了一下里边的旅行日记，看完后被你的文字和照片感动了，所以通过各种方法寻找，才找到你这个微博。

不一会儿，曼曼回复：

你能给我拍一下日记的照片吗？

齐修远见曼曼并没有责怪自己的意思，心里一下放松下来，写道：

好，等下。

然后，他把木马湖日记的封面和几个内页拍了照片，发送给了曼曼。

不久，曼曼回复：

哦，这是我的日记，谢谢你费心收管，我怎么能拿到它？你寄给我？

齐修远看到这句回复，心竟然开始乱跳起来。他想了想，深吸了一口气，斟酌着写道：

不用谢。我真的很荣幸能看到这么精彩深情的旅行日记，虽然它经历了10年时间才重见天日，但并不因此而失去它潜蕴其中的感动。虽然时间改变了一些人或事，但美好的东西是值得时间去见证的。我是个摄影师，被你日记里的木马湖深深震撼和吸引。如果你方便的话，我能不能把这本日记亲自送给你，我想听你聊一聊它的故事，同时，也想去看看这个木马湖，希望你能告知具体路线，这想法有些冒昧，请见谅。

齐修远发完这段话，心里反而产生了一吐而快的释然感。但他知道，一个女人是不会随便答应一个陌生人这样的请求的。

他做好了心理准备，等着曼曼回复拒绝，按常理，她只会留下地址，让自己把日记寄过去。

但他万万没想到，曼曼竟然回复：

当然可以的，不过我在重庆，你是否方便过来？

齐修远心里一阵惊喜，赶忙写道：

我可以的，谢谢你相信我。如果你时间允许的话，我这两天就可以到你那里。

曼曼很快回复：

那好，重庆见，到了联系。我电话：1387165××××

齐修远兴奋异常，写道：

好，重庆见。我电话：1891780××××

这一番私信对话完毕，齐修远心里的激动竟然好久都不能平复，感觉自己好像做了一个梦，既梦幻又真实，梦境里那个虚构的人物突然出现在现实里，并慢慢向自己靠近。

他又把和曼曼的聊天记录看了一遍，一种难以言说的感觉充盈在心里。他抬头看着墙上的那幅木马湖照片，觉得自己离这个神秘的湖泊又近了一步。

想到这里，齐修远心里突然产生了疑惑。这10年，曼曼为什么要选择这种“人间蒸发”让人误以为死亡的方式活着呢？也许她有着很多不能言说的苦衷吧。这谜团，也只有见到她本人才能解开了。

齐修远是个雷厉风行的人，决定去重庆，就立刻订了去重庆的机票。订票的同时，他也决定了另外一件事，那就是在重庆见了曼曼后，直接从重庆去往云南，寻找那片神秘而美丽的梦幻之湖——木马湖！

齐修远再次敲响老黄的家门。

进了屋，齐修远直接说道：“黄哥，告诉您一个好消息，曼曼没死，我已经找到她了。”

老黄一愣，随即问道：“啊？真的假的？”

齐修远眼里都是兴奋：“真的。她现在住在重庆，我已经和她联系上了。”

老黄眼里都是惊喜：“哦，那太好了，太好了。我真没想到她还活着。”

“是啊，我已经买了机票，后天去重庆找她。”

老黄点点头：“挺好，那你见到曼曼，代我向她问好。跟她说，虽然文凯死了，但她还是我的弟妹，还是我的亲人。”

齐修远笃定地说：“放心吧黄哥，我一定转告她。”

出于工作的原因，齐修远已经习惯了在空中来去奔波的过程，甚至有些麻木了。每一次或远或近的飞行，对于他来说，已经变得平淡无聊。在云端的时候，他只愿意选择看书或者闭目养神，舷窗外的景色无论多么精彩，也只是草草一瞥，根本不会留心。

但此刻，在飞往重庆的航班上，他竟然有些孩子般的好奇。他兴奋地看着窗外那片极干净的湛蓝天空和明亮刺眼的日光，还有眼底那层层堆积绵白柔厚的云海，这一切进入视野并让他的心情跃动着，根本无法平静。

身前桌板上的木马湖日记，被斜射而入的阳光照射着，显出一种别样的魔幻光彩。他感觉到，这是一个旅程的开始，随即而来的将是各种奇妙的未知。迎接他的也许是希望，也许是失望，结果如何，不得而知。

伴着飞机引擎发出的隆隆低鸣，他开始在脑海里设想见到曼曼时的场景，设想着自己说出的第一句话和曼曼拿到日记时的反应。到了最后，他开始有些焦躁，觉得时间出奇地缓慢，甚至有时候飞机似乎停止飞行，静止不动了。

终于，飞机在江北机场缓缓落地，当飞机轮胎接触地面发出那一下震动后，齐修远像从梦里醒来一般，心也随着这一下震动而微微一颤，一阵激动瞬间传遍全身。

飞机仍在滑行，有的乘客已经按捺不住纷纷打开手机联系自己的亲人朋友。周围微信提示声不断传来，齐修远突然感到一丝慌乱和忐忑。他知道自己开机后，这个美好的梦就要变为现实，而现实是什么样，还是未知。

时间已经是傍晚了，他不想显得过于急切和冒昧，所以先是乘坐出租车到预订好的酒店入住。

齐修远的房间在酒店8层，从房间的窗口向外望去，山城重庆魔幻奇丽的夜景尽收眼底。这座城市美丽而古老，它三面临江，一面靠山，整座城市的建筑在不规则中透出一种独特玄幻的神秘色彩。楼宇层叠耸立，新旧道路盘旋起落，干道和桥梁灯光如带般穿梭、盘绕在万家灯火之中，井然有序、高低分明。车船流光伴着江波闪闪，笙歌随着夜风隐约传来，给夜晚的山城平添无限生机和旖旎魅力，如海市蜃楼般瑰丽。

齐修远站在阳台上，静静地观望着重庆的夜景。南方那种特有的带着潮湿感的夜风迎面吹来，吹得他心生惬意，但这种惬意中还夹杂着一丝丝怅惘。

他注视着每个闪烁变幻的灯火，猜想着此刻曼曼会在哪个方向，哪盏灯光是属于她的。

齐修远想给曼曼打去电话，但又有一些担心，这种莫名的感觉，在记忆里，是从来没有过的。

齐修远看了看时间，刚刚晚上7点多。他决定给曼曼打个电话，因为这个时间打不算是很冒昧。

齐修远拿起手机，在通信录里找到曼曼的电话。在按下拨号键的瞬间，他感到自己的心脏竟然加快了跳动。他定了定神，深吸了一口气。

嘟……嘟……嘟……

听筒那边是正常的等待音。

响了几声后，听筒里传来一个女人的声音，轻柔而委婉：“喂，是你吧？你到重庆了？”

听到这个声音，齐修远反而踏实了很多，这个声音充满沉静和善意，亲切而不失风度。

齐修远赶忙回答：“哦，是曼曼吧？对，我已经到重庆了，现在在江城酒店。”

曼曼回答的语气依然沉静：“嗯，我是曼曼。你到了就好。那么，我们什么时候见面？”

齐修远赶紧礼貌地回答：“今晚有些急，这样吧，你看看明天可以吗？如果你方便的话，我们明天见，时间和地点你定，好吗？”

“嗯，可以的。”曼曼的声音停顿了一下，“这样吧，明天上午10点，我们在万达广场的‘悠光咖啡’见吧。离你住的地方远吗？”

“哦，不远不远。”齐修远急忙说，“那好，我们就那里见，明天上午10点。”

“好的，那你早点儿休息。”

“好，晚安。”

放下电话，齐修远感到有种如释重负的轻松，回身坐在沙发上，抬头望着天花板发了会儿呆，又觉得心里像塞进了一个什么东西，根本难以平静。对于明天的见面，他也不知道如何面对，总感觉像一个男人初次去会见心仪的女人一样，有期待和盼望，又有一点儿慌乱和茫然。

第七章
前往木马湖

第二天上午，齐修远带着木马湖日记来到重庆南坪的万达广场。在广场4层，他找到了“悠光咖啡”。

这是一间森林绿野风格的休闲咖啡馆，和外面现代感极强的商场环境相比，这个咖啡馆像一个与世隔绝的世外桃源。咖啡馆里人不多，馆内装饰的都是高大的乔木绿植，满眼葱绿，桌椅也是原木风格。昏黄的灯光从树叶中若隐若现地照射而出，Bandari乐队的音乐在耳边轻轻萦绕。整个咖啡馆唯美而宁静，散发着一种原始森林的幽静气息。

齐修远找了个角落里的位置坐下，这个位置独立僻静，可以透过桌旁的绿植缝隙看到咖啡馆大门。他看了一眼手表，还不到

10点，便叫了一杯美式咖啡，拿起桌上的杂志翻阅着，等待着曼曼的到来。

距离10点还有20多分钟，但齐修远觉得时间出奇的漫长。他无心阅读杂志里的文字，只是翻看着里边的照片并不时地向着咖啡馆大门眺望。他深信自己能一眼就认出曼曼，因为曼曼的样子，在心里有着深刻的印象。

10年后的曼曼会是什么样子呢？齐修远想了想，一个优秀的女人，她自身的魅力与美是不会随着时间而改变的，反而会随着时间的晕染与沉淀变得更加优雅和婉丽。

快10点的时候，齐修远放在桌上的手机响了起来。他心里一动，赶紧拿起手机去看，来电显示正是曼曼。

齐修远接通电话，把语气放稳："喂，曼曼，你好。"

听筒里，曼曼的声音仍然轻柔动听："哦，你好，我到了，你到了吗？"

听到这句话，齐修远立刻把目光投向咖啡馆入口处，果然，一个年轻的女人正一边打着电话一边推着咖啡馆的大门。

是曼曼，齐修远相信自己的眼睛。

他赶紧站起身，向门口处的那个女人挥了挥手，对着手机说："我在这里，看到我了吗？"

"哦，看到你了。"那个女人也看到了他，接着把手机挂掉，向齐修远轻轻招了招手。

齐修远站到座位外边，用友善的目光迎接曼曼的到来。

曼曼步履轻盈地走了过来，咖啡馆的灯光虽然暗淡，但并没有掩盖住她身上所散发出的那种美丽出众的独特气质。

这是个漂亮的女人，和日记里的照片相比，她的美并没有因为10年的岁月而暗淡，而是变得更加成熟和迷人。

曼曼身材高挑纤细，背着一个酒红色金饰皮包。上身穿着一件月白色韩式短款西装，西装领子上别着一枚金色的四叶草胸针，里面是件桃红色尖领衬衣，衬衣领口是金线蕾丝花边，领口微敞，露出白皙的颈底。下面穿着一条及膝的深红色中短裙，她的双腿修长光洁，随着曼曼的走近，一股淡淡的香气也随之飘散过来。

曼曼走到齐修远面前，微微点了下头，语声温婉地问：“你就是……”

齐修远急忙站起来微笑回答：“对。我就是齐修远。”

听到齐修远说出名字，曼曼露出一丝惊奇的表情，但这表情转瞬即逝，她伸出右手：“你好，我是路曼曼。”

听到这个名字，这回变成齐修远微微惊奇了，一些朋友平时开的那句玩笑，竟然在此刻成为现实。

“修远，以后要是遇到一个叫路漫漫的姑娘，你一定要娶到手啊，‘路漫漫其修远兮’，天作之合。”

看到齐修远脸上露出的惊奇表情，曼曼也明白了原因，两人相视一笑，都有些微微的尴尬。

齐修远赶忙打破这个尴尬：“哦，咱俩这名字，好巧啊。”

曼曼微微一笑，牙齿洁白：“是，我也是第一次遇到。”

齐修远探步伸手拉开曼曼一方的椅子：“请坐。”

曼曼点头：“谢谢。”她说完慢慢坐下。

齐修远也坐回自己的座位。

两人相对而坐，齐修远可以清楚地看到曼曼的容貌。曼曼和照片上的样子并没有太多差别，只是10年前的照片里是中长发，而面前的曼曼留着栗色的长卷发。在头顶淡黄色灯光的照射下，头发随着发丝的卷曲闪着优美的光泽，显得她清纯典雅而又不失性感成熟。再仔细看，曼曼的皮肤光洁白皙，额头圆润，微挑的细眉下是一双晶莹明亮的大眼睛，眼光里都是明媚和自信的光芒。鼻梁挺直，涂着红色唇彩的嘴唇性感微翘，能感觉出她要强独立的性格。微笑间，她的牙齿洁白闪亮，照片上天真的模样会不经意间跃动而出，齐修远承认，这是一个混杂着天真和成熟魅力的漂亮女人。

曼曼点了一杯薄荷茶，看着齐修远，轻声问："修远，你说的那本日记，带来了吗？"

齐修远急忙点头："嗯，当然带了。我这次来，最主要的事就是把日记还给你。"他一边说，一边把手边的木马湖日记拿起来，并双手递给曼曼："给，物归原主。"

曼曼接过日记，说了声："谢谢。"然后，她低头抚摸着日记本的封面，眼神里微微跃动着兴奋的光芒。

齐修远心里也替她开心，带着歉意说道："对不起，我在没经过你允许的情况下打开了它。但不打开它，又真的没办法找到你。"

曼曼微笑，摇摇头："我不会怪你的，10年了，它还能在，已经是很惊喜的事了。"

说完，她轻轻翻开扉页，扉页上正是那张木马湖照片。当看到这张照片时，曼曼眼睛里突然闪过一丝悲伤的光芒，同时，喃喃低声道：“木马湖。”

齐修远看着曼曼的表情，能感受到她此刻心底的难过，确实，10年岁月，改变了很多的人和事。如果自己看到10年未见的旧物，估计心情也会和曼曼一样的。

曼曼低着头，久久地凝视着木马湖的照片，手指轻轻地摩挲着它，脸上的表情变得深邃而苍白。

齐修远轻声说：“木马湖太美了。”

“是，特别美。”曼曼也跟着轻声说道，并抬头看了齐修远一眼。

齐修远发现，曼曼美丽的双目中闪烁着晶莹的泪光。

曼曼看到齐修远关切地看着自己，深吸了一口气，错开眼神，说：“对不起，修远，我有些激动，你不用管我，我先看看日记，可以吗？”

齐修远点点头：“当然，你看。”

“嗯。”曼曼泪光微闪的眼中都是感激，低头接着翻看日记。

这本日记，齐修远已经翻阅了很多遍，里边的文字，甚至哪片叶子标本夹在哪个书页，都了然于胸。他深深迷恋着日记里的每个文字和每张照片，迷恋着这本日记里那些植物标本散发出的时光味道，甚至潜意识里，知道自己已经对它的主人心生钦慕。此刻，这本日记和它的主人已经真实地出现在自己面前，齐修远竟然感到一种莫名的成就感和幸福感，这两种感觉交错着，鼓荡着，充盈在心中。

而此刻的曼曼，将全部精神都深深地投入在木马湖日记里，认真地翻阅着每一页，脸色也随着眼波流转，时而潮红，时而苍白。

齐修远感觉，曼曼10年前所写的文字和收集的植物标本，已经像一个梦一样被她在不知不觉中全部遗忘，此时这个遥远模糊的梦境又在翻阅的过程里被清晰地回放出来。

翻阅的过程中，曼曼时而眉头微皱，时而轻抿嘴唇，时而发出轻轻的叹息。看到最后一页自己的照片时，她手指微颤，呼吸也似乎急促起来，接着，眼中流出了晶莹的眼泪，一颗泪珠嗒的一声落在那张照片上。

她抬起头，眼泪顺着脸颊流了下来，泪光中都是满满的悲伤。

齐修远看到曼曼的样子，心里也感到一阵难过。他知道，曼曼因为看到10年前自己那段美好的爱恋才如此悲伤，此刻，这份深刻而伟大的爱情已经随着黄文凯的离去，只留存在这本木马湖日记里了。

齐修远赶紧拿起桌上的纸巾递给曼曼。曼曼接过，低声道了谢，用纸巾轻轻擦拭自己的眼泪。

齐修远关切地看着曼曼，但此刻，还是选择沉默了。

良久，曼曼的情绪慢慢稳定了下来，但眼睛已经哭得通红。她合上日记本，满含歉意地对齐修远说："对不起，修远，我没控制好情绪，让你看笑话了。"

齐修远平静地说："没事，你不用道歉，我理解你的难过。哭出来会舒服一些。"

曼曼点点头，又翻回日记扉页，眼睛不眨地看着木马湖的照片，表情直愣失神。

齐修远等了她一会儿，问：“曼曼，你还好吗？要不，先喝口水？”

曼曼听到他的话，神情恢复到自然，她喝了一口薄荷茶，看了齐修远一眼，说：“我没事，就是看到日记里的一些东西，心里有些难过。”

“是，10年一晃而过，物是人非，有的记忆已经慢慢淡去，一本日记的出现，会把这些记忆召唤回来，也会把已经平淡的情绪挑动起来，遇到这种情况，我想每个人的反应都是一样的，因为我们都是性情中人。”

曼曼点点头：“你说得很对，所以我们要学会在任何时刻都控制好自己的情绪。”

接着，又是一阵沉默，四周只剩下音乐声和其他客人的低语，甚至邻桌的人敲击电脑键盘的声音都清晰可闻。

最后，曼曼深深叹了口气，抬眼看了齐修远一眼，说：“修远，谢谢你把这本日记送来，我很感激你。但今天我情绪太差，现在想回去安静一下。如果你不着急离开重庆的话，等我情绪恢复了，请你吃饭，好吗？”

齐修远点点头：“当然没问题，你赶紧回去好好安静一下吧。我不着急回北京的，等你情绪稳定了，还有事想和你聊。”

“好，那我失陪了，对不起。”曼曼眼睛里都是歉意。

“没事的，和我不用客气。”

“那……”曼曼拿起木马湖日记，停顿了一下，“我就把这本日记带回去了。”

齐修远一笑："当然，它本来就是你的嘛。"

曼曼也微微一笑，大方地看着齐修远，语气真诚地说："修远，谢谢你。"

齐修远看着曼曼直视自己的目光，听着她说出的这句感谢，心里拂过一阵温暖。

曼曼把日记本装进挎包，起身伸手，对齐修远说："那我先走了，你等我电话，我们再约。"

齐修远急忙起身和曼曼握手道别："好，我等你电话。"

曼曼微微一笑，把挎包背在肩头，转过身，步态轻盈地走向咖啡馆大门。她推开玻璃门走出去，然后消失在齐修远的视线里。

齐修远目送曼曼离去后，又坐回自己的位置，看着那杯曼曼喝了一口的薄荷茶，看着桌上那团曼曼用来擦拭泪水的纸巾，感觉心里五味杂陈，心波翻涌难以平静。

之后的几天，齐修远并没有联系曼曼。他想给她相对充裕的时间来平复波动的心绪，毕竟这本10年后又回到手中的木马湖日记，会给她带来很多的感触、回忆甚至悲伤。

齐修远一直等待着，因为能感觉到，曼曼还会和自己联系的。

果然，三天后的傍晚，他的手机响了，是曼曼的来电。

齐修远接通电话，曼曼的声音依然平静温和："修远，你还在重庆吗？"

"在的。"齐修远心里一阵激动。

曼曼顿了一下："哦，你今晚有时间吗？我想见见你。"

“可以的，哪里见？”

“8点，北滨路吧。”

嘉陵江畔，潮湿的夜风拂面，涌动的江涛拍打着石堤，发出微微的响声，远处游船引擎声也阵阵传来。江对面璀璨的万家灯火倒映在波光潋滟的江面上，明暗交替，形成无数七彩光柱交织在一起，如起伏的锦缎般繁丽迷人。

齐修远和路曼曼并肩漫步，沉默着，两人的思绪似乎融入了这静怡的夜色。

曼曼停下脚步，静静地看着眼前的景色，明亮的眼睛倒映着灯光江影，深邃而美丽。

片刻，她轻轻说道：“修远，这两天我把日记看了很多遍，心里一直平静不下来。今天好些了，才把你约出来聊聊天。”

齐修远叹口气：“嗯，我看了那本日记以后，心里也是好久不能平静，里边有太多让我感动和向往的东西，所以才费尽周折找到你。”

曼曼侧过脸，看了眼齐修远，轻声说：“是啊，里面所有的一切，就像一场美好又虚幻的梦一样。”

齐修远点头。

曼曼眼光一闪：“我一直没好意思问你，你是怎么找到我的联系方式的？”

齐修远听她这么问，心里泛起一丝羞愧，语气有些慌乱：“哦，是这样。木马湖日记寄到了我那里，我看收件人不认识，就赶紧给房东黄哥送去了。黄哥你认识吧，就是……”他看了眼曼曼，语气谨慎地说：“就是黄文凯的哥哥。”

“嗯，这我知道。”曼曼的情绪并没有因为听到黄文凯这个名字而发生起伏。

齐修远不敢和曼曼说是自己先拆开日记的，接着说：“黄哥打开日记后，告诉我，这是你和黄文凯的物品，可是已经没有你的联络方式了，而且……”

他停住了，因为不想提黄文凯去世的事，怕曼曼难过。

曼曼明白了他的意思，停了片刻：“是，文凯死了以后，我难过了很长时间，整个生活都变了，所以就没有再回北京。从我失去他的那一刻，我们那个家已经不存在了。”

齐修远点头：“所以黄哥一直以为你也……之后我找到黄文凯曾经工作的公司，又从同事那里知道了他的博客，接着又从博客里看到了你的网名。”

“木马湖之心？”

“对，木马湖之心，因为在黄文凯博客的评论里，这个名字太扎眼了。”

曼曼叹了一口气，嘴角扬了扬：“修远，你是个聪明的人。”

听到曼曼这句赞扬，齐修远心里一阵羞愧，赶忙解释：“曼曼，你知道吗？我之所以这么仔细寻找你的联系方式，其实是为了木马湖。”

“为什么？”

“因为木马湖太美了，像梦境一样美。你知道吗？前段时间我出于工作的原因，正处于情绪的低谷。这本日记的出现让我精神振奋起来，所以特别想去看看它。而且，你日记里的文字也感动了我，我觉得这是我见过的最伟大的爱情记录。同时，美丽幽深的木马湖也见证了这份爱情。”说到后边，齐修远语气有些激动。

听到他说的这些话，曼曼的脸色突然变得苍白，在斑斓江影的映射下，温婉沉静的脸微微一变。

齐修远看到曼曼脸色的变化，知道自己的话语让她难过了，急忙道歉：“对不起曼曼，我的话是不是让你难过了？”

听到他这么说，曼曼的脸色恢复了平静：“哦，你不用道歉，我没事。听你提起10年前的爱情，我虽然难受，但这么长的时间，早就让我看淡了很多。”

“这种看淡也是一种勇敢。”

“谢谢。”曼曼眼光晶莹，不再说话，转过脸静静地望向波光闪烁的江面。一阵江风吹过，轻轻地吹起她的发丝，并把她身上淡淡的香水味吹送到齐修远的鼻孔里。

闻着她身上的香气，看着这个忧伤而沉静的女人，齐修远心里突然感到，也许此刻，悲伤的她需要一个安抚的臂弯。

静了许久，曼曼深深吸了一口气，转过身看着齐修远，语气变得明朗：“修远，你说想去看看木马湖？”

“对。”

“要不，我们一起去吧。”

齐修远看着曼曼坚定的目光，心里也是一阵激动，没有一丝犹豫，立刻用力点点头，语气笃定道：“好，没问题。我们去木马湖。”

第八章 那个男人的警告

“木马湖在哪儿？”齐修远侧头问。

听到问话，曼曼抬头看了一眼重庆酒红色的迷幻夜空，轻声说：“它在云南和西藏交界的地方，想找到它，要翻越最高耸险峻的山峰，穿越最宽阔冰冷的江水，还要走过大片大片的原始森林。总之，要经历很多你想不到的危险。”

听了曼曼这段话，齐修远点点头：“这我不怕，我差不多跑遍了世界各地最危险的地方，可以克服旅途遇到的一切困难。我们怎么去？和木马湖日记里一样，从丽江过去？”

听到齐修远提到日记和丽江，曼曼眼里再次闪过一丝忧伤，喃喃地说：“不用，我们从这里直接去就好了。不过，去木马湖是没有路的，车只能开到贡嘎村，然后再从贡嘎村去木马湖那里。”

“贡嘎村在哪儿？”

“在云南省界，是个很原始的村落，也是当年科考队的落脚点和补给点。”

“科考队？”

曼曼点头：“对的，各种科考队，以动植物研究为主，我的奶奶就是做这一行的。她是解放后第一批药用植物研究专家，而木马湖就是我奶奶发现的。当年，她的科考队把整个大西南都走遍了，在云贵川藏都留下过他们的足迹，甚至有些人把他们的生命也留在了那里。”

齐修远轻轻叹口气，问：“奶奶的科考工作应该特别辛苦吧？”

曼曼点头，说：“那当然。药用植物科考是最艰苦的工作，要和各种恶劣的自然环境抗争，还要随时防备突然出现的野兽。奶奶告诉我，当年他们进行药用植物科考研究时，都是骑着骡马进山的，马背上驮着吃穿住用的物品和仪器，就像一个移动的家。这么多年来，为这项事业而失去生命的人太多了。”

齐修远叹口气：“那他们为了什么？现在西医制药这么发达，中药的品种也有那么多，基本上大多数疾病都是可以治愈的，何必要为了一种新的草药而付出生命代价呢？曼曼，你不要误会，我这个问话，是大多数人的想法。”

曼曼苦笑：“我知道。我觉得，人类的发展就是对大自然进行探索发现和抗争的过程，我们不能因为现有的东西而失去对大自然的探索，直到现在人类的进步一直没有停止。”

“那我们在贡嘎村停车后，也要骑马去木马湖？”

曼曼轻轻摇摇头：“应该不可以，我们需要徒步穿越一大片原始森林，才能到达那里。”

齐修远点头。

曼曼深吸了一口气，说：“先不管这些了，我们先到贡嘎村再说。贡嘎村里有位者岩奶奶，她是当地人，是我奶奶的好朋友。当年我奶奶的科考队进山后，者岩奶奶就帮着照顾我年幼的爸爸。”

“嗯，那一定是位慈祥的老人。”齐修远想了想，继续问道，“那你的父母呢？”

“我的爸爸妈妈也是做这项工作的，相爱结婚后一起进行植物科考研究，但在我小的时候，他们一起离开了我。”

“出了意外？”

曼曼点点头：“是和国际植物研究小组去缅甸进行考察时出了意外，没能再回来。”

齐修远叹口气：“对不起曼曼，我不应该问这个。”

曼曼轻轻笑了笑：“没事的，修远，在我的记忆里，爸爸妈妈只是照片里的样子。他们很忙，几乎整年都在深山密林里工作，他们的工作伟大但却疲累，回家的次数特别少，我的童年，是在奶奶的陪伴下度过的。”

“奶奶特别疼你吧？”

曼曼点头：“是的，那时奶奶已经退休，在农学院做顾问，偶尔也出国参加学术会议。到后来，出于身体原因，她不怎么出门了，只是在家里潜心写作，把一生所有的药用植物研究都留存下来。我一直陪在奶奶身边，沉浸在她的植物世界里，也因为耳濡目染，我从小就对那些神奇的植物特别感兴趣，后来大学也是学的这个。”

“学的药用植物专业？”

“对。”曼曼点头，“记得小时候，奶奶经常给我讲神农氏的故事。她说，神农氏是中国第一个从事植物药用科学研究的人。他就是炎帝，并和黄帝一起成为我们华夏民族的祖先，所以我们被称为炎黄子孙。但这个炎帝也是一位勇敢执着的医学工作者，他尝遍百草，用生命换来救治四方的草药。所以奶奶让我记住这位伟大的神农氏，有时奶奶开心时，就叫我‘小神农’。”

说到这里，满脸忧伤低落的曼曼微微一笑，脸上都是孩子般的天真。

看到曼曼的样子，齐修远沉重的心情也缓和了许多，说：“奶奶肯定是位慈祥温和的老人。”

曼曼点头：“是的，她特别宠爱我。当我把西南大学的录取通知书拿给她看时，奶奶激动的都哭了。她对我说，我的爸爸妈妈是最优秀的药用植物学家，也希望我好好学习，做一个有建树的‘神农氏’。”

齐修远看着满眼回忆的曼曼，问：“曼曼，你喜欢绿色吧？”

曼曼深吸了一口气，目光深远地看着璀璨变幻的江景，一阵风吹过，额头的发丝微微拂动。接着，她深情地说：“对的，我爱一切绿色的东西，草原、森林、大地，只要它殷绿美好，就都是我的挚爱。甚至在我眼里，蓝天和海洋也是绿色的。”她顿了顿，语气悠远地说：“当然，爱情也是。”

这些话让齐修远心里一软，不知道眼前这个单纯的女人在失去爱人后的10年里是怎样度过的，也许是她心里执守的那片绿色，才让她坚强地生活下来。

这段日子，齐修远一直通过木马湖日记来探知曼曼的一切，可今天这短短的一番谈话，让曼曼的形象清晰和亲近起来。但是，齐修远也注意到，曼曼单纯的眼眸里始终蕴藏着一丝独特的光辉，让她在此刻平和安静的形象下，依然保持着一种淡淡的神秘感。

这时，一阵潮湿的风吹过，曼曼缩了缩头，把双臂环抱在胸前，但目光依然清澈。

齐修远赶忙说：“哦，有些凉了，不如我们先回去吧。”

曼曼点点头：“好，既然决定去木马湖了，我们就先各自收拾一下。你说，我们什么时候走合适？”

齐修远想了想：“后天，好吗？我跟这里的朋友借一辆车。”

曼曼看了齐修远一眼，笑了笑：“不用麻烦别人了，我们还是租车吧。去那里必须找一辆越野车，你向朋友借车，如果碰撞剐蹭了不好交代。”

齐修远点点头，干脆地说：“好，我听你的。”

曼曼甜美地一笑，迷人而温婉。

齐修远心里感到一阵愉悦，兴奋地说：“那我们后天见，出发，去木马湖。”说到这儿，他像想起了什么，说：“对了曼曼，你还没和我说，当年奶奶是如何发现木马湖的呢。”

曼曼又是微微一笑：“旅途很长，我在路上告诉你吧。”

“好。”

回到酒店，齐修远的心绪久久不能平静。他坐在阳台上，喝着啤酒，任微凉的夜风吹拂着自己的身体。远处的重庆夜景依然灿烂魔幻，但齐修远却没有心情欣赏，因为曼曼的身影、一颦一笑和眼里蕴藏的那丝独有的神秘感，一直在眼前浮动，挥之不去。而同时，木马湖的影像越来越清晰可见，齐修远甚至能在心里想象到那片湖水真实的样子，似乎听到风吹过森林的呼啸声，闻到湖边空气潮湿新鲜的味道，看到曼曼站在木马湖畔安静优美的身影。

喝了几罐啤酒后，齐修远有了些醉意，感到头有些昏沉，便走回床边，仰头躺了下去。

齐修远做了一个梦，这个梦境是那么熟悉。还是一片绿色的雾弥漫着，虽然隐约有一丝光，但是照旧看不清任何东西。他四下寻找行走，最后意识到自己在等待着曼曼的出现。不知道过了多久，他听到了曼曼的笑声，清脆而快乐。同时，一个人影从雾里走来，齐修远感到特别开心，奔跑着向那个人影迎去，可到了那个人影跟前，那个人影一下就消失了。齐修远愣住了，大声地叫喊着曼曼的名字。突然，一个男人穿过迷雾倒退着走来，这人身材高大，步伐踉跄，嘴里低声说着：“不要去木马湖，不要去木马湖。”齐修远有些惊慌，鼓起勇气慢慢走到那个男人面前，一眼看去，吓了一跳。那个男人满脸鲜血，皮肉翻着，白骨暴露，眼睛是两个暗红窟窿，恐怖异常。

“黄文凯！”齐修远大叫着惊醒了。

他猛地坐起来，呼吸急促，梦里那个男人恐怖的样子清晰异常。

齐修远四下看了看房间，定了定神，意识才慢慢从梦境里逐渐恢复过来，心脏还是跳动得厉害。他向窗外望去，外面已经是黎明时分，天已经蒙蒙亮，远处山顶的霓虹灯虽然亮着，但已经色彩变弱，隐隐地，江里渡轮低沉的机器声呜呜传来。

这时，手机铃声响起，齐修远一看，是老黄打来的电话。

齐修远赶忙接通：“喂，黄哥。”

电话那头，老黄说道：“小齐，你到重庆了？”

“哦对，到了。”

“那就好，你住得还好吧？”

齐修远回答：“嗯，挺好，住在江城酒店。”

“见到我弟妹了吧？”

“见到了。”

老黄的话音带着欣慰：“那太好了。知道她还活着，我特别开心。你别忘了代我向她问好，跟她说，抽空回北京来。”

“您放心吧，黄哥。”齐修远说，“我一定把话带到。对了黄哥，我们决定去日记本里的木马湖看看，后天出发。”

老黄说：“那你们得注意安全啊。那边危险，暴雨泥石流什么的，你一定要照顾好我弟妹。”

齐修远爽快地回答：“好，您放心吧黄哥。”

刚挂断老黄的电话，曼曼的电话就打了进来，齐修远赶忙接听。

曼曼的声音还是平静低婉："你好，修远，打扰了。我给你打电话也没别的事，就是想和你约一下，明天上午9点，我们去四海租车公司见面。我用手机预订了一辆越野车，我们早去看一下车况，然后就出发，你看如何？"

齐修远精神一振："太好了，那我们明天在四海租车见。"

挂上电话，齐修远再次微微地发愣，他是一个沟通能力很强的人，并一直对自己的这个能力很自负。但是他总觉得，曼曼似乎有种独特的气场，她虽然表面上平和低敛，但身体里却蕴藏着一种区别于旁人的清傲神秘，这种气场发自她美丽超凡的容貌，也发自她清澈幽深的眼眸，让别人感觉若远若近，不敢亵渎。所以，接下来的时间里，齐修远并没有再次打扰曼曼，而是静静地等待着四海租车公司的再次见面。他能隐隐感觉到自己心里的不自信，甚至有些微微羡慕和嫉妒黄文凯，不知道这个黄文凯到底有多出色，能让曼曼爱上他并久久不能忘记。

嫉妒自己的同性，这是雄性动物的一种原始本能，每个男人的身体里都蕴藏着这种原始本能。

9点还没到，齐修远已经在四海租车公司门口等待了。他已经做好远行探险的准备，所有物品都放在两个帆布背包里。

9点整，一辆出租车停在了门口，曼曼从副驾驶开门下车。她把头发梳成马尾，上身穿了一件绿格衬衫，下身是一条浅蓝色牛仔裤，脚上穿了一双棕色的登山皮靴。她的肩膀上斜背着一个牛皮旅行挎包，整个人干练而自然，让迎接的齐修远眼前一亮。

齐修远觉得这个装扮的曼曼太熟悉了，因为木马湖日记的那张照片里，曼曼就是这种风格的打扮。唯一的区别是，此刻的曼曼是从容沉静的，而照片里的曼曼是阳光灿烂的。10年的时光，并没有改变曼曼的容貌，但在潜移默化里，已经让她比往日多了一种成熟优雅的独特魅力。

看到齐修远，曼曼微微一笑，笑容明媚："修远，你已经到啦。"

齐修远点头，笑着说："我刚到。"

他一边说着，一边快步走到出租车处，帮着司机给曼曼拿行李。曼曼的行李是两个拉杆箱，不是很重。

两人拉着行李走进营业厅，曼曼把拉杆箱放在一侧的沙发边，对齐修远说："我先去办手续，办完麻烦你去看看车况，我不懂车，只会开，费心了。"

齐修远一笑："好，放心吧。"

齐修远在沙发上坐下，看着曼曼有条不紊地和业务员办理着手续。

曼曼从挎包里掏出驾驶证和身份证，认真地填写租车单。填写完，听业务员讲解注意事项，曼曼听得很仔细，偶尔回头看一眼齐修远，这让齐修远心里暖暖的。

不久，曼曼招呼道："修远，麻烦你去门外看看那辆白色的越野车，车牌号5833，那是咱们的车。"

"好！"齐修远站起身，冲曼曼微微一笑，然后走出大门。

一个年轻的业务员跟着走了出来，手里拿着车况单，跟着齐修远把车况确认并填写清楚。

齐修远仔细地把车况看了一遍，因为即将开始的旅途太过艰难，驾驶的车辆不能有一点儿隐患。齐修远把车架、机油、防冻液、灯光、备胎和换胎工具都一一检查了一遍，又在业务员的陪同下试驾了一圈，然后才满意地回到租车公司的门口。

齐修远收好钥匙，走进营业厅，但没有看到曼曼的人影，正要寻找，接待台后的业务员说道："先生，您好，刚才那位女士让您先把行李装到车上，她去打个电话，马上回来。"

齐修远点头，把所有行李都装进了车里。

齐修远坐在驾驶室，正等着曼曼回来，那个业务员又跑了出来，他走到车前，对齐修远说："先生，您好，这是刚才那位女士的身份证，我复印完忘了给她，您收一下。"说完，他把曼曼的身份证递给齐修远。

齐修远接过，向业务员道谢。

齐修远把曼曼的身份证放在了仪表台上。他简单扫了一眼曼曼的身份证，照片里的曼曼显得年轻一些，留着刘海儿，眼睛明亮，淡然地微笑着。再看曼曼的出生日期，齐修远愣住了，曼曼竟然和自己同年同月同日出生。这让他有些意外，觉得是一种冥冥中的巧合。接着，他感到自己这个行为有些不礼貌，便伸手把曼曼的身份证反扣过来，然后把目光投向营业厅大门，等待曼曼回来。

没多久，曼曼从营业厅走了出来，齐修远赶忙探身打开右车门，曼曼坐了进来。

"曼曼，你的身份证。"齐修远一指。

曼曼看到后点头："哦，我刚才忘了向他们要，谢谢。"说完，她收起身份证。

齐修远系好安全带："曼曼，我们去买些食物和设备，然后出发，好吗？"

"可以，听你的！"

"那我们的木马湖旅行就从现在开始了？"齐修远侧头问。

曼曼点头，系上安全带，然后轻轻笑了笑，说："嗯，开始了。"

野外探险对于齐修远来说是家常便饭。作为摄影师的他，有着太多野外的工作经历，所以野外探险的一切必需品都了然于胸。在他的指导下，两人购买了徒步和露营装备，又补充了食物和水，然后开着车一路向西南进发，正式开始了去往木马湖的漫漫旅途。

出了重庆市区，渐渐地，现代化建筑物越来越少，一路上山峰起伏，公路坦荡，两人并没有太多的话语交流。齐修远默默地开着车，曼曼静静地看着窗外，怀里，紧紧地抱着那本木马湖日记。

过了很久，曼曼轻声说："修远，我们不走高速公路，好吗？"

齐修远看了曼曼一眼："为什么？"

曼曼扫视着窗外移动的山影，说："我喜欢绿色的植物，喜欢森林，我们走高速会错过它们，因为在高速公路上走，离它们太远了。"

"好，时间很多，那我们走省道。"齐修远笃定地回答。

曼曼感激地看了一眼齐修远："修远，谢谢你。"

齐修远微微一笑："曼曼，从现在起，我们就是旅伴。所以要相互陪伴，共同前行，我们的目的地是木马湖。从现在开始，我们还会有很多困难要一起克服，不用互相道谢。"

曼曼点头："好，相互陪伴，共同前行。不过，我还要最后一次谢谢你。"

齐修远看了一眼曼曼。

曼曼眼光清澈地看着前面的道路，顿了一下，真诚地说道："修远，谢谢你陪我去木马湖。"

齐修远没有立刻回答，只是安静地开着车。过了很久，他叹口气："曼曼，你知道吗？就算没有找到你，我自己也会有这次木马湖之旅的。"

"为什么？"

齐修远眼光深远："为了你手里的木马湖日记，为了你和黄文凯的爱情故事，也为了我自己。"

听到齐修远的回答，曼曼低头看了一眼手里的木马湖日记，此刻窗外投射进来的阳光在日记封面上留下斑驳的影子，这影子移动着，变幻着，像时光在拂动着里面深藏的记忆并让一些难以抹去的景象闪烁流转，既模糊又清晰。

越野车缓缓地在省道行驶，时近傍晚，四周的景物已经渐渐暗淡下来，起伏的群山升起了淡淡的雾气。转过了一个弯，四下突然豁然而开，一座大桥出现在车前。开上桥后，光线突然变得金黄明亮起来。

"快看啊，修远！夕阳，长江。"曼曼语气中隐隐带着一丝兴奋。

齐修远赶忙放慢车速，侧头望去，只见此刻夕阳火红灿烂，金红的色彩浸透了整个西方天际。在夕阳的映衬下，桥下缓动流淌着的长江直接天际，江影弯曲着，闪着碎金般的光，整个景象展现在眼前，就像一首深情而蓬勃的诗。

“修远，可以停车吗？”曼曼问。

齐修远看了一眼，说：“可以的，前面有紧急停车港湾。”

在桥上的紧急停车港湾下了车，两人一起望去，此刻的夕阳愈加通红，染透了四周的群山。桥下流动的江水发出哗哗的声音，一群江鸥在最高远的天际缓缓飞行，它们越飞越远，直到融化在这火红的夕阳光影中。

曼曼双手扶着栏杆，安静地看着眼前这绝美的风景，眼睛被夕阳映照着，闪着金色的光芒，而脸庞也被映得红艳异常，生动而美好。

齐修远拿着相机，拍了几张壮丽的夕阳景色，然后慢慢地走到曼曼身边，安静地和她一起向西方眺望。

许久，四下的景物慢慢暗淡下来，太阳马上就要落山了，天边的颜色变得深红，群山和长江的色彩也阴郁下来，同时江涛声愈来愈大，微冷的风拂动着两人的头发、衣角。

曼曼眼里都是留恋的神色，表情变得有些落寞，喃喃地说：“我们不要错过生命中的每一个夕阳，因为它离去了，就永不再回来。”

齐修远眼睛不眨地看着壮观的夕阳，听着曼曼的话，心里有一股怅惘油然而生，轻轻叹了口气，侧头看着曼曼。

太阳消失在山后，天又暗了很多。这时车灯一闪，一辆吉普车缓缓地开上了桥。接着，这辆车在紧急停车港湾入口处停住，灯灭了，但车未熄火，仍能听到引擎声隐隐传来。同时，主副驾驶两侧车窗里冒出袅袅烟气，应该是车里的人在吸烟。

齐修远看了这辆吉普车一眼，觉得所有美好的情境一下被打破了，对曼曼说：“曼曼，有些凉了，回车里吧，我们再往前走一段。”

曼曼点点头，和齐修远一起准备走回越野车，当两人回身抬头后才发现，一轮银盘似的圆月，已经升起在如墨蓝锦缎般的东天。

第九章
路上的悲伤

夜色如水般向四周漫延着。

齐修远目不转睛地盯着前方，安静地开着车，曼曼微闭着眼睛，头靠在椅背上。

借着月光，他们看到黑灰色的山峦在夜空的映衬下缓缓移动。远处，半山村落的几星灯火，微弱而温暖。

车灯照射下，省道的柏油路泛着光，散落的石子在车轮的碾轧下，发出吱吱嘎嘎的声音。

越野车盘转前行，偶尔会有别的车辆迎面驶来，车灯一晃，两辆车贴着交错而过，然后又是一片更黑暗的路和更寂静的一切。

齐修远抬腕看了一下手表，侧头对曼曼说："曼曼，刚9点，我们再往前开一段，然后找个镇子休息，好吗？"

曼曼点点头："嗯。累了就停下，我们不着急赶路。"

齐修远握了握方向盘："好，我知道，那我再开会儿。"

接着车里又是安静和沉默。

过了许久，齐修远轻声说："曼曼，你还没有和我讲，当年奶奶是如何发现木马湖的呢。"

听到齐修远这样说，曼曼坐直了身体，用手拂了下耳边的头发，说："你想听吗？"

"当然。"齐修远认真地开着车。

曼曼点头："可是这个故事很长的，你不会听烦吧？"

"不会的，精彩的故事和这安静的夜路是很配的。"

曼曼看着向前延伸的道路和向后徐徐移动的灌木丛，说："好，那我慢慢讲。首先呢，要从我的外曾祖父说起，也就是我奶奶的父亲。他老人家就是一位植物学家，早年留洋，民国时，在北平研究院植物研究所工作，出于这个原因，我奶奶在孩提时代就接触了很多植物学知识，从小就立志做一名植物学家了。"

"那和你父母一样，都是耳濡目染。"

"是的。"

"嗯，你继续讲。"

"好。"曼曼缓口气，继续讲述，"那个时候，北平研究院随清华、北大南迁到昆明，我奶奶那会儿才12岁，也跟着我外曾祖父一起南渡到了那边。他们一家住在昆明西山的一个庙里，安顿下来后，我外曾祖父继续在云南进行植物采集调查研究，并在西南联大做了植物学讲师。后来，我奶奶慢慢长大，成了一个亭亭玉立的大姑娘，在西南联大上学，成了一名优秀的大学生。后来，研究所准备北归回京，但我的外曾祖父已经无法离开云南那个神奇美丽的地方了，因为云南就是植物的大世界，各种各样的植物让人流连忘返，特别是药用植物，云南简直就是药草天堂。所以，我外曾祖父决定，他们一家都留在昆明。”

齐修远点点头：“我们再过几天应该就可以进入云南境内了。”

“嗯。我外曾祖父就是想以昆明为中心，然后对云贵川藏的植物进行考察研究，还想着在昆明建立一所植物园，把全国各地的药用植物都采集到那里，然后进行培植和药用研究。后来遇到一些变故，他们一家只能放弃一切，来重庆居住。”

“科学研究也停了？”齐修远问。

曼曼点头：“是的。后来，我外曾祖父去世了，临死时，他让我奶奶把那些未完成的研究工作进行下去，我奶奶答应了。所以，我奶奶成了中华人民共和国第一批植物研究学家。”

车辆沿着山路转了个弯，车灯的光亮映照着茫茫黑夜，继续向前缓缓前行。

曼曼仰头看着天窗上那轮皎洁的明月，语气轻缓地继续说道：“在昆明时，我奶奶已经有了一个心爱的恋人，那是一个优秀的年轻人，比我奶奶大三岁，他们是在西南联大上学时认识并相爱的。奶奶曾经跟我说，她从未遇到过那么一个内心清澈透明的男人，他开朗而聪健，对家国大事，对文化知识，对爱情和未来都有着无比的热忱和执着。他虽然学的不是植物学科，但是特别支持我奶奶的治学志向，他陪着我奶奶走遍了云南的群山和森林。在旅途中，两人相爱扶持，在最旷阔的绿色海洋中前行。他们遇到了很多困难，但同时也见到了无数绝美的风景，也就是在一次远途旅行中，他们遇到了美丽的木马湖。”

齐修远听着曼曼的讲述，脑海里联想着那个青年和奶奶并肩前行的情景，当曼曼最后说出“木马湖”三个字时，他感到心底一颤，一种莫名的激动鼓荡而升。他深信，那个遥远的木马湖，也就是因为那纯真的爱情而出现的。

曼曼似乎也被自己的讲述感动了，顿了一下，说：“当时这片湖出现在眼前时，他们立刻就被这片湖的旷美震撼了。奶奶说，他们来到湖边一座悬崖上，并肩低头俯瞰，能看到整片湖水倒映着山峦森林和远在天际的雪山，四周一种不知名的花朵开放着。这种花朵的枝头开着两朵花，一朵鲜红美艳，一朵洁白清雅，但它们不是一起开放，红花是在白天开放，白花是在夜晚盛开。我奶奶从没有见过这么美丽奇异的花朵，就根据它们日夜轮开的特点，将这种花起名为日月花。”

“日月花？这名字太美了！”齐修远情不自禁地感叹。

曼曼说：“我小时候第一次听到奶奶说到这个日月花时，也跟你一样激动，脑子里也想象着它美丽的样子。”

齐修远点头，轻声问：“那10年前你去木马湖时，见到这个日月花了吗？”

听到齐修远这样问，曼曼眼里闪烁一丝悲伤：“见到了，它特别特别美，就像是为了木马湖而生的。”

齐修远听到曼曼话语里的难过，知道自己的问题勾起了曼曼的悲伤回忆，急忙说：“对不起，曼曼，我不应该问这个的。”

曼曼眼中闪烁着泪光，低声说：“没事的，你不用道歉，我很好。”

齐修远赶紧岔开话题：“嗯，你继续说奶奶和木马湖的故事。”

曼曼点头，继续说道：“他们这对恋人被木马湖的美震撼了，觉得那片湖水就像爱情一样清澈而旷美。他们坐在那个悬崖上，坐在日月花花丛中，准备给这片湖起一个属于他们自己的名字。他们想了很久，想了很多名字。最后，那个年轻人说，我们每个人都有一个纯真而无忧无虑的童年，都拥有过一个属于自己的小木马，在漫长的童年时光中，小木马摇动着每个孩子的童真和快乐，但随着年龄增长和亲人离散，童年的纯真渐渐失去，就像一个被灰尘覆盖的小木马，被永久封存在记忆的湖水里，而眼前这片静美的湖，让他想起了美好纯真的童年，干脆就叫木马湖吧。”

“哦，原来木马湖的名字是这个含义。”齐修远喃喃地说。

曼曼点头：“是的。我奶奶也特别喜欢这个名字，因为她小时候也有一辆漂亮的木马摇车，所以他们就把那片湖叫作木马湖。他们依偎在一起俯瞰着木马湖。后来那个年轻人摘了一朵日月花，轻轻地跪在我奶奶面前，真诚地对她说，要以木马湖为证，向她求婚。”

齐修远惊叹：“太美好了。”

“是啊。”曼曼的语气柔和中夹带着感动，“我奶奶同意了那个年轻人的求婚，然后他们约定，等那段困苦的时光过去，就来到木马湖，在那个日月花开放着的悬崖上正式结婚，以木马湖为证，日月花为媒，永世相爱，不离不弃。但是——”

听到曼曼话锋一转，齐修远急忙问：“怎么了？”

曼曼轻轻叹了口气：“但是他们回到昆明后不久，在一次轰炸中，那个年轻人为了保护同学，被炮弹击中，不幸去世了。”

“唉。”齐修远叹了口气。

曼曼继续说道：“我奶奶当时特别伤心，用了很长一段时间才把这份伤痛抹平，并把这份爱情隐藏在内心深处。她一直深信，那个年轻人会在木马湖等着自己，会安静地站立在开满日月花的悬崖上等待。有一天，他们会在那里再次见面。”

听到这里，齐修远感到一阵难过，照片里木马湖的景色再次浮现眼前，一对情侣在开满日月花的悬崖上牵手依偎的影像也一同闪现着。

曼曼沉默了一阵，继续说：“后来，奶奶就一直留在重庆，参与了南方植物研究所的创立，并带头开展西南药用植物研究和考察，也是在那个时候，认识了我爷爷。他们俩结婚后，特别恩爱。但我奶奶一直没有再去过木马湖，甚至科考队在贡嘎村驻扎，她也没有再去。因为她知道，自己会在生命的最后一刻回到那片美丽的湖，去那里和心爱的人再次相聚。接下来的岁月里，我奶奶又经历了很多人生苦难，甚至有一段时间，学术研究中止了很久，我爷爷也是那时去世的。”

齐修远听到这里，轻轻叹了口气。

曼曼话语里都是忧伤：“奶奶忍着身心的伤痛，拉扯我父亲长大，看着他考上大学并走上植物研究的道路。接着，奶奶又看着我父母认识和相爱，看着我出生长大。到最后，我父母在缅甸双双遇难，这给了她致命的打击，但她一直都没有丧失生活的勇气，没有被命运击垮。她说，都是木马湖的约定让她坚持下来的，她会用最美好的微笑来面对命运的困厄，直到去木马湖那一刻的到来。”

随着曼曼的讲述，齐修远已经听得眼眶湿润，无法平复心底的悲伤，慢慢地把车停到路边的一片开阔的地方。停下车后，他微微发愣，但内心的感触却汹涌澎湃，难以自抑。

此刻的曼曼也满脸泪水，难过地说："奶奶临去世那一刻，是安详平和的。她拉着我的手，对我说，让我一定要去一次木马湖，她会在那里等着我。她对我的爱，就像宽阔静美的木马湖一样，永远倒映着悬崖上美丽的日月花，而且，这份爱永远不会消失。”

听着曼曼说到这里，齐修远的脑海里再次浮现出曼曼写在木马湖日记里的那段话，此刻，这段话的含义更加深刻。

齐修远叹口气，喃喃地念着："在一个一生只能去一次的地方，我们所有的纯真在那里聚水为湖。湖水甘甜，清澈如爱。我们一直都在寻找它，用生命向它执着行进，可随着时光衰老，世事变迁，我们离它已经越来越远，甚至背道而驰。”

听到齐修远念出这段文字，曼曼的神色更加悲伤，她仰起头，任泪水肆意流淌。

许久，曼曼轻声说道："修远，我想奶奶了，也想他了，我现在好孤单。”

齐修远知道曼曼所说的那个“他”是黄文凯。他看了一眼曼曼，叹了口气，点点头。

接着，曼曼身体微微抖动着，呜呜地痛哭起来。

齐修远轻轻拍了拍曼曼的肩头。

他听着曼曼发自内心的痛哭，闻着曼曼身体因痛哭而散发出的温热香气，一种莫名的怅惘和悲悯充斥在心间，难以平息。

最后，齐修远轻轻地说："曼曼，我们一定会到达木马湖的，去那里寻找爱我们的人，寻找我们自己。"

齐修远醒来时，车还没有熄火，突突地闷响着。他愣了一下，才意识到自己睡过去了，四下依然漆黑一片，月亮已经隐隐坠入山后。他看了一眼曼曼，只见曼曼歪着头安静地沉睡着。借着车灯的反光，可以看到曼曼脸上还有泪痕，她的睫毛卷曲，像孩子一样均匀地呼吸着，令人心生爱怜。

齐修远不敢挪动身体，怕吵醒曼曼，轻轻伸出胳膊，转动车钥匙，关闭了引擎。

汽车引擎突地一颤，停止了运行，车灯也随之熄灭，整个车里顿时黑暗一片，变得更加安静了。同时，窗外四野里昆虫此起彼伏的鸣叫声传入耳中。

齐修远慢慢回身，从后座拿起自己的外套上衣，轻轻地盖在曼曼身上。

就在衣服接触到曼曼身体的时候，曼曼醒了过来，缓缓睁开眼，说："哦，修远，我怎么睡着了？"

见自己吵醒了曼曼，齐修远感到有些愧疚，把外套给曼曼盖好，说："一样的，我也睡着了，刚醒。"

曼曼点头，用手擦了擦双颊，说："修远，对不起，刚才有些没控制住情绪，让你见笑了。”

齐修远笑了笑：“没事的，每个人的情绪都有压制不住而倾泻的时候，我也一样。因为我们是有感情的普通人。”

“嗯，你说得很对。”曼曼按下手表的夜光键，看了一眼时间，问，“修远，我们还要赶路吗？”

齐修远回答：“当然了，这里荒野路边的，很不安全。我们还要往前走，找个城镇停车休息。”

“好，那我下车透透气，然后咱们出发。”曼曼坐直身体，打开了车门。

车门打开后，一股带着潮湿味道的微凉夜气灌进车里，让人精神一振。

曼曼披着齐修远的外套，在车边安静地站立着。齐修远也下了车，轻轻来到曼曼身边。

此刻已是午夜时分，月亮已经被西面起伏的山峦遮挡，天空幽黑，漫天繁星闪烁，夜风轻轻地拂动着，吹得远处的树木簌簌作响。

不远处的灌木丛，荧光点点，十几只萤火虫在空中飘浮飞动，它们尾部莹绿色的光点明灭频闪，飞行轨迹时左时右，忽高忽低，给此刻深邃寂静的夜带来一丝生机。

曼曼深深地吸了一下潮湿的夜气，仰头望着天空中闪烁的星斗，低声说：“多美好的夜晚啊，我喜欢这种味道，都是植物散发出的味道，它们在白天阳光下生长，在夜晚的星空下释放着自己。它们没有动物的那些原始欲望，互不争斗，只按照自己喜欢的方式生长着，有的挺拔接近天际但并不骄傲，有的低矮贴在地面却不卑微。”

齐修远把手插进裤兜，点头说：“对的，植物一直按照自然规律生长着，春天开花，夏天成长，秋天结果，冬天死去。这个过程就是一个生命轮回的过程。”

曼曼把双臂抱紧，再次深深吸了口气，说：“来生，我要做一株植物，按我喜欢的方式生长，我要开最美艳的花，长最葱绿的叶子，与世无争，沉默而伟大地生长。”

齐修远微笑：“好，那我来生就做一棵树，不求别的，活着就好。”

曼曼听到齐修远这么说，哧地轻轻一笑：“好了，那我们赶路吧，树先生。”

第十章
偷窥的脸

又开了一段路，山里的雾气渐渐浓了起来，车子沿着山路盘绕而上，翻过一个山头后，远处一片微弱的灯火出现在视野里。

“山下应该是个镇子，我们停在那里等天亮吧，雾太大了。”齐修远说。

曼曼应该是累了，声音有些疲倦：“好，听你的。”

车开进镇子后，他们发现整个镇子已经看不到人影，临街几个店铺虽然亮着微弱的灯光，但都是门户紧闭。

齐修远开着车穿镇而过，最后把车停到镇口的一个加油站旁，加油站的小屋里亮着灯，能看到里面电视屏幕在闪烁，应该是夜班的加油工在看电视打发时间。

加油站虽然不大，门口的空场却有好几个篮球场大小，几辆长途货车排列停靠着，没有任何声音。

齐修远四下看了看，对曼曼说："我们只能在这里凑合一下了，那几个旅馆环境太差，我觉得还不如车里干净舒适。"

曼曼点点头："好，我可以的。"

齐修远看看手表："曼曼，你去车后面睡吧，后面宽敞。我就在这里凑合一下就行了，等天亮就继续开。"

曼曼摇摇头："还是你去后面睡吧，你已经开了这么久，需要好好休息一下。"

"哦，不用，还是你去吧。"齐修远礼让着，知道以后的旅途还会遇到这种夜宿车里的情况，和曼曼刚刚熟悉，第一次面对这种情况，还是有些局促。

曼曼似乎察觉到了这点，轻声说："修远，不用和我推让，以后的旅途还很长，你休息好了最重要。"

齐修远点点头："好，我听你的。"说完，他把座椅向后放平了一些，双手放在后脑，向上看着天窗。

天窗的那一格天空，依然是星光点点，闪烁微荧。

齐修远静静凝视片刻，歪头看了一眼曼曼，说："曼曼，你也可以像我一样把座椅放平，可以看到星星。"

曼曼抬头看了一眼，嘴角微微一翘，轻轻地把座椅放平，和齐修远一起仰望那一窗星光。

齐修远像想起了什么，抬身从后座把自己的外套拿了过来，盖在曼曼身上。

曼曼轻声说了句："谢谢。"

“没事。”齐修远再次躺好。

车里再次陷入一片安静，两人就这样并排仰躺着，沉默着。

过了很久，曼曼问道：“修远，你还没有和我说你是做什么工作的呢。”

“哦。”齐修远欠欠身，回答，“我是旅游杂志社的一名摄影师，主要负责国外的拍摄，经常出差。”

“很好的工作，你一直做这个？”

“对，不过也很累的。”

“你喜欢这份工作吗？”

“当然。”齐修远语气肯定，“我是志愿兵出身，一直在部队生活，后来觉得太枯燥了，就放弃了转业提干的机会，开始全国到处旅行，徒步和自驾都有过。我当时的目标，是30岁之前把想去的地方都走遍了，结果啊，提前完成了任务。”

曼曼一笑：“那什么时候干的摄影师？”

“应该是27岁那年，我在国内旅行时拍的几个照片获了奖。所以我们旅游杂志社就和我签约了，让我主要负责国外的旅行拍摄。”

“那，你印象最深刻的旅行是哪一次？”

“当然有。我这个人有时很感性的，也许一张图片或者一段话，都会让我产生冲动然后立刻出发。比如有一年我去星宿海，不为别的，就是因为之前偶尔看到了这三个字，立刻就有了一种去看看它的冲动，因为当时感觉这三个字特别美。”

曼曼点头：“嗯，星宿海，确实是很美的名字。它在哪里？”

“在青海省的中心，距离玉树很近。唐宋以来，曾长期将星宿海称为黄河源头。”

“美吗？”

齐修远点头：“当然，我去时正好是雨季，它挨着扎陵湖，是由好几百个小湖泊组成的，那个季节里，这些湖泊都蓄满了水，大的有几百平方米，小的也就是几平方米，如果站在高处俯瞰，所有湖泊错落分布，远近不一，一起倒映着阳光，放眼看过去，真的像漫天星宿汇聚成海，闪着光，特别美。”

曼曼听到齐修远的描述，仰头看着天窗里的繁星，问：“有这片星空美吗？”

齐修远舒了口气，动情地说：“它们各有各的美，无法比较。其实我觉得，景色好坏，还是取决于观赏者的内心。无论是我一人俯瞰星宿海，还是此刻和你仰望这片星空，它们都是最美的，因为它们的美来自我们静好的心情。”

曼曼眼神闪烁如星，说：“是，如果一个人没有安静的心灵，那么即使是最美的景色，对于他也没有任何意义。”

“对，所以摄影师这个工作，必须学会触景生情，这样拍出的照片才有内涵，才有不一样的内心表达，眼界决定世界嘛。我面对最美好的景色时，都会发自内心地激动和感动。”

曼曼侧头看了眼齐修远，问：“你这么一说，我突然想到，到了木马湖，你会是什么反应呢？”

齐修远深吸一口气，眼里都是憧憬的神色：“不知道，也许会哭，会跪下膜拜，或者会静静地俯瞰。但我坚信，木马湖的美是联通着心灵的，是会让你在看到它的第一眼，就想和它立刻融为一体。”

“看来你对木马湖充满了期待啊。”

齐修远点头，语气笃定地说：“是的，你知道吗曼曼，我因为工作关系，去过很多极美的地方，西藏、新疆、南极、安第斯高原、喜马拉雅冰川，上个月呢，刚从非洲肯尼亚回来。可以说见过无数的风景，但我相信，这次木马湖之旅，将是我人生中最美好的一次旅行。”

曼曼轻轻点头：“嗯，希望能如你所愿。”

接下来，两人不再说话，车内一片寂静，只能听到彼此均匀的呼吸和曼曼身上淡淡的香气。

两人正倦怠欲睡时，突然车后灯光一闪，一辆车从省道上拐进加油站，车轮碾轧着地面的沙石发出沙沙的声音。

齐修远一下清醒了，看了眼反光镜，说：“我以为就咱们在赶夜路，原来还有别人。”

曼曼似乎没听到他的话，眼睛直直地看着天窗上的星空，像是想着什么。

吱的一声，那辆车停在了他们车后不远的地方，跟着灯光熄灭了，只剩下引擎还在微微突响。

齐修远从后视镜望去，那是一辆吉普车。借着加油站的灯光，他能看到车里烟光闪烁，人影模糊。

齐修远坐起，对曼曼说：“那我就去后面睡了，你要觉得累，我们可以换着睡。”

曼曼摇摇头：“我这里很好，你去后面吧。”

齐修远来到后座简单收拾了一下，就盖着旅行被躺下了。他确实有些累了，困意没多久就袭来，很快睡熟了。

就在他睡得正沉的时候，朦胧中突然听到曼曼啊的一声尖叫。

齐修远一下就被惊醒了，猛地坐起一看，只见曼曼座位的车窗外，一张男人的脸紧贴着玻璃，在往车里窥探。

曼曼被吓得身体歪向左侧，双手抱着头。

齐修远低声说了句："别怕！"立刻翻身坐起，迅速打开车门跳下了车。此刻天已经微亮，四周景物已经清晰可见，那个在车窗外窥探的男人来不及闪躲，只能站在车门一侧愣愣地看着齐修远。

这个脏兮兮的男人30多岁，身材高壮。他穿着一件深绿色冲锋衣，秃顶，小眼睛眯着，肥厚的嘴唇边长满了胡楂。

齐修远直接迎了上去，眼睛盯着这个男人，怒声问："嘿，干什么呢？"

那男人看着身材健硕的齐修远，有些胆怯，后退了一步，讪讪地一笑："哦，没……没事，我就觉得这车不错，看看里面什么样。"

齐修远依然盯着他，语气严厉："看够了吗？"

"没看够……哦，不，看，看够了。"

"看够了就赶紧走开，还愣在这儿干什么？"

"哦，好，对不起，对不起。"这人一边说一边小心翼翼地绕过齐修远，跑回不远处的那辆吉普车上。

齐修远狠狠地看了一眼那辆吉普车，伸手拉开曼曼一侧的车门。

只见曼曼眼里的惊恐还没有散去，脸色在暗淡晨光的映照下，显得特别苍白。

齐修远心里产生一种男人特有的保护欲，低头问："曼曼，他没吓到你吧？"

曼曼轻轻摇了摇头："还好，我没事。我就是一睁眼看到了他的脸，吓了一跳。"

齐修远关切地看了一眼曼曼："嗯，别怕。有我呢。"

曼曼点点头，深深吸了口气，看了一下天光，说："天亮了，修远，我们还是继续赶路吧。"

"好。"齐修远点点头，又看了一眼不远处的那辆吉普车，把车门轻轻关上，走回另一侧的驾驶座。

车离开小镇，继续盘山而行。天色越来越亮，山林里的晨雾弥漫蒸腾着，远望过去，四周山峰的峰顶都隐藏在雾气之中。东面的天空，雾气被初升的朝阳映成淡淡的橙色，这些橙色色块或浓或淡，随着雾气的薄厚变幻着，移动着，似乎在阻碍着太阳破雾而出的那一刻。

齐修远瞟了一眼曼曼，见曼曼脸色苍白，初见她时那自信高雅的样子已经看不到了，此刻就像个受了委屈的小女孩一样楚楚可怜。

齐修远轻声安慰道："别想了曼曼，这种人和事很多的。我在世界各地到处跑，经常会遇到这种来自陌生者的骚扰，开始很不适应甚至愤怒或无奈，后来遇得多了，也就慢慢习惯了。"

曼曼眼睛仍然直直地看着前方，轻声问："修远，你说，这世界上为什么会有这么多的伤害和欺骗？"

齐修远想了想：“也许是我们太善良了吧，我们心里安放的是一个美好平和的世界，也因此容不下一丝伤害和欺骗。”

“那哪里能躲避这些伤害和欺骗呢？”

齐修远微微一笑：“那要靠我们寻找了。世界那么大，总会有一个地方，让我们的心灵能够安静地栖息。”

听到齐修远这么说，曼曼整个人似乎醒了过来，她轻声说：“木马湖就是这样的一个地方，安静而美好，没有伤害和欺骗。”

“嗯，我信。”

话音刚落，一束耀眼的光芒突然从晨雾中照射下来，让四下的景物猛地明亮起来，抬头一看，太阳已经挣脱雾气的遮蔽，蓬勃而出，它辉煌明亮，在晨雾中飞快地穿行。

车子一路向西，穿乡越镇，在川西的群山中继续前行。进入大凉山地区后，路况也越来越难走，山路险峻，四野荒凉，但让他们欣慰的是，四下的景色也变得绚丽多彩起来。天空湛蓝，白云飘滚，群山错落起伏，车下是弯曲的溪流河道，水流或急或徐，泛着亮光。更远些，可以看到隐藏在远处山里的彝族村落和牛群。

曼曼的情绪似乎好了很多，歪着头向窗外眺望着，眼神发亮。轻柔的山风从车窗灌入，拂动着她的发梢、衣领。

齐修远把车放慢速度，轻声问：“曼曼，你在看什么？”

曼曼回过头，对齐修远轻柔地笑了笑：“我在看窗外绿色的东西，所有绿色的东西。”

“看了特别舒服，是吗？”

曼曼点点头："应该是愉悦。你知道吗？我从小就觉得我的血液应该是绿色的，但在城市里生活，它会发暗甚至凝固，一来到这样的绿野青山里，我就感觉身上的绿色血液流畅了，甚至呼吸到的空气，都是绿色的味道。"

齐修远一笑："不会吧？颜色还有味道？"

"当然。"曼曼眼睛一亮，"每个颜色都有自己的味道。"

齐修远看了曼曼一眼，笑了笑，接着把头靠向车窗，深深呼吸了一口绿色味道的空气，感觉心里充盈着快乐和欣喜。

又是一天疲累的旅途。夜已经深了，越野车继续在山路上行进，四下黑暗一片，分不清夜空与群山，只有明亮的车灯撕扯着厚重的夜幕，执着而行。

齐修远嘀咕了一句："曼曼，估计今晚又要在车上睡了。"

曼曼似乎困了，轻轻地回答："嗯，可以。"

开了一段路后，齐修远突然看到远处隐隐闪烁着一盏灯，精神一振："曼曼，看，那里有人家，我们可以去试试投宿。"

曼曼坐直身体仔细看了看，那盏灯微弱但清晰，语气微微兴奋地说："好。"

向着光亮，齐修远把越野车开进了一条土道，这条道路坑洼颠簸，让车身剧烈地摇摆着，行驶了几十米后，接着爬坡而行，借着车灯可以看到，四下都是高高的灌木密林，而那盏灯火也在林叶的缝隙里变得时有时无。

又开了十多分钟，那盏灯火越来越近，他们依稀可以看到一座木楼矗立在半山腰上，被高深的树木围绕着。

最后，车停到木楼前的院子里，车还没熄火，一阵狗叫声就传了过来，只见一只灰色的狗在车前奋力地前扑狂吠着，狗的眼睛在车灯的照射下发着光。

跟着，一个男人从木楼里走了出来，大声呼喝了一句，那只灰狗立刻停止了吠叫，低声呜呜着跑回木楼去了。

齐修远示意曼曼在车里等待，独自下车。

出来的是个50岁左右的男人，干瘦矮小，戴着一顶迷彩作战帽，穿着灰色大衣，眼神十分和善。

齐修远向这个男人笑了笑，放慢语速："大哥，您好，打扰了，请问，您这里有没有地方让我们借住一晚？"

那个男人看了看越野车，笑着点点头，用带着四川口音的普通话回答："可以，这里有住的地方。"

"太好了。"齐修远开心地回头看了眼车里的曼曼，向她做了个"OK"的手势，对那男人诚恳地说，"那就打扰您了。"

那男人一指木楼："进屋吧，有火。"

齐修远点点头，向曼曼挥了一下手，二人跟着那个男人进了木楼。

这是一座古老破旧的木楼，分上下两层，由一段窄窄的楼梯连接。一走进屋里，一股带着潮气的灰烟味就扑面而来。屋顶上挂着一盏灯，灯泡已经被熏成黑褐色，借着暗淡的灯光，可以看到屋里陈设简单，只有一张桌子和一个碗架，桌子上放着一架老式电话，碗架上是锅碗瓢盆。屋子中央是一个柴炉，火苗喷吐，炉口上放着一个被柴火熏得黑黑的水壶，壶嘴里冒着腾腾热气，而那只灰狗已经盘卧在炉边。

曼曼拿着自己的水杯也跟着走了进来，那只灰狗看到曼曼后，慢慢起身走过去，探头闻了闻曼曼的裤腿，同时轻轻地摇了摇尾巴。

曼曼感受到这只灰狗的善意，轻轻地摸了摸它的头。

男人从屋外拿来两把木头椅子，摆放在炉边，对齐修远和曼曼说："坐这里，暖和。"

二人微笑着点头，和那男人一起围坐在炉边。

男人提起水壶，给曼曼的水杯倒满热水，问："客人从哪里上来的？"

齐修远一笑："重庆。"

男人点头："哦，重庆，晓得。我有个堂侄在那个地方做工。"

曼曼喝了口水："大哥，您一直住在这里？"

男人点头："我是看山的，这里就我一个人住，要在白天，你们是不会看到我在这里的。"

"那怎么称呼您？"

"我叫拉哈。"

齐修远抬头看了看那盏灯："哦，拉哈大哥。您这里这么偏僻，还通了电？"

拉哈一笑："没有，这是发电机供的电，林业局给我们配的柴油发电机，在后面的草棚里。"

"那还真不错。"

拉哈看了一眼二人："客人准备去哪个地方？"

齐修远也说不清，便含糊地说："哦，我们往西开。"

"往西哟，那边是藏族聚居区喽。"

齐修远点头：“对啊，就去那边。”

“路可不好走。”拉哈抬手向南一指，说，“山那边修了高速公路，你们可以从高速公路走。”

齐修远笑了笑：“没事，我们就喜欢走这种道路，景色好。我们慢慢开，也不着急。”

正说到这里，那只灰狗突然站了起来，向着漆黑的屋外汪汪地乱叫起来。

三人一愣，一起向外面看去。

拉哈嘀咕了一句他们听不懂的话，站起身向屋外走去，那只灰狗也狂叫着跟着冲了出去。

随着狗叫声越来越远，能听到拉哈在远处的训斥声。

齐修远和曼曼对视一眼，一起望向屋外。

不一会儿，拉哈的脚步声传了进来，紧跟着那只灰狗蹿进屋里，呼呼地喘息着。

拉哈走进屋，摇摇头：“没人。应该是树林里的野猪过路。”

“这里还有野猪？”

拉哈坐下，点头：“有，很多。”接着他一指木楼的房梁：“看，那就是用野猪肉做的腊肉。”

齐修远和曼曼抬头一看，只见房梁上挂着十来串长长的腊肉，黑乎乎的。

拉哈再次起身：“客人要吃什么饭？我去给你们做些，这里还有荞子酒，你们可以尝一下。”

齐修远笑：“不用了，拉哈大哥，我们车上带着很多食物，一会儿我拿来，我们一起吃。我们就想在您这儿睡一晚，然后明早继续赶路。”

拉哈点头：“好。你们夫妻俩可以睡楼上，那里有张大床，我去粮房睡。”

齐修远听到拉哈这么说，觉得有些尴尬，急忙说：“不不不，拉哈大哥，您误会了，我们不是夫妻，是朋友。”

拉哈听了哈哈大笑，不好意思地对曼曼说：“太对不起哟，不晓得你们是朋友。”

曼曼微微一笑：“没事的，拉哈大哥。”

齐修远觉得自己的脸微微发烫，看了一眼曼曼，只见曼曼依然大方平静，秀美的脸庞被炉火映得红红的，生动异常。

齐修远从车上拿来食物，三人围着炉火边吃边聊，那只灰狗似乎和曼曼特别亲近，一直蜷卧在曼曼身边，到最后，它把下巴搭在曼曼的脚面上睡着了。

吃喝完毕，曼曼有些困了，从车上拿来睡袋，便爬上二楼睡觉去了。而齐修远则留下陪着拉哈喝起了酒，拉哈拿出一大瓶自己酿的荞子酒，酒劲猛烈，齐修远虽然是军人出身，酒量很大，但喝下一碗后也是有些微晕。拉哈酒后十分健谈，给齐修远讲了很多彝人的传说故事。最后，他喝多了，摇摇晃晃地拉着齐修远去粮房睡下了。

齐修远也有些醉意，躺下后感觉头有些晕，知道是那荞子酒的作用，所以一闭上眼就睡着了。朦胧中，他听到拉哈低低的鼾声，又似乎听到了屋外风起的声音，过了不知多久，还听到了灰狗的叫声。他想睁眼醒来，但感觉眼皮沉沉的无法睁开，等再睁开眼时，晨光已经从木楼的缝隙中照射进来，屋外鸟雀叽喳的叫声已经清晰可闻。

齐修远看了一眼身边的拉哈，醉酒的他依然睡得很沉。

齐修远轻轻起身，感觉头还是有些晕，看了一眼手表，然后走出了粮房。

山里升起了淡淡的晨雾，像白纱一样笼罩着远近的山林，一股带着潮气的清新空气让齐修远精神一振。

他走进木楼，看到炉火已经熄灭，二楼的木门开着，看来曼曼已经醒了。

齐修远喝了口水，问了一声："曼曼，你醒了？"

曼曼没有回应。

"曼曼，起床吧，我们得出发了，快9点了。"

曼曼还是没有回应。

齐修远一愣，沿着木梯向上爬去，嘴里轻轻叫着曼曼的名字。

齐修远到了二楼门口，屋里没人，只见曼曼的旅行袋已经收纳好，木窗也被支撑了起来。

齐修远一愣，下楼到越野车旁看了看，还是没有找到曼曼。

齐修远有些担心起来，因为拉哈说过，树林里经常有野猪出没，并有攻击人的事情发生。他左右看了看，只见木栅门右边有一条小路，直接绕过木楼向后面的森林延伸而去，便顺着小路去寻找曼曼。

这条小路两边灌木丛生，微弱的阳光从树叶的缝隙间斜斜地投射下来，偶尔会有几只不知名的鸟，尖叫着从头顶掠过，翅膀扑打着，簌簌作响。

齐修远往前走了一段路，还是没有看到曼曼的踪影，只得停下脚步，大声喊道：“曼曼，你在吗？”

他没有收到任何回应。

齐修远有些着急，快速地往前走去，四下寻找着，嘴里大喊道：“曼曼，你在哪儿？”

话音刚落，他就听到不远处传来曼曼的回应，声音惊恐而尖锐：“修远，修远！快，快来！”

齐修远听到曼曼声音里的焦急和恐惧，不由得心里一紧，立刻向曼曼出声处跑去。

在小路前方的一片密林里，齐修远看到了曼曼，只见曼曼背对着他跪在地上，低着头。

齐修远快步跑了过去，等跑到曼曼跟前低头看时，不禁啊地惊喊了一声。

第十一章
未知的凶途

拉哈的那条灰狗横躺在曼曼的脚下，嘴角冒着白沫，舌头歪歪地吐出来，眼睛瞪着，看样子已经死了。

曼曼用手抚摸着灰狗肚子上的毛，眼里都是悲伤神色。

齐修远心里一疼，四下望望，说道："像是被毒死的，这会是谁干的呢？"

曼曼慢慢地站起身，眼睛依然看着灰狗的尸体，轻声说："它昨晚一直睡在炉子边，半夜的时候突然叫得厉害，叫了一阵，然后就跑出去接着继续在外面叫。我估计又是野猪在林子里跑，就没管它，谁知道天亮了我去找，就发现它死在了这里。"

齐修远看到曼曼苍白的脸上都是泪水，显得楚楚可怜，急忙安慰道："好了，别太难过了，我们先把拉哈大哥叫来吧。"

曼曼点头，看了灰狗一眼，和齐修远回到木楼。

齐修远叫醒拉哈，向他说了灰狗死去的消息，拉哈听了也是一愣，说："呀，怎么会被毒死？我这里很少有人来的，走，先去看看。"

拉哈拿了把锄头，和齐修远二人再次来到灰狗的尸体旁。他蹲下看了看，心里也是十分难过，说："这灰狗陪了我好多年了，平时很听话的，唉，谁会毒死它？！估计又是那帮偷猎的人干的。"

齐修远急忙又安慰了拉哈几句。

拉哈叹口气，用锄头在一棵树下挖了个坑，一边骂着一边把灰狗掩埋起来。

曼曼低着头，眼里都是悲伤，静静地看着拉哈把灰狗埋好，然后走到旁边的灌木丛里采了一束野花，放在了灰狗的坟上。

三人回到木楼，齐修远和曼曼把行李收拾好装在了车上，和拉哈道别，准备继续赶路。

临上车时，齐修远从腰间的牛皮随身包里掏出200元钱，往拉哈手里一塞，说："拉哈大哥，感谢您让我们留宿，这钱您拿着。"

拉哈连连缩手："要不得，要不得的。我们川西人自古就好客，不能收钱的。"

二人推让了一番，最后拉哈还是没有收下钱。

齐修远只好再次道谢，和曼曼一起向拉哈道别。

他们刚把车调了个头，拉哈便拎了个白塑料桶跑到车旁，把桶一晃："这儿还有一桶荞子酒，客人带到路上喝，这酒是自己酿的，劲头虽大，但西边山高天冷，喝这个可以取暖。"

齐修远再次和拉哈推让了一阵，最后还是收下了那桶荞子酒。

越野车再次行驶回县道，顺着山路一直向西行进，此时已经临近中午，天空湛蓝旷阔，大朵的白云似乎就在头顶，群山险峻，满眼苍翠，让人心情愉悦。

曼曼再次拿出木马湖日记，仔细地翻阅一阵，抚摸着里面的那些叶片标本，脸色落寞，眉头微微皱着。

见曼曼情绪低落，齐修远有些纳闷，问道："曼曼，你怎么了？心情是不是不好？"

曼曼轻轻地点点头："我在心疼那只灰狗，它太可怜了。"

齐修远叹口气："是啊，无缘无故地就被毒死，事情太蹊跷了。"

"我觉得也有些怪，但是又说不出来，后来拉哈大哥不是说了吗，估计是偷猎的人干的。"

齐修远看了曼曼一眼："好了，不要想了。曼曼，你看，这里的景色多美啊，真是赏心悦目。"

曼曼似乎没有听到他说的这些话，只是喃喃地说："要是早点儿发现，我可以救活它的。"

齐修远一愣："救活那只灰狗？"

"对的。"曼曼点头，"其实那树丛里就有很多龙芽草，要是灰狗当时还有生命体征，我是能救活它的。"

"龙芽草能救它？"

“嗯，龙芽草里面含有的药用成分，可以减轻中毒的程度，然后再搭配几样别的草药就行了。”

齐修远敬佩地看了一眼曼曼：“原来你懂这么多。”

曼曼微微叹了口气：“我的奶奶和爸妈都是干这个的，这些简单的药用植物知识，我从小就掌握了。”

齐修远赞叹道：“曼曼，你太让人佩服了，这一点，我甘拜下风。”

被齐修远这么夸赞，曼曼情绪似乎好转了一些，眺望着窗外的景色，说：“小的时候，奶奶把所有的药用植物知识都传授给了我。我在西南大学四年寒暑假，也是跑遍了四川和云南的森林山岭，见到了太多珍贵的草药，数不胜数。”

“都是你自己去的吗？”齐修远问。

曼曼听到问话，语气突然变得忧伤：“不，还有文凯和别的同学。”

齐修远叹口气：“对不起，又让你想起过去的事了。”

曼曼微微笑了笑：“没事，都过去了，都沉在记忆里了。”她看了一眼齐修远，语气变得深邃：“修远，你知道吗？当年文凯这么形容过我，他说在城市里，我就是一个普通的女孩子，但到了满是植物的森林世界里，我就是女王，因为我能和绿色的森林融为一体。”

“那你就是森林女王？”

曼曼笑着点点头，眼神一亮：“对的，森林女王。”

时近中午，齐修远将车开上一个山弯后，视野突然开阔起来，放眼看去，一大片平原跃入眼底。

泛着亮光的县道，笔直地伸向远方，在最远方的天际，一群雪山清晰可见。

俯瞰近处，眼底是一望无际的浅绿色原野，草甸和花海交错排列着，形成了一片片不规则的绚丽色块，深绿色的杉树丛和玉带一样的河流点缀其间。

抬头看去，天空碧蓝清澈，云朵层叠，太阳热烈而灿烂。阳光和云影不停地移动变幻着，分割着那原野的色块，亮的地方鲜艳，暗的地方浓郁，整个旷美的平原散发着自然生机勃勃的美。

齐修远感觉无比畅快，喊道：“太美了！”

曼曼眼里也闪烁着兴奋的光：“对啊，这就是大自然原始的美。修远，找个地方停车吧，我想走进它。”

齐修远点头，用手一指：“好。我们去那片树林，那里有河滩，我们可以做饭吃，晒晒太阳。”

“好！”

越野车沿着笔直的县道飞快地顺坡而下，很快就到达了齐修远说的那片树林附近。开出县道，越野车驶进绿色的原野，然后在满是鹅卵石的河滩上，车身快乐地摇摆着继续前行，随着河滩的水流声变大，那片幽深的树林就在眼前。

二人下了车，踩着干净圆润的鹅卵石向河水最宽处走去，河水并不深，哗哗地响着，像在欢迎他们的到来。

曼曼满脸都是兴奋，低身把鞋脱掉，然后挽起裤腿把脚伸进水里。那白净的双脚刚与河水接触，她就立刻像个孩子似的叫喊道：“呀，好凉，太舒服了！”

齐修远哈哈大笑，欣赏了一眼四下的风景，接着坐在一块巨大的鹅卵石上，微笑着看着河水里倒映的曼曼的身影，那妙曼的身形和蓝天的倒影融为一体，清澈纯真。

曼曼走到河中央，突然低头蹲下看着什么，然后回头兴奋地对齐修远喊道："修远，还有鱼呢，我们抓鱼吧。"

听曼曼这么一说，齐修远也低头看了一眼河水，果然，在河水的石缝处，有很多条青色的鱼在摇摆游动着，大小不一。

齐修远来了精神，对曼曼喊："好，我们抓鱼，在这里吃午饭。"

曼曼开心地回应："好。"

两个人协作，开始准备一顿丰盛美味的野外午餐。

齐修远从车上搬来全套的野炊用具和桌椅，然后认真地用小石块在河水里截成一个小河坝，随着河水的流动，鱼群慢慢地游进小河坝，很快就捉到了十多条尺长的小鱼。

曼曼光着脚在河边的树丛边随意地散步寻找，最后拾来一些干柴。

齐修远用三块石头搭了个简单的石头灶，在灶中央点燃几根干柴，很快火焰就腾跳而起；另一边，曼曼把米放进锅里用河水淘洗了一下，递给齐修远，齐修远把锅架在石头灶上，不久，锅里就发出了咕噜咕噜的声音。

曼曼蹲在水边认真地用军刀把所有的鱼收拾干净，然后放在一个盆子里递给齐修远。齐修远把一些大的鱼切成两半，用树枝穿起来，插在石头灶边，然后夹出灶底大一些的木炭放在鱼的旁边，又在鱼身上撒了些盐和调料。剩下的小鱼，他直接用盆子架在另一个小石头灶上熬起了鱼汤。

不一会儿，青色的炊烟里便飘荡着米饭和鱼肉的香气了，两人脸上都是满满的成就感，一顿合作而出的美味野餐就要完成了。

曼曼眼里都是孩子般兴奋的光芒，她掀开锅盖，低头闻了闻，然后转头问齐修远：“修远，很香啊！”

齐修远仔细地翻转着烤鱼，呵呵一笑：“鱼汤越熬越鲜，不要着急，要是有青菜就好了，可以熬在一起。”

曼曼把锅盖盖好，说道：“这好办，等着。”说完，她站起身，光着脚往那片树林跑去了。

齐修远大声问：“曼曼，你去干什么？”

曼曼头也不回，挥手回答道：“我去找野菜。”

齐修远一笑：“这里应该没有能吃的野菜吧。”

曼曼已经跑到树林里，喊道：“放心吧修远，我说有就有，别忘了我是‘森林女王’，统管所有的绿色。”

齐修远被曼曼孩子般的性格感染了，看着曼曼的身影在树林里消失。刹那间，他感到木马湖日记里那个率真快乐的曼曼似乎重新回到了现实中，这让他感到欣喜。

不久，曼曼拿着一把翠绿的根叶跑出树林，向齐修远晃了晃。

齐修远赞叹不已：“还真有啊。要是我，我就找不到。”

曼曼走近，微笑道：“的确没找到野菜，不过我找到了些药草，这些药草和鱼一起炖会很有营养的。另外，我还找到了野芫菜，放在鱼汤里可以提味。”

丰盛的野外午餐摆在了旅行桌上，空气里都是饭汤香味。齐修远和曼曼对坐着，满意地看着自己所操办的这一桌美味。

河水在耳畔淙淙微响，原野上轻柔的风拂过脸颊，天空的蓝色和原野的绿色在此刻变成了最好的用餐背景。

齐修远轻轻地品尝了一口鱼汤，微笑着说：“嗯，太鲜美了，一种与众不同的味道，有药草特有的香味。”

“肯定的。”曼曼自信地回答。

齐修远放下勺子，拿起手边的一小杯荞子酒，向曼曼一举，说：“来，曼曼，为了这世界上最美味的鱼汤，干杯。”

曼曼微微一笑，也举起手边的矿泉水，和齐修远碰了一下，说：“好，为了这世界上最美味的鱼汤，为了这最自由的旅行，为了世界上一切最美好的东西，干杯！”

“还有所有的绿色，干杯！”

野餐完毕，曼曼用河水把锅碗洗干净，然后有条不紊地收拾着旅行桌。

齐修远躺在河边一块大白石上晒太阳，阳光把大白石晒得温烫，躺在上面异常舒服。那一小杯荞子酒的酒劲让他感到有些微醺。此刻阳光明亮热烈，把所有的景物照得白花花一片。齐修远眯着眼睛，渐渐地，蓝色和绿色混合在一起，一切都变得模糊了。一片朦胧中，他看到曼曼的身影在晃动，看到一群百灵鸟掠过树林，风在耳畔微微吹过，湛蓝的天空也似乎融化，变得不再清晰了。这看到、听到、感受到的一切就像梦境一样美好，让他舍不得从中醒来，不停地提醒自己并没有睡着，这所有的一切都是真的。

齐修远再次睁开眼睛时，发现太阳已经偏西，原野的所有景物变得暗淡了很多，吹到身上的风也有些凉了。他慢慢坐起，发现自己的身上盖着曼曼的风衣。

曼曼坐在不远处的一块石头上，手里拿着木马湖日记，但她没有看，只是在静静地发呆。

见齐修远坐起来，曼曼向他挥了挥手，说："你终于醒了。"

齐修远笑了笑，看了看手表，起身走到河边用冰凉的河水洗了把脸，然后走到曼曼身边，把风衣披在了她的身上。

"我们还赶路吗？"曼曼问。

齐修远点点头："当然，现在时间还早，我们再往前开几个小时吧，最好今晚能找个小镇子住下。"

曼曼站起身："好，那我们继续出发。"

穿过这片辽阔美丽的平原，越野车再次进山，前方又是弯曲盘旋的山路并不断地重复着。太阳已经被群山挡住，四下的阳光暗了下来，齐修远已经打开了车灯，认真地驾驶着越野车。

拐上一道山坡，道路开始变成沿山而行，车的一侧是百米深渊，一侧是倒悬的石壁。偶尔和对向而来的货车错车时，两辆车几乎是擦车而过。

这种路况，对于齐修远来说已经是司空见惯了。他谨慎地驾驶着越野车，在看不清车况的转弯处，都会提前鸣笛示警。

翻过盘山路，越野车开始下坡，齐修远保持着均匀的车速，轻轻打着方向盘，谨慎地盘道而下。

当再次驾驶到一个转弯处时，齐修远先是按了几下喇叭，然后踩着刹车减速过弯。但这一次踩下刹车后，他突然感到刹车已经失去了作用，心里一紧，赶紧再次踩下，但刹车已经失灵，根本无法降低越野车的车速。

这刹车的突然失灵让齐修远大惊失色，嘴里大喊一声："不好！"

这声叫喊把曼曼吓了一跳，急忙问："怎么了修远？"

齐修远根本没空回答，赶紧用力抠起手刹按键，但手刹似乎也已经失灵，越野车继续向前方的转弯处飞速冲去。

这时，对面弯道突然传来一阵货车汽笛的示警声，虽然还没有看到车辆，但已经有一束明亮的车灯光芒照射过来。

齐修远赶紧用力按了几声喇叭，然后对曼曼喊道："坐好。"

接着，他左手打着方向盘，右臂伸出护住曼曼的身体，直接驾驶着刹车失灵的越野车拐向那个弯道。

曼曼已经被吓得脸色煞白，眼睛不眨地盯着那个弯道，心脏似乎已经提到了嗓子眼儿。

一辆大货车出现在弯道处，车灯刺眼。

那辆大货车司机也发现了齐修远的越野车，见这辆车飞速地拐弯并向自己开来，这货车司机也吓了一跳，赶紧连刹制动，并疯狂地按着喇叭。

两辆车已经在弯道处会合，眼看就要撞在一起。

齐修远心一横，左手猛地向右打了方向盘，车头直接向道路的最右侧冲去。同时，那辆大货车已经紧急刹车停住了，这让齐修远能够快速地找准错车空当。

越野车紧贴着货车车厢和石壁穿了过去，但车头刚顺直，紧跟着一个小斜坡就出现在眼前，越野车的车速随着斜坡的作用力又加快了很多，直接往坡下冲去。

齐修远死死盯着前方下坡的道路，右臂紧紧护着曼曼的身体。

曼曼已经被吓坏了，双手用力地抱住齐修远的右臂，眼睛睁得大大的，却喊不出声音。

越野车快速地冲下斜坡，又从坡底向上冲去，齐修远抓住这个机会，猛地把方向盘向右侧一打，让越野车直接蹭向石壁一侧的灌木丛。同时，他下意识地把曼曼的身体往自己身边一拉，接着让车最大限度地蹭向灌木，试图用摩擦力让越野车停住。

车身和反光镜剐蹭着石壁和树枝，发出嚓嚓嘭嘭的声音，并传进驾驶室，右侧车轮也因为轧到了路边的石块而使车身剧烈地摇晃摆动。最后，在上坡阻力和剐蹭阻力的共同作用下，越野车终于紧贴着石壁停住了。

齐修远不敢耽误，立刻按下危险报警闪光灯，双闪灯随即闪烁起来。

扎在齐修远怀里的曼曼感觉车停了下来，慢慢抬起头，眼里都是惊恐，语音发颤地问：“修远，没事了？”

齐修远拍拍曼曼的肩膀，安慰道：“放心吧，没事了。”

曼曼坐直身体，看了一眼紧贴着石壁的车头。

齐修远低声说：“曼曼，你在车里别动，等我。”他松开安全带下车，低头从牛皮随身腰包里拿出强光手电筒，在路边找了两块石头塞在轮胎后面。接着，他打开后备厢，拿出三角警示牌，快速跑到斜坡的坡底处，把三角警示牌立在路中间。

随后，齐修远便跑回越野车旁，并俯身钻进车底，用强光手电筒查找着故障原因。

曼曼从驾驶室一侧跳下车，蹲在车旁，问道："修远，能看清楚吗？怎么回事？"

齐修远已经钻到车底，一边晃动着手电筒查找着故障，一边说："曼曼，赶紧回车里，外面太危险，听话。"

曼曼赶紧点点头："好。"

曼曼在车里等了几分钟，齐修远才从车底出来，打开越野车的车头盖查找着什么。不一会儿，他用力合上车头盖，喘着粗气坐回驾驶室。

"修远，怎么回事？"曼曼问。

齐修远回答："制动液没了。"

"制动液？"

"对。"齐修远擦了擦汗，皱眉说，"这是不应该有的事啊，制动液怎么会无缘无故漏光了呢？而且，我在租车公司验车时，特意看了一眼制动液罐，是没问题的。"

曼曼对汽车维修的知识一无所知，便问："那我们该怎么办？是不是要拦一辆车，拿根绳子拖去维修一下？"

齐修远一笑："哪儿有那么简单？这辆车是分时四驱的，就算有刹车，也得找专业的拖车过来，必须抬起前轮拖着走。"

"哦。"曼曼似懂非懂地点着头。

齐修远看着曼曼的表情，爽快地说："放心吧曼曼，有我在，就算再大的困难都不叫事儿。"

曼曼点头：“嗯，修远，我相信你。”

借着危险报警闪光灯一闪一闪的光亮，可以看到曼曼的眼中都是信任依赖的神色，这让齐修远从心底激荡出男人特有的保护欲，笑了笑，问：“咱们的荞子酒呢？”

曼曼一愣：“啊？这个时候你还想喝酒？”

齐修远哈哈大笑：“都这样了，那就大醉一场，苦中作乐吧！”说完，他拍了拍曼曼的肩膀，从后备厢拎出那桶荞子酒。

曼曼被齐修远的行为彻底搞晕了，好奇地看着齐修远的动作。

齐修远拿着荞子酒走到车前，把酒放在车头盖上，把头探进驾驶室，对曼曼说：“给我一个杯子。”

这下，曼曼被齐修远彻底搞糊涂了，赶紧转身拿了一个纸杯，递给齐修远：“那你少喝点儿。”

齐修远接过杯子，大笑起来：“哪儿能少喝，要喝就喝痛快了。曼曼，别下车，车外太危险，你就踏踏实实在车里等着吧。”

说完，齐修远从车里拿出随带的工具箱，又把车头盖打开，在车前忙碌起来。

由于被车头盖挡住了视线，曼曼也不知道齐修远在车前做什么。十多分钟后，只见齐修远用力合上车头盖，对着曼曼得意地笑了笑。

看着齐修远孩子般的笑脸，曼曼感到一阵轻松。

齐修远回到车旁，把车轮下的石头拿开，接着坐进驾驶室把车启动，开始慢慢地倒车。

曼曼问："修远，车修好了？"

齐修远看着反光镜小心翼翼地倒车，点头："还说不好，先试试。"

越野车慢慢地向后倒车，最后倒回路中央，齐修远嘴抿着，轻轻地踩下了刹车，嚓的一声轻响，越野车稳稳停住。

"好了！"齐修远满脸都是欣喜，"应该没问题了。我们先离开，这里太危险了。"

说完，他跳下车拿回三角警示牌，又把荞子酒和工具箱放到后备厢，然后回到驾驶室，轻轻一打方向盘，越野车缓缓起步，平稳地向前行进。

车速不是很快，曼曼满脸都是佩服之色，问道："修远，你是怎么修的？"

齐修远聚精会神地看着前方，回答："在紧急情况下，酒精是可以代替制动液的。正好我们有一桶荞子酒，我就给用上了。不过这是下下策，我们先慢慢开，找到最近的市镇修车厂，还要重新加注制动液。"

曼曼明白了，夸赞道："修远，你太棒了。我开始以为你真要喝酒呢。"

齐修远微笑："说实话，真的没那心情啦，我是在安慰你，让你开心一下，然后想着赶快离开那个危险的地方。"

听齐修远这样说，曼曼突然变得沉默了，眼睛直直地看着缓慢迎来的道路发愣。

片刻，齐修远也察觉出曼曼的沉默，扭头看了她一眼，问："曼曼，你怎么了？半天不出声，困了？"

曼曼眼睛里蕴含着浅浅的泪光，深深吸了口气，真诚地说：“我没事，就是突然有些感动。”

齐修远很纳闷：“感动？”

“对。”曼曼用力点点头，“修远，刚才我们的车向那辆货车冲去时，你的一个动作让我很感动。”

“不会吧？”齐修远很纳闷，“当时那么紧急，我哪还有空感动你？”

曼曼用手背擦了擦眼角，破涕而笑，继续说：“修远，你知道吗，在那么危险的时候，你还抽出一只胳膊保护我，这让我特别感动。”

齐修远听了以后，想起当时的情景，赶紧连声说道：“不算，不算，那只是我的本能反应。”

曼曼认真地说道：“不啊，在那个生死关头，人的本能反应是保护自己。”

齐修远也不知道怎么回答，但心里还是很开心，只好说：“嗯，我也是无意中那么做的，你真的不用感动。”

曼曼摇摇头，眼里闪过一丝忧伤：“曾经有一个人，在紧急时刻，也和你一样对我不经意地保护过，当时我就是特别感动。他走了之后，我以为，这种感动以后不会再有了，没想到——”

齐修远叹口气：“你说的是黄文凯吧？”

“对。大学四年，我们一群同学利用寒暑假到森林里进行植物采集调查，经历了太多快乐和危险的事。我永远记得，无论在多么危险的时刻，文凯都会伸过来一双有力的手拉着我，或者用他坚实的肩背挡在我身前。”

听着曼曼动情的回忆，齐修远的脑海里浮现出一个高大帅气的男人形象。他知道，这个男人就是黄文凯。

沉默了片刻，齐修远真诚地说：“曼曼，去木马湖的路还很长，还会有很多危险，你放心，我一定会保护好你的。”

曼曼听完，轻轻地叹了口气，扭头看着齐修远：“谢谢你，修远。”

夜深了，越野车缓慢地向前行进着，曼曼歪着头已经睡熟了，呼吸轻柔，车里若有若无地飘荡着曼曼身体上所散发出来的温热香气。齐修远没有任何睡意，聚精会神地开着车，看着车灯撕开茫茫黑夜。这几天发生的事一一浮现在脑海，他感觉，这场去往木马湖的旅途并不是特别顺畅，太多意外都发生得过于蹊跷。在内心深处，他一直隐隐担忧，担忧在接下来的日子里，会不会有更多的危险等着他们。

最后，他想到了那个噩梦，噩梦里，黄文凯满脸鲜血的模样依然清晰可见，甚至他说的那句话还清楚地回荡在耳边。

“不要去木马湖，不要去木马湖。”

齐修远突然感到，这句话就像一个黑色的魔咒，已经慢慢浸透而来，这魔咒笼罩着去往木马湖的旅途，它幽深且恐怖，让人无法逃避和抵挡，只能硬着头皮执迷前行。

事实也正如齐修远担心的那样，这场看似美好却危机四伏的凶途才刚刚开始。

第十二章
情人岩上的眼泪

齐修远驾驶着越野车走走停停，终于在第二天中午把越野车开到100多公里外的鸡坪寨镇。

鸡坪寨是连接川、滇、藏的枢纽大镇，因为这是一个多民族混居的镇子，所以可以看到穿着各种民族服饰的人。街面上饭馆商铺林立，路中间汽车、摩托车和马车混行，路边停满了长途大货车，很多去往泸沽湖的旅游团和驴友车队在这里停驻休息。

在这样的大镇子找个修理越野车的店铺十分容易，齐修远把车停在一家修理店，和修理工说明情况，接着把车开进修理工位。

修理工是个中年男人，他仔细检查完越野车后，对齐修远说："朋友，你的刹车油罐和刹车泵都没问题，但是所有的制动管接口都被拧松了，而且，刹车油传感器也被破坏了，你的仪表盘上根本显示不出缺油的警示，看样子，是得罪什么高手了，他这么干，是想要你的命啊。"

齐修远听了大吃一惊，但这也是意料之中的结果，便低声嘀咕道："究竟是谁弄的呢？"

修理工又说道："你胆子也够大，竟然用白酒代替刹车油，这要是度数低的酒，还真不行。"

齐修远心里暗暗后怕，根本没听到修理工说的什么。

修理工又说："车修好了以后，你再往前走也得留神，我们这里是三省区交界，什么人都有。我年轻时，这里车匪路霸特别多，现在治安好了，劫车图财的不多了。"他一边说一边把越野车升起，探出头继续和齐修远说："但有一些人开始做另一种生意，他们在半路偷偷对别人的车动手脚，把刹车弄坏去图财。"

齐修远点头："这也太歹毒了！放心吧兄弟，我会留心的。"

看着修理工带着徒弟在车下忙碌着，齐修远感觉心里乱成一团。他看了曼曼一眼，然后向她走过去。

曼曼坐在修理厂门口的一把椅子上，神情有些落寞，眼睛直直地看着地面发呆，甚至齐修远走过来都没有察觉。

"怎么了曼曼？一副很低落的样子。"齐修远问。

曼曼抬起头，淡淡笑了笑："我没事，估计是累了。修远，车到底什么故障？"

齐修远不想让曼曼担心害怕，所以没有说出越野车被人破坏的事，只是回答：“刹车油罐坏了，应该很快就能修好，怎么了？”

曼曼看了一眼人车嘈杂的鸡坪寨街头，说：“我不喜欢这个地方，太乱了，我想赶紧离开这里去安静的地方，有绿色的地方。”

齐修远点点头：“好，车修完咱们就出发，继续向西。”

曼曼看着一脸包容的齐修远，觉得有些过意不去，说：“修远，原谅我这个怪脾气，我真的不适合这样过度开发的地方，谢谢你能理解我。”

齐修远微笑：“不用跟我客气，我们的目的地是纯净美丽的木马湖嘛，这里只是路过而已。我和你一样，也不太喜欢这样的地方，但我肯定，几十年前，这个鸡坪寨一定是个安静舒适的地方。”

曼曼叹口气：“是呀，世界上每个事物都在不停地变化着，就像这鸡坪寨，从安静变成嘈杂，从人烟稀少变成游客成群。其实，我们人也一样，从小变大，从单纯变世故，甚至从善良变丑恶。”

齐修远看着神情低落的曼曼，想了想，说道：“所以我们要回归纯真和善良，这也是我们去木马湖的目的。”

曼曼眼睛一亮，点点头，抬头看了一眼依然湛蓝的天空，喃喃地背诵着木马湖日记里的那段话：“是啊，木马湖，我的纯真在那里聚水为湖。湖水甘甜，清澈如爱……”

刚念到一半，曼曼突然停住了，眼睛看向街对面的一辆吉普车，脸上露出诧异的神色。

齐修远一愣，回头顺着曼曼的眼神望过去，只见那辆吉普车已经快速地离开，沿着大街开远了。

齐修远很纳闷，问："怎么了曼曼？"

曼曼皱眉说："刚才那辆吉普车上有个人一直隔着车窗看我们。这个人我曾经见过，就是那个在加油站停车场往咱们车里偷窥的人。"

"那个秃顶的高个子？"

曼曼点头，眼里闪过一丝忧虑："对，就是他。他在车窗外的那张脸，我永远忘不掉。"

齐修远向着吉普车消失的街道看了一眼，安慰曼曼说："别瞎想，也许是和咱们同路的呢，从四川到这边的路就这几条，遇到也正常。"

曼曼深吸一口气，笑了笑："好了，不想了，等车修好，我们就出发。"

两人离开喧闹的鸡坪寨，顺着县道向西进发，越野车在川西最边缘的县镇穿梭前行，一路上的景色自然而独特，两人的心情也变得畅快起来。

两天时间，他们走走停停，穿过波涛湍急的金沙江和澜沧江后，渐渐进入云南境内。随着海拔升高，天空变得更加通透湛蓝，大朵的白云抬头可见。

渐渐地，车窗外出现了大片的红土地，在蓝天的映衬下，显得壮美而厚重。放眼望去，群山和森林已经变得和四川大不相同。四川的山林景致就像一个俊俏的幺妹子，调皮中带着淡淡的忧伤；而云南却像一个爽朗的小伙子，敦厚而热烈。两个地方，两种风貌，给旅途中的两个人带来了不一样的心灵感触。看着窗外云南特有的茂密森林，曼曼似乎重新恢复了活力，仔细地向齐修远介绍着车窗外一些树木的名字，让齐修远对她的植物学识大为赞叹。

时近中午，越野车在越过一座高山后，隐隐听见前方传来巨大的水浪声，随着越野车的不断前进，那水浪声越来越大，隆隆地响着，像万千烈马在奋蹄驰骋。虽然被森林遮挡，但通过这巨大的声音就能知道，一条波涛汹涌的河流就在附近。

转过山腰，终于看到了这条河流的样子，只见在道路一侧的山崖下面，一条宽大的江水在谷底快速地奔涌着，灰玉色的水浪翻腾咆哮，用力拍打着岸边的岩石，发出的声音像山崩海啸般震耳欲聋，让观者心惊胆战，不敢多看。

齐修远慢慢地把车停在山崖边的一片碎石停车带，然后下了车走到悬崖边上。他低头看着这条奔腾怒吼着的江水，顿时感觉心里舒畅无比。

曼曼小心翼翼地来到齐修远身边，探着身子向下看了一眼江水的气势，用手抱紧双肩，说：“真的是太汹涌了，感觉像金沙江一样，像是从天上倾泻而下的。”

齐修远轻轻地把曼曼往后拉了拉，说：“嗯，这是怒江，它跟金沙江和澜沧江在这里相聚汇合，三江并流，一直向南流去，没有任何东西能够阻挡它们的气势，这就是大自然的力量。”

说完，齐修远看了一眼远处群山上方的天空，只见在最远的天际，一大团积雨云正在翻腾着，它的边缘还是棉朵一样的白色，但底部已经是灰黑似炭了。

齐修远眺望着，轻声说："曼曼，看来我们得抓紧赶路了。"他用手一指那团巨大狰狞的积雨云，说道："你看，暴雨就要来了。"

但曼曼却没有回应。

齐修远一愣，回头一看，只见曼曼神色大变，眼睛紧紧地盯着谷底汹涌的江水，面色苍白。

齐修远有些纳闷，问："曼曼，你怎么了？"

曼曼眼神发愣，喃喃地说："是这里，是这里了。"

齐修远急忙关切地问："曼曼，你还好吧？"

曼曼突然回过神来，一把拉住齐修远的手，焦急地说："修远，快，上车，我要去一个地方。"

"什么地方？"

"先不要问了，快。"

说完，她不等齐修远再问，猛地拉着齐修远的手就往越野车跑去，一边跑一边说："修远，带我去，我现在就要去。"

齐修远已经被曼曼搞晕了，但曼曼拉扯他的力量特别大，只好跟着曼曼跑回越野车。

齐修远发动越野车，奇怪地看着曼曼，只见曼曼拿出手机开始搜索着，双手颤抖，眼神焦急而痴狂。

最后，曼曼盯着手机地图，说："修远，从这里继续往西南开，我们要去100公里外的这个地方。"

齐修远有些迟疑："曼曼，我们能不能先等一下，眼看暴雨就要来了，开车太危险，而且……"

他刚说到一半，曼曼突然大声地说："不，我现在就要去。”

曼曼说这句话的时候，眼神里闪烁着固执的光，让齐修远突然感到她无比陌生。

见齐修远惊讶地看着自己，曼曼似乎也觉得自己的语气有些重了，眼睛里闪着泪水，哀求道：“修远，我求你，求你了，带我去，好吗？”

齐修远对曼曼情绪突然的转变特别疑惑，但看到曼曼哀求自己时眼里的恳切，立刻心一软，松开手刹，探身给曼曼系好安全带，说：“好，不要急，我带你去。”

越野车继续快速行进，齐修远一边开着车一边担心着。他知道，在这深山峻岭中遭遇一场暴雨，它带来的可怕后果是无法想象的。假若只是道路湿滑带来的危险还是可以通过谨慎驾驶避免的，但最坏的情况是暴雨中山石滚落或者山体滑坡，这种危险是无法预见的。更恐怖的是，如果碰上山洪暴发，那么人和车就会瞬间被洪水冲走，绝对没有生还的机会。

此刻，齐修远只能暗暗祈祷能在暴雨来临之前赶到目的地，但抬头一看，头顶乌云正在猛烈地翻滚着，太阳已经被云层遮住了。隐隐地，能听到隆隆的声音，不知道是江水的波涛声还是雷声。

齐修远小心地驾驶着越野车，用最快的速度在山路上飞驰着。四下已经越来越黑，他打开车灯，竭力和这场即将到来的暴雨拼抢着时间。

他看了一眼曼曼，只见曼曼眼神呆滞，手里紧紧攥着手机，身体在微微颤抖。

开了一阵后，狂风大作，四下的树木灌丛开始剧烈地摇晃起来，乌云压顶，雷声隆隆作响。突然，从前方的云层中劈出一道闪电，直接劈落在半山的树群中，一团火球在一棵树树顶炸开，猛地照亮了一切，同时咔嚓一声响，那棵树的树尖被折断，歪倒在一旁的树上了。

紧跟着，闪电在云层中喷吐着，霹雳声也随即传来，车外的世界就像一个末日地狱，狂乱而恐怖。

猛地，几颗硕大的雨滴撞在前风挡上，发出噼里啪啦的声音，还没等齐修远打开雨刷器，大雨便倾泻而下，像瓢泼似的，立刻遮住了风挡前所有的视线。

齐修远把车速降低，雨刷器开到最快档。他知道，这暴雨开始后，山路行车最容易遇到的危险也会同时到来。

果然，在倾盆暴雨的冲击下，一侧山坡上开始落下一些石块，这些石块在半山腰颠动翻滚之后落在道路中央，落地后碎裂成大小不一的石子，齐修远只能用娴熟的驾驶技术躲避着。他不能预知，在下一秒会不会突然落下一块巨石直接砸在车顶。他只能试探前行，不计后果。

曼曼也被这肆虐的暴雨吓到了，对自己的冲动有些愧疚，低声对齐修远重复着说：“修远，对不起，对不起。”

齐修远拍了拍曼曼的手背，安慰道：“曼曼，不用跟我道歉，这种情况我遇到过无数次，相信我。”

听到齐修远这样说，曼曼感到更加羞愧，说道：“修远，刚才是我太冲动了，非要拉着你涉险。雨这么大，要不我们停下等等吧。”

齐修远聚精会神地分辨着前方的路况，说道：“曼曼，这种情况停车反而更危险，我们慢慢走。放心，这是急雨，不会下很久的。”

曼曼点点头，伸手拉住齐修远的胳膊，语气里都是感动：“谢谢你，修远。”

齐修远听出曼曼的情绪已经稳定，便轻声问道：“曼曼，能告诉我，刚才你为什么那么激动，非要立刻走吗？”

曼曼沉默了片刻，满脸忧伤地回答：“你知道吗？修远，我们现在冒险去的地方叫情人岩，那里……就是10年前文凯坠崖的地方。”

“啊！”齐修远听到后惊诧地大叫一声。顷刻间，关于曼曼刚才突然出现的情绪反应瞬间有了答案，而且这个答案是那么悲怆而绝望。

曼曼继续轻声说道：“一切就像冥冥中安排好的，这次旅行，本来不想来这里，我怕我会难过。但命运使然，我们还是来到了这里，刚才你在怒江边提到三江并流，我听到后情绪一下就失控了。因为我才意识到，文凯死去的地方，和我只隔咫尺。所以，我当时控制不了自己，拉着你执意要去。”

听了曼曼的诉说，齐修远感到心里一阵惆怅在翻涌。100公里，对于这山路盘绕坎坷的西南疆域来说，应该是一段很长的距离，但和生死两隔相比，这段距离确实短如咫尺。他觉得，世上有些事，就像此刻车窗外疯狂肆虐的暴雨，似乎就是命中安排好的，无论怎么去逃避和闪躲，它还是会如期到来，让人只能去面对接受，无法逃脱。

他看着眼前模糊一片的道路，轻轻叹口气，说道：“曼曼，我们去情人岩。”

这是一段比想象的更难行走的道路，但万幸的是，这场暴雨所带来的危险并没有给两人带来太多的困扰和阻挡，越野车在湿滑的泥泞和落石中寻路而行。

开了三个多小时，雨小了很多，但天上还是乌云密布，齐修远打开车窗，灌入的空气潮湿而冰冷，路边山底的怒江江水已经变成深黄色，波涛更加汹涌剧烈。

最后，按照手机导航的指引，他们来到情人岩所在的图贡县，然后顺着一条泥泞的土路向情人岩前进。

越野车穿过一座石桥后再次进山，但道路变得异常狭窄，道路两侧湿漉漉的灌木抽打着车身，往上又开了20分钟，前面出现了一片碎石空场，前方已经没有了道路。

齐修远把越野车停下，下车四下观望了一下，看到一块石碑立在不远处，便走过去看了一眼，只见石碑上用红色油漆写了三个字“情人岩”，字下画了一个箭头，箭头指向不远处一条湿漉漉的碎石小路。

齐修远回到车里对曼曼说：“没路了，我们需要徒步往上走了。”

曼曼似乎已经看到那块石碑，脸色苍白得让人心疼，眼里都是悲伤神色。

齐修远叹口气，他并不清楚10年前黄文凯是因为什么而葬身此地的，但能想象得到，这对情侣到达这个情人岩时，应该是特别开心的。但他们肯定不会想到，其中一个人去了以后，就再也没能回来。

齐修远和曼曼冒着小雨，顺着湿滑的碎石小路攀登而上，大约走了一个小时，一座岩石山出现在正前方。

两人沉默着攀登到最高处，视野一下就开阔起来。

情人岩是一块足有20多平方米的灰青色岩石，表面平整，站在岩石边缘望去，脚底是百米密林深渊，俯瞰远处，只见山峦如剑，雾气蒸腾，怒江江水就像一条黄色的绸带，在一座巨大峻立的半岛下缠绕盘旋而过，形成了一个巨大的U形江湾。齐修远能够想象得到，如果是晴朗的天气，眼前的景色一定会是无比壮观的。但此刻，整个情人岩却是凄凉和冰冷的，天空乌云密布，小雨斜飞，山风呼啸着，四下的灌木在疯狂地摇摆。

曼曼眼里都是泪水，手里的雨伞也失手落在脚下。她慢慢走到情人岩的边缘，独自静立不动，任由山风吹动着身体。她的背影孤单孑然，让人怜惜。

齐修远感到心情无比沉重，不敢打扰曼曼，只是安静地看着。他能感受到，曼曼此刻的心一定是悲伤凄凉的。

这时，一阵狂劲的山风裹挟着雨点吹过，把曼曼的身体吹得向前一晃。

齐修远看到后大惊失色，喊了一声："曼曼！"然后，他就要上前去拉她。

曼曼却大声地喊道："别过来！"

齐修远不敢再靠前，只得僵在原地。

曼曼的衣服已经被雨水浸透，过了一会儿，她轻轻地回过头来，脸上已经分不清是泪水还是雨水。但能看出，她此刻是无比绝望的。

齐修远感觉心脏怦怦地乱跳，因为他从曼曼眼神中看到了异样的神色。

齐修远试着往前迈了一步，双手微微伸出，眼睛死死地盯着曼曼，轻声说：“曼曼，不要站在那里了，太危险，来，回到我这里来。”

曼曼眼神空洞，似乎没有听到齐修远的话，然后慢慢转过头去，又往情人岩的边缘迈了一步。

“曼曼，不要！”齐修远急了，大声阻止着。

曼曼头也不回，声音悲痛地说：“修远，你不用管我！你知道吗，我再往前走一步，就能和文凯见面了。也许，这是和他见面最快的方式，他肯定一直在这里等着我，等我来找他。”

齐修远不敢再上前，只能着急地喊：“曼曼，不要做傻事，想想黄文凯对你的爱，想想，如果黄文凯看到你现在这样，他会多么心疼和难过。”

“他见到我，就不再心疼和难过了。”

“不会的，他只会骂你傻，骂你不敢坚强地活下去。”

曼曼眼里泪水奔涌：“10年了，我已经坚强地活了10年了，难道还不够吗？”

“不够！”齐修远大声喊道，“你要继续活下去！要像奶奶一样，为了深爱的人活到头发苍白，活到去木马湖见他的那一刻。你知道吗？你们的爱在美丽旷美的木马湖，而不是在这冰冷无情的情人岩！”

听到“木马湖”三个字，曼曼的眼泪再次奔涌而出，嘴里喃喃地说着：“我们的爱在木马湖，奶奶也在木马湖，是，木马湖，纯净的木马湖，开满日月花的木马湖，我爱的木马湖。”

听到曼曼这么说，齐修远知道已经把曼曼说动了，便试着向她慢慢走去，快接近她身体的时候，齐修远一把把曼曼拉进怀里，然后用力地抱住她。他感觉到曼曼身体的冰冷和颤抖，还有整个人的无助和悲伤。

曼曼在齐修远的怀抱里大声痛哭起来，哭声悲恸，让齐修远听后心疼不已，泪水盈眶。

这时，三个穿着黑色雨衣的男人如幽灵一般登上了情人岩，他们手里拿着湿漉漉的粗棍，低着头慢慢向齐修远和曼曼围了过来，雨衣帽子遮住了他们的面孔，只能从帽子的阴影里看到，他们眼睛里闪烁着狼一样的凶光。

第十三章
猎枪冰冷

见这三个陌生人出现在情人岩并围了上来，齐修远已经知道他们来者不善，但身后已经没有退路，唯一能做的就是静观其变，然后冷静地面对即将发生的危险。

齐修远先把曼曼护在身后，低声说："曼曼，不要乱动。"

曼曼紧紧抓着齐修远的胳膊，紧张地看着那三个陌生人。

三个陌生人步步围近。

再近一些，曼曼认出了左侧那个人，急忙小声地对齐修远说："又是他，扒车窗的那个人。"

齐修远一看，左侧那个果然是加油站遇到的秃顶男人。

他攥紧曼曼的手，低声说："别怕，有我呢。如果出现危险，你别管我，往山下跑。”

曼曼声音有些发颤：“他们要干什么？”

齐修远死盯着三人，回答：“不知道。”

那三个人在岩中央慢慢停住脚步，然后一起把雨衣帽子摘掉。

中间的矮瘦男人40岁左右，留着短发，脸色阴沉，一双眼睛闪着狠毒的光芒。他死死盯着齐修远和曼曼，手里的粗棍缓慢地戳着岩石，发出咚咚的声音。

他身旁的另一个男人身材矮胖，留着粗糙的胡子，小眼睛眯着，凶狠地看着齐修远和曼曼。

看着齐修远和曼曼警惕的样子，中间这个矮瘦男人突然咧嘴一笑，露出焦黄的碎牙，接着下巴一扬：“情人岩，还真有一对情人。你们挺有雅兴啊，这么个大雨天儿，跑这儿来！”

齐修远冷冷地和他对视。

那男人左右看了看，继续说：“可是呢，这情人岩真不是情人来的地方。知道吗，这地方丧气，真的特别特别丧气，跑这儿来的情人，都没有好下场。不是单独死，就是一块儿死。”

旁边的胖子有些不耐烦了，说道：“刀哥，别和他们废话了，弄死就撤吧。”

听到胖子这么说，齐修远下意识地护紧曼曼。

刀哥却一脸嘲弄：“老六，你着什么急啊？跟了他们一路，咱们也没少受罪，怎么也得要耍他们再动手。”说完，他看了一眼身旁的秃顶：“你说是不是，秃奎。”

秃奎色眯眯地盯着齐修远身后的曼曼：“刀哥说得对，必须要够了再说别的，我看那姑娘不错，一会儿我单独跟她聊聊。”

刀哥呵呵笑道：“秃奎，你那大秃脑袋就不会想点儿别的。”

秃奎眼睛不离曼曼，坏笑道：“没辙啊，监狱里待了十多年，哥们儿我出来就这点儿爱好了。”

刀哥听了以后，嘿嘿地冷笑起来。

一旁的老六眉头一皱：“秃奎，我看你这毛病是改不了了，跟你一起干活，就是事太多。要我说，直接弄死他们得了，哪儿那么多邪的歪的，太耽误事儿了。”

秃奎嘿嘿一笑：“这大雨天的，我就是吓唬吓唬他们，刀哥不是说了嘛，先耍耍。”

刀哥笑着看了看身边的两个同伙，问：“老六，秃奎，你们说，怎么耍？”

秃奎坏笑：“要我说，先得让那姑娘在这情人岩上舞一圈，然后再跳下去。”

刀哥仰头哈哈大笑，笑了几秒后突然脸色一沉，眼里凶光一闪，恶狠狠地说：“大雨天，什么心情都没有！老六，直接送他们上路。”

刀哥突然从嬉笑变成残酷，这个极大的反差变化一下子就把他内心的凶狠表露无遗。

“好！”老六把手里的粗棍扔在地上，接着从后腰掏出一把两尺来长的自制土猎枪，用袖子擦拭了一下后举起枪口对准了齐修远和曼曼。

曼曼看到猎枪黑洞洞的枪口冲向自己，不禁啊的一声惊呼出来！

齐修远知道危险将至，依然静观其变，用整个身体护住了曼曼。

秃奎笑着说："老六，先打死那男的，那姑娘先留一会儿，我还想跟她聊聊天呢。"

刀哥冷笑，眼里都是恶毒："老六，还是老规矩，不能亲手杀生。去，拿枪顶着，让他们自己跳下去。"

"好。"老六回应。

刀哥叹口气，大声说道："只有跳情人岩才是正确的死法。传说里，一对情侣被土司追到这儿，就是抱着跳下去的，然后呢，变成鸟飞上天了。"

老六凶狠地端着猎枪慢慢上前，说道："好的，那我就看看，他们跳下去怎么变成鸟。"

秃奎在一旁嘲弄地叹息："哎呀，不敢看啊，心疼那姑娘啊，可惜了可惜了。"

老六快步走到齐修远面前，用猎枪指着他的脸，说："跟了你们一路，本来想好好耍耍你们的，可你们俩命太硬，刹车没了都能活过来，害得我大半夜的差点儿被狗咬。听到刀哥说了吗，让你们跳下去，那就别磨叽了，赶紧跳吧。要是不甘心，那做了鬼以后就直接找我蔡老六报仇，听清楚了吗？"

齐修远眼神炯炯，表情并不慌张，而是冷冷地质问："我想知道，你们为什么非要弄死我们？"

"为什么？"老六攥紧猎枪，"图财害命啊，还能为什么？你们死了，那辆大越野就是我的了，懂吗？"

同时，身后的秃奎怪叫着：“唉，那姑娘那么漂亮，可惜了可惜了。”

老六听了嘴角一翘，手指握紧猎枪，狠狠盯着齐修远的眼睛，吐出一句冰冷的话：“听我数数，数到三，你们就跳下去。”

齐修远凛凛地和他对视，眼里都是怒火。

曼曼吓得身体颤抖，低声喊着：“修远。”

接着，老六从牙缝里蹦出第一个字：“一！”

齐修远面无表情，依然怒视。

愣了一下，老六再次数道：“二！”

等了两秒，老六把手里的猎枪微微一晃，刚要开口数最后一下，齐修远突然大声喊出一声：“三！”接着，他左手猛地抓住老六的猎枪枪筒并向上一举，跟着身体一转，肩膀用力撞向老六的前胸，右臂顺势一夹一扯，只听老六啊地大叫一声，手里的猎枪已经被齐修远瞬间抢走。

同时，老六的身体向后仰倒，一个后仰狠狠地摔在了地上。

老六倒地后刚要起来，齐修远已经把猎枪枪口对向了他，低吼道：“别动，好好待着，我看你敢动一下试试。”

齐修远这个夺枪反击的动作干净利落，一气呵成，简直就像电光石火般迅速，让包括曼曼在内的所有人都大吃一惊。

刀哥和秃奎都傻了，他们根本就没有看清齐修远是怎么把猎枪抢到手的，等反应过来以后，老六已经躺在地上了。

齐修远把猎枪向刀哥二人晃了晃，大声说：“你们俩，把棍子扔了，过来。”

刀哥和秃奎对看了一眼，只好把手里的粗棍扔在地上，慢慢走到老六身边。

“蹲在那儿。”齐修远厉声喊道。

刀哥和秃奎满眼怨恨地看着齐修远，慢慢地蹲在老六身边。

齐修远用猎枪指着三人，眼睛凛凛地盯着他们，看了曼曼一眼，问：“曼曼，你没事吧？”

曼曼似乎早已被这接连发生的事情惊呆了，听齐修远问自己，赶紧轻声说：“我没事。”

齐修远把手里的猎枪向刀哥三人晃了晃：“现在该我要你们了。说吧，谁先跳？”

三人一愣，抬头看着齐修远，三双眼睛一起闪过一丝恐惧。

曼曼听到后，赶忙阻止：“修远，不要。”

齐修远呵呵冷笑，对曼曼说：“别怕，我就是想试一下，拿着枪说话，到底能硬气成什么样？”

刀哥眼里都是怨怒的光，抬头对齐修远说道：“你玩得漂亮，我认栽，有种你就开枪撂了我们。”

齐修远一笑，看了看手里的猎枪：“说实话，我玩了10年枪，还真没撂过什么人，也不想撂人，今天我就想让你们知道知道，枪不是好玩的，就算玩，你们也没我玩得溜。”

刀哥冷笑：“那你打算怎么着？”

齐修远回答：“还能怎么着，我还要赶路，没空陪你们玩，这次只是个教训，让你们长长记性，不过下次再犯到我手里，我可就不客气了。”

刀哥心有不甘地盯着齐修远。

看到刀哥的眼神，齐修远冷笑一下：“不服是吧？那好。”他慢慢往后退了几步，把猎枪晃了晃放在地上，然后一脸豪气地说：“看到了吗？枪扔地上了。听好了，就算没这东西，你们三个也不是我的对手，信吗？要是不信，你们可以来试试，我奉陪。三个人一起上也行。”说完，他傲气地盯视着三人，眼里都是自信的光芒。

刀哥三人被他的气场震慑住了，竟然全都不敢动弹，只是满眼仇恨地看着齐修远。

齐修远冷笑，俯身拿起猎枪，说：“给你们机会你们不争取，那我就先走了。你们三个啊，就在这情人岩凉快吧。不过以后再做坏事的时候，好好掂量掂量。这枪呢，我先没收了，因为给你们，也玩不好。”

说完，齐修远一把拉过曼曼，然后把猎枪扛在肩头，看了一眼刀哥三人，稳稳地向岩下走去。

刚走了几步，突然听到刀哥在身后冷冷地说：“朋友，后会有期，我们还会再见的。”

齐修远头也不回，把猎枪举起晃了晃，大声回应：“好，我随时奉陪。”

齐修远护着曼曼从情人岩向山下走着，两人的心里各有滋味。刚刚在情人岩上经历的所有事情就像一个跌宕起伏的梦，情节有悲伤有惊险，有绝望有快意。自从在情人岩上经历了这场生死后，两人的陌生感和距离感少了很多，心里对彼此多了份信任和依赖。

走了半个小时，道路平坦了一些，两人并肩而行。齐修远见曼曼的衣服已经在情人岩上被雨打透了，便把自己的外衣披在曼曼身上。

曼曼脸色缓和了很多，看了一眼齐修远手里拿的猎枪，低声问："修远，他们不会追下来吧？"

齐修远一笑："放心吧，他们已经没有那个胆量了。"

曼曼对齐修远的话深信不疑："修远，真不知道你还有这身手。刚才你抢枪的动作太快了，快得我都没反应过来。"

齐修远微笑："必须快啊。我在部队10年练的就是这个。我是侦察兵出身，转志愿兵后一直负责士兵格斗训练这一块。"

曼曼点头："虽然你说得这么轻描淡写，但我觉得，你一定有很多故事。"

齐修远眼光一闪："也没啥故事，我就是个曾经在军营里摸爬滚打很多年的老兵而已。"

"刚才你要他们一起上，要是真的一起上了，会是什么结果？"

齐修远呵呵一笑："情人岩太窄了，要是他们三个一起上，我也没有把握能打赢他们，当时只是用了个心理战术而已。但你也看到了，那一刻他们没敢站起来，也就不会站起来了。"

"可是，我看他们还是不甘心的样子。"

齐修远点点头："是，这种不甘，我已经从那个刀哥的眼里看出来了。那是一种狼一样的眼光，带着仇恨和怨怒。"

"我们还会遇到他们吗？"

齐修远停住脚步，认真地看着曼曼，真诚地说："曼曼，不要想那么多了，你记住一点就行了，无论遇到他们还是别人，只要有我在，就不会让你受到任何伤害。”

曼曼听了这话，眼里都是感动，抬头看着齐修远，问：“修远，假如老六当时不拿枪上前，只在原地逼迫我们，你会陪着我一起跳下去吗？”

齐修远嘴角帅气地一挑，回答：“不会。”

曼曼很是奇怪，没想到齐修远会这么回答，疑惑地问：“为什么？”

齐修远看着曼曼，语气笃定地说：“如果当时局势是那样，那我的选择只有一个，就是直接扑向他，去抢他的猎枪。”

“那他开枪了怎么办？”

齐修远一笑，晃晃手里的猎枪：“傻丫头，这种自制的枪杀伤力是很小的，威力不是电影里演的那样。除非他一枪就打在我的脑袋上，否则就算中枪，我也有把握制服他。当时那种情况，一起跳下摔死，还不如冒险去争取活着的机会，咱们要是那么听话往下跳，虽然很悲壮，可是真的很冤。”

曼曼听了齐修远这真诚且轻松的解说，不禁心潮翻涌，看着眼前这个高大勇敢的男人，眼里都是钦慕和感动。

齐修远向山下看了一眼，已经可以看到越野车的车顶了，便道：“能看到车了，马上就到。”说完拨开路边的灌木枝继续往前走。

走了几步，齐修远却没有听到曼曼跟上来的声音，回头一看，只见曼曼依然原地不动地站着看着自己，眼光晶莹。

和齐修远对视了几秒，曼曼深情地说道：“修远，谢谢你。如果没有你，也许我此刻已经消失在情人岩了。”

齐修远知道她说的是初次站在情人岩时的心理挣扎，不禁心里一软，微微一笑："曼曼，情人岩只是我们整个旅程的一个痛点，经过了，痛过了，我们就会更勇敢。我还是那句话，我们的终点是木马湖，美丽纯净的木马湖，因为你爱的人和爱你的人，会在木马湖等你。"

两人到达图贡县城时，天已经擦黑。这是一个特别小的县城，开车五分钟就能穿城而过。街面上已经见不到多少行人了，只有两家小餐馆亮着灯。

齐修远有些饿了，看了曼曼一眼，只见曼曼神情低迷，像是十分疲倦。

齐修远把越野车停到一家小餐馆的门口，然后对曼曼说："曼曼，我们去吃些东西，不行的话，今晚就住在这个县城吧。"

车厢里光线暗淡，只能看到曼曼笑容疲惫："好，听你的。"

两人进了小餐馆，发现这是一家用住房改的小餐馆，没有客人，灯光昏黄，临窗只有三张桌子。里面是一张床铺和货柜，一个穿着民族服饰的女人坐在床边，床边放着一盆炉火，炉火上熬着茶，奶香气隐隐飘荡在空气中。

见齐修远和曼曼进来，那女人笑着站了起来，用不太流利的普通话问："你们好，是要吃饭吗？欢迎欢迎，这里也可以住宿的，在后面。"

齐修远向这女人友善地笑了笑，说："打扰了，我们先吃些东西，你这里有什么吃的？"

“先坐吧，坐炉边来。”女人笑着指着炉火，拿过两个小木椅，对两人说，“这里暖和。”

齐修远和曼曼点头致谢，一起坐在炉火旁边。

那女人拿来两个瓷杯摆在炉台，提起炉火上的茶壶往杯子里倒茶。

淡棕色的茶水冒着热气，飘出沁人心脾的酥油香气。

“酥油茶？”齐修远问。

那女人笑：“对，这是我自己熬的，很香的。我还有麻籽茶，也很好喝，你们应该没喝过的，要不要尝尝？”

曼曼端起杯子闻了闻，向女人笑了笑：“这酥油茶已经很好了，我们喝这个就行，谢谢老板姐姐。”说完，她轻轻吹了吹杯口的热气，浅浅地喝了一口。

那女老板放下茶壶，问：“你们要吃些什么？我马上给你们做。”

齐修远看了一眼曼曼，抬头笑着说：“老板，您就看着做吧，有民族特色的可以做一些。”

女老板点点头：“好，那你们喝茶，我去做饭。”

她麻利地走进后面厨房，餐馆里只剩下齐修远和曼曼两人。

齐修远仔细看了一眼身边的曼曼，曼曼安静地盯着炉火，眼睛发亮。也许是炉火的烘烤，或者是酥油茶的热烫，她的面容看上去通红而娇艳。这些天的旅途奔波，使得曼曼清瘦了一些，和在重庆第一次见面时相比，此时的她已经没有了那天清丽高雅的样子，但现在却是一种真实的美，看在眼里，让人感到一种融合与亲近感。

两人没有说话，只是在这安静的餐馆里围炉而坐。油茶可口，后面厨房里传出淡淡的菜油香气，一切是那么舒适和温暖。

许久，曼曼侧头看着齐修远，轻声说："修远，有一件很怪的事，我突然感觉现在的一切曾经梦到过，而且每个细节和梦里一模一样。我肯定，确实梦到过。"

齐修远一笑："这很正常啊。你说的这个我也遇到过，这个现象被称为既视感，也叫幻觉记忆，是我们大脑的知觉系统和记忆系统的交错映射。"

曼曼微笑："这我是知道的，但还是觉得它的发生有些玄妙，真的是刹那间的恍惚，突然觉得眼前所有的一切都似曾相识。"

"你喜欢这种感觉吗？"

曼曼想想，轻轻摇摇头："不喜欢，我觉得它和梦境一样，总是有些宿命的东西在里面，虽然触碰不到，却如影随形。"

齐修远轻笑："我相反，倒是很喜欢这种感觉，那一刻会觉得我们的人生有一种奇幻的色彩。我真的希望到了木马湖时，能看着脚下绽放的日月花，看着身边的你，也会突然感到，呀，这个地方，我在梦里曾经来过。"

曼曼轻笑，喝了一口酥油茶，轻声地说："现实和梦是镜像关系，也许现在的一切才是梦呢，而我们都有另一个自己活在另一个世界。修远，你想过没？今天我要是从情人岩跳下去，也许就会从另一个真实的世界里醒来，发现这里才是梦境。"

"那你愿意哪个是真实的呢？"

曼曼摇头，喃喃地轻语："不知道，应该各有各的美好吧。

也许我在那个世界醒来，文凯就守在我的身边，他会问我，怎么醒了？你做噩梦了？”

听到曼曼这么说，齐修远心底泛起一丝忧伤。他知道，黄文凯的影子会一直在曼曼记忆里挥散不去，自己能做的，就是在旅途中全身心地呵护和保护曼曼，珍惜和她在一起的所有时光。自己沉迷于木马湖日记时所产生的那一份情愫和钦慕，也许还要等一个最恰当的时机，顺其自然地流露表达而出，或者永藏心底。

想到这里，齐修远微笑：“曼曼，记得有人说过，每个人在死前的一刹那，会把一生遇到的人和事在脑海里像看电影一样快速回放一遍，比如现在，有酥油茶、有炉火，还有这沉重的话题，我希望到了生命终止的那一刻，也会回放出这时的美好适意。”

曼曼静默了一阵，轻轻地说道：“修远，你想过吗？也许在另一个空间，我们有一个真实的生命即将死去，现在我们看到的、感受到的，都是那个生命临死时的记忆回放。”

一桌丰盛且有民族特色的饭菜摆到了桌上，香气弥漫着。苦荞粑粑上淋着清亮的蜂蜜，木盆里用腊肉丁和豌豆丁炒的苞谷饭，热气腾腾的芋头旁放着一碟蘸用的细盐巴，琵琶肉和籼米粑粑摆在一个粗碗里，桌子中间是一盘色味诱人的漆油炖鸭。

女老板简单地把几样菜的名称和食用方法介绍给了二人，然后又拿来一桶酒和三个木碗。

她把酒倒在三个碗里，端起一碗，微笑着说：“这是自己酿的水酒，我们这里的习俗是，主人要和客人一起喝下这个同心酒，喝下去就是一家人了。”说完，她一口就喝掉了碗里的水酒。

齐修远和曼曼相视一笑，赶紧一起举起手里的水酒，向热情的女老板示意了一下，一起仰头喝了下去。

曼曼喝完水酒，轻轻咳了几下，腼腆地擦了擦唇边的酒滴，笑了笑。

女老板十分开心，笑着说：“你们赶紧吃饭，今晚就住我家的旅馆，很干净的。”

齐修远刚要笑着致谢，看到身边的曼曼晃了几下，急忙用手去扶，曼曼嘴张了张，突然眼睛一翻，身体一软，哐啷一声就倒在了桌上。

第十四章 暗夜之吻

齐修远赶紧一把扶住曼曼，在女老板的帮助下，把曼曼抱到了床上。

曼曼脸颊通红，眼睛紧闭，呼吸急促。

齐修远试着用手摸了摸曼曼的额头，触碰之下才知道异常滚烫，这才发现，曼曼发高烧了。

齐修远暗暗自责，知道应该是情人岩上的急雨山风让曼曼发的高烧。另外，前几天的各种惊吓、奔波也是一个主要原因。

齐修远让女老板帮忙照看着曼曼，自己快速跑到车里拿来退烧药，给曼曼吃了下去。

女老板也找来一些清热退烧的草药熬成药水，用一块毛巾浸透药水递给齐修远。齐修远接过后，开始给曼曼擦拭着脸额。

接着，女老板又到后面收拾出一间客房，和齐修远一起把曼曼安置到客房的床上。

曼曼一直昏迷不醒，脸颊通红。

齐修远坐在床边的椅子上，耐心地守候着曼曼，同时，也感到异常疲累，但依然强打着精神照看着她。

夜渐渐地深了，四下寂静无声，只能听到曼曼粗重急促的呼吸声，退烧药已经起了作用，她的额头已经不再滚烫。

过了12点，屋外起了风，吹得木头窗嘎嘎直响。齐修远走到窗前向外望去，只见图贡县的街道已经空无一人，路灯昏黄，远处隐约传来狗的叫声。天空已经放晴，墨蓝色的夜空上漫散着繁星，银河横亘头顶，闪烁着七彩纷呈的光芒。

“是你吗？”身后的曼曼突然问了一声，声音虚弱但清晰。

齐修远赶紧转身去看，只见曼曼眼睛已经睁开，目光呆滞，眼神涣散。

齐修远赶紧走回床边，低头对曼曼说：“曼曼，你终于醒了。怎么样？还难受吗？”

曼曼向他勉强地笑了笑，眼睛又慢慢闭上，嘴里喃喃低语：“文凯，你不要走。”

齐修远这才恍然明白，高烧中的曼曼产生了幻觉，把自己当作了黄文凯。他叹口气，用毛巾给曼曼擦拭着额头，低声说：“曼曼，你再睡一会儿。”

曼曼又慢慢睁开眼睛，眼神有些迷离，轻轻地对齐修远说：“文凯，我好难受。”

齐修远点点头，说：“没事，你马上就会好了，现在已经不是很烧了。曼曼，你要是饿，我去给你弄点儿粥来。”

“不，你不要离开我。”曼曼突然一把拉住齐修远的手，眼睛哀求地看着齐修远，说道，“文凯，你留在这里陪我好吗？我想你了，我有很多话要和你说。”

齐修远看着曼曼迷离的眼神，点点头：“好，我陪着你，我不走。”

曼曼脸上的焦急慢慢平息，虚弱地说：“文凯，我身上有些冷，你抱着我。”

齐修远迟疑了一下，赶紧拿过床边一条薄毯搭在曼曼的被子上，说：“这样就好了。”

曼曼挣扎着就要坐起来，急切地对齐修远说：“不，你抱着我，抱着我好吗，文凯？”

齐修远只好点头：“好，我抱着你。”说着，他坐到床边，轻轻地把曼曼抱在怀里。

曼曼滚烫的身体散发着淡淡的香气，粗重急促的鼻息也是热热的，像个孩子似的把头扎进齐修远的怀里，低声说：“好了，不冷了。文凯，你就这么抱着我，不许离开。”

“嗯，我不离开。”

曼曼虚弱的身体微微颤抖着，双手紧紧地抱着齐修远，慢慢地抬起头，眼里都是依赖的神色，说道：“文凯，亲亲我。”

听到曼曼这么说，齐修远心里轻轻震动了一下，低头看着怀里的曼曼，安抚说：“睡会儿吧曼曼，天亮你就好了。”

曼曼用力地摇摇头，急切地说：“不，文凯，我要你亲亲我，我想你，特别想你。”

齐修远迟疑了一下，只好低下头，轻轻地吻了一下曼曼火烫的额头。

当齐修远的嘴唇触碰到她额头的那一刻，曼曼突然身体一颤，轻轻地嘤了一声，直接把嘴唇贴到齐修远的嘴唇上。

齐修远一慌，急忙推开曼曼，但曼曼却用力地拉了一下他，嘴里低低地喊着：“文凯。”再次和齐修远深深地吻在了一起。

曼曼的鼻息火烫，嘴唇柔软而香甜，这种激情忘我的深吻让齐修远无法躲避。他感觉脑袋里一片空白，心脏在怦怦跳动，双手已经不知道是推开还是抱紧。曼曼身体颤动着，脸紧贴着他的脸。紧接着，齐修远感觉脸颊一阵湿热，慢慢扶起曼曼的头，只见她紧闭的双眼里流出了眼泪。

齐修远一阵心疼，紧紧地抱着曼曼，用自己的脸颊为她擦去眼泪。他有些慌张，但是没有觉得自己做得下作，知道神智迷乱的曼曼此刻需要亲情的慰藉。

在和曼曼拥抱接吻的时候，他感到了从未有过的幸福感。他知道，自己已经爱上了曼曼，这份爱从翻阅木马湖日记时就已经渐渐萌生，并在见到她以后逐渐在心里扩散鼓荡。随着和曼曼熟悉并经历生死，她的温婉、优雅、纯真和深情深深地让他迷恋。这是从虚幻到真实的一段情感变化，但稳重内敛的他一直把这份爱藏在心底，然而这份深情的爱恋偶尔会被她的一颦一笑激发撩动，让他感觉温暖和怅惘。

曼曼脸上的泪痕未干，又在齐修远的怀里昏睡过去，睡容像个孩子一样沉静而美丽，睫毛长而微卷，嘴唇深红而娇艳。

齐修远爱怜地凝视着怀里的曼曼，真的希望她就这么睡下去，自己可以一直这样用眼光缠绵着她，让时间定格此刻并凝固在这黑夜里，永远不会醒来。

渐渐地，齐修远困意袭来，想把曼曼放回床上，但是刚低身，她就会下意识地轻哼一声，用力抱紧他，不让他松开她的身体。

齐修远感觉，此刻高烧昏睡的曼曼之所以如此依赖自己，应该是在另一个梦中，正和挚爱的黄文凯拥抱着。

齐修远只好调整一下坐姿，把曼曼身上的薄毯盖好，然后闭上眼睛，听着她急促的呼吸，感受着她身体的滚烫，拥抱着她睡着了。

不知过了多久，齐修远隐约听到曼曼在轻轻叫他的名字："修远，修远。"

齐修远马上清醒过来，发现曼曼依然躺在自己的怀里，但是眼睛睁得大大的，向门口望着。

齐修远赶忙坐直身体，低头问："曼曼，你醒了？"

曼曼没有回答他的话，而是继续看着门口方向，声音恐惧地说："修远，你看，文凯要走了。他浑身上下都是血啊，你看，他在门口向我挥手告别呢。他和我说，去木马湖等我，让我去木马湖找他。"

齐修远听得心里有些发毛，向空荡荡的屋门口看了一眼，安慰曼曼："曼曼，你做梦了吧？你还在发烧，赶紧再睡会儿。"

曼曼像没有听到他的话，突然大声喊道："文凯，不要走！"说完，她就要挣扎起身。

齐修远赶紧抱住了曼曼，继续安抚："曼曼，你做噩梦了。不要瞎想，你看看我，看看我。"

曼曼又挣扎了几下，身体渐渐地软了下来，她愣愣地看了一眼齐修远，然后把眼睛慢慢闭上，喃喃地说："修远，抱紧我，我冷。"

曼曼又睡熟了，但齐修远已经毫无困意，摸了摸她的额头，触手仍然滚烫，应该是退烧药已经失去了效力，看了眼手表，已经是凌晨5点了，不禁心里有些焦急，想着天亮之后，一定要带曼曼去看医生。

窗外的光线亮了起来，牛羊的叫声从远处传来，街上开始传来行人说话的声音，偶尔也能听到柴油三轮车突突响着经过。

齐修远轻轻地把曼曼的身体放平并盖好被子，走出了屋子。

女老板在餐馆里认真地擦着桌椅。见齐修远进来，她急忙问："姑娘好些没，还烧不烧？"

齐修远摇摇头："还是烧得厉害，我想一会儿带她去看医生。"

女老板点点头："好，等我忙完，我就陪你们去县诊所。"

齐修远笑着感谢，看到桌上那些饭菜才想起昨晚到现在还没有吃东西，拿起一块芋头准备去吃，但芋头还没有放进嘴里，就听到后面房间里传来曼曼的呼喊："修远，你在哪儿？修远！"

齐修远赶忙应了一声，扔下芋头，快速地跑回曼曼的房间。

曼曼半坐在床上，神情憔悴，头发有些乱，脸依然通红，眼里都是令人怜惜的虚弱神色。

齐修远走到床前，关切地说："你醒了？"

曼曼点点头，声音虚弱："修远，我是不是发烧了？"

"对，昨天你喝完酒以后就晕倒了，一整晚都在发高烧，意识不清。你先清醒一下，一会儿我带你去诊所看医生。"

曼曼摸了摸自己的额头，说："应该是在情人岩被雨淋了，山风又很大，所以发烧了。"

说完，她又软软地躺在了床上，眉头微微皱了一下，轻轻地闭上眼睛说："修远，我病成这个样子，还得让你照顾，给你添麻烦了。"

齐修远坐到床边的椅子上："别说这些，照顾你是应该的。你饿了吧，我去给你弄些吃的，然后带你去诊所，你这是高烧，不能耽误。"

曼曼睁开眼睛，向齐修远微微笑了笑，说："修远，你把木马湖日记拿来，我有用。"

齐修远一愣，连忙从曼曼的背包里拿出木马湖日记递给她。

曼曼接过木马湖日记，在齐修远的搀扶下勉强坐直，她轻轻地把木马湖日记打开，一页一页地翻着。

齐修远一脸疑惑地看着曼曼的这个举动，不知道她为什么要在这个时候翻看木马湖日记。

曼曼一边翻一边寻找，翻到其中一页后，把贴在那页的一片褐色的叶片标本摘了下来，轻轻地放在一旁。

接着，她又翻找了几页，一共摘下了四片叶片标本。

齐修远纳闷地问："曼曼，你这是要做什么？"

曼曼轻轻地把木马湖日记合上放在枕边，然后把那四片干叶子递给齐修远，声音虚弱地说："修远，麻烦你把这几片叶子用水煮开，然后把水端给我，我喝下去，发烧就会好的。”

齐修远一愣：“这能行吗？这可是10年前的叶子啊！”

曼曼笑了笑：“这是药草叶子，就算放100年，它的药力还是会有的。这本日记里夹的，都是木马湖旁边的原始森林里最珍贵的药草，有的甚至是第一次被发现。”

齐修远把那几片叶子标本放在鼻端闻了闻，气味并不是很重，最多的还是书页陈旧的纸张味道。

他对曼曼深信不疑，把叶子晃了晃：“好，那你等我。”

齐修远跑到就餐的房间，让女老板拿来一个干净的锅，倒上清水后，把那四片叶子标本放进去煮，不一会儿，水开了，一股浓浓的药香随着蒸汽飘散弥漫在房间里。

齐修远打开锅盖，立刻觉得药香扑鼻，只见那四片叶子已经变成褐绿色，煮出的水也是淡淡的黄绿色，色泽像菊花茶一样清澈透明。

齐修远盛了一碗药汤，小心翼翼地端到曼曼床边，扶起她，帮助她把那碗药汤喝下。

曼曼见齐修远这么无微不至地照顾自己，眼里都是感动。她把药汤喝完，轻轻靠在床头，眼睛直直地发呆。

齐修远担心曼曼再次神志模糊，急忙问：“曼曼，你在想什么？”

曼曼听到齐修远的问话，眨了一下眼睛，轻声说：“修远，我昨晚昏昏沉沉的，梦到了文凯。”

齐修远点头：“嗯，这个可以理解，这两天你脑子里都是关于他的记忆。”

曼曼深深吸了口气：“我梦到他来了，抱着我。但是后来又梦到一些很恐怖的事，印象最深的是文凯浑身鲜血的样子，他拉着我的手，要带我去木马湖。”说到这里，她突然沉默了，不再讲述。

齐修远愣了愣，问：“然后呢？”

曼曼看了齐修远一眼，说：“修远，我当时并没有跟他走。我和他说，我还要陪着你一起去木马湖呢，我不能留下你一个人不管。”

听了曼曼这些话，齐修远心里一阵感动。他第一次感觉到自己在曼曼的心里竟然有了位置，暗暗欢欣，动情地说：“曼曼，虽然是梦境，但你还想着我，我真的很感动，谢谢你。”

曼曼看着齐修远真情闪烁的眼睛，微微笑了笑。

齐修远和曼曼对视，突然感到有些局促，便站起身，说：“哦，我再去给你盛一碗药汤，再让老板给你热些吃的。”说完，他拿起药碗就往外走。

还没走到门口，曼曼叫了一声：“修远。”

齐修远急忙转过身：“嗯，怎么了曼曼？”

曼曼看着齐修远，眼神里都是柔光，静了一下，说道：“修远，谢谢你整夜照顾我，你的怀抱很温暖，让我特别踏实。”

听到曼曼说出这些话，齐修远想起昨晚和曼曼接吻的事，他不禁脸上一红，感觉像个做错事的孩子被揭穿了一样，说话也变得结巴起来：“哦，不……不用谢。要是换了我，你肯定也会悉心照顾我的，我……我们毕竟是一起结伴而行的旅伴嘛。”

曼曼眼神清澈，说：“对啊，你说过，我们是一起去木马湖的旅伴，一定要互相照顾的，但这一路，都是你在照顾和保护我。”

齐修远心里有些乱，急忙说道：“这是应该的。”

曼曼想了想，说道：“修远，你对我太好了。我真的希望在之后的旅程中，我也能有机会来照顾和保护你。”

齐修远一笑，掩饰着内心的慌乱，开玩笑道：“好，那我就等着了。不过，让你照顾和保护，这机会真的是不多。”

那四片叶子的治疗功效出奇地好，一上午的工夫，曼曼已经退烧了，并且气色恢复得很快，人也有了精神。这件事让齐修远大为叹服，根本没有想到，那本木马湖日记不仅记载着一段爱情和旅程经历，竟然还夹藏着这么神奇疗效的药植。

他们在餐馆吃了一顿可口的午饭后，开着越野车继续上路。

经过一场大雨的洗礼，此刻头顶的天空看上去异常通透，没有一丝云彩，只有满眼的碧蓝，太阳也是明亮而灿烂。

两人的心情被这晴朗的天气感染，变得欢愉畅快起来。

越野车开进葱绿的森林，从车窗鼓荡而入的温热的风吹拂着他们的脸颊。他们彼此间似乎产生了一种默契和信赖，这种默契和信赖是这些天共历风雨之后潜移默化产生的，这种感觉已经暗暗弥漫在他们心间，甚至他们彼此都没有察觉，或者是心照不宣。

随着越野车的不断深入，四周的景色已经与之前的大不相同了，川藏风貌的景色渐渐变少，代替它们的是云南独一无二的自然景观。越野车时而在平原飞驰，时而在山路盘旋，窗外的景色更是繁华多彩，一望无际的高山草甸，奔流如带的江水河流，点缀在绿野青山中的木屋角楼，然而更多的还是苍翠满眼的亚热带原始森林。

从清晨到黄昏，越野车载着他们惬意前行。偶尔他们会停车休息，一起在原野野炊，或者在最高的山顶听着山风呼啸，眺望云海浩瀚翻腾。

齐修远有时觉得，此刻所经历的这一切，就是一场美好无比的梦，虚幻又真实。他看着身边时而快乐、时而沉静的曼曼，木马湖日记里一段短小的文字与此刻的心境特别契合：

> “此刻，我和你的世界里，天空蔚然，大地柔软，海洋温暖。目之所望，是欣喜，是无边无际的辽阔辉煌。”

他想，10年前曼曼写下这段文字的时候，肯定是特别愉悦和开心的，她身边有心爱的黄文凯陪伴，看到的也是美丽无比的景色，可想而知，这段文字里充盈着曼曼对爱情的满足和对美好生活的希冀。

齐修远时常自问：黄文凯究竟是一个什么样的人呢？

他曾经看过黄文凯的博客文字，知道黄文凯是个热情、包容且学识丰富的人，但这点了解只是浮于表面。他特别想知道，这个让曼曼深爱着的男人，究竟还有什么优秀和过人之处。

齐修远开着车，看到曼曼在身旁安静地翻看着木马湖日记，说道：“曼曼，能给我讲讲黄文凯的故事吗？我很想知道，他是一个什么样的人。”

许久，曼曼轻轻地说：“文凯比我高一届，我刚进西南大学没多久就认识了他。他在我们学校可以说是人人皆知的名人，他幽默、热情，组织能力也特别强，所以很多老师和同学都和他是好朋友。”

齐修远看曼曼并没有避讳这个话题，点头说道：“是，我看过他的博客，写得特别精彩，里面都是关于植物的帖子。我就是从他的博客评论里，找到你的微博的。”

“嗯，文凯的植物学识确实很渊博，要不是因为我，他是可以考研读博的，做一个优秀的植物学家。”

齐修远想象着黄文凯的模样，继续问：“因为你？”

“对，因为我。”曼曼眼里闪过一丝忧伤，“我和他是在一次暑假森林科考活动里相爱的，可以说是一见钟情。那时候我奶奶已经病重了，她老人家见过文凯几次，也特别喜欢他。不过没多久奶奶就去世了，在那段时间里，文凯一直安慰我、陪伴我度过那段最悲伤的时光。”

听到这儿，齐修远轻轻叹口气。

曼曼继续说：“奶奶去世后，她还有很多药用植物研究文件需要整理，文凯便鼓励我，并全力帮我一起整理那些文件。曾经有一段时间，我甚至有了辍学的打算，想安心去整理奶奶的研究资料，是文凯劝导我，让我坚持完成四年大学学业。那时他已经毕业了，许多老师和同学劝他考研，但他都拒绝了，他决定放弃自己喜爱的植物学术研究，专心陪伴我照顾我，让我去完成奶奶的遗愿。”

“然后，你们就结婚，一起去了木马湖？”

听到齐修远这么一问，曼曼脸色突然变得苍白异常，她闭上眼睛，表情痛苦，双手紧紧地按住木马湖日记，嘴唇抿着，并没有回答。

齐修远看到曼曼这个反应，知道自己的问题让曼曼陷入了痛苦的回忆，赶紧说道："哦，曼曼。对不起，我不该问这么多的。"

片刻后，曼曼的表情缓和过来，深深地叹口气，说道："你知道吗修远？10年了，我发现我还是无法从那段记忆里跳脱出来。这些天，有你的陪伴，我开心了很多，我希望我们到达木马湖的那一刻，这一切往事，无论是快乐的还是痛苦的，都消融在木马湖清澈的湖水中。我想用木马湖的湖水沉葬过去的一切，这也是我决定陪你来的原因。"

越野车穿过一片森林后，道路变得平坦起来。顺着路标拐进一条引导小路，一座边防安检哨卡出现在前方，道路中间横着拦车杆，几个背着微型冲锋枪的边防武警战士站在两侧，他们见齐修远的越野车开了过来，立刻一起站好，其中一个战士晃动着手里的警示牌，示意齐修远过卡停车检查。

齐修远放慢车速，对曼曼说："曼曼，准备一下你的身份证。这里靠近边境了，安检很频繁。"

曼曼点头，从自己的背包里拿出身份证，递给齐修远。

越野车在拦车杆前稳稳停住，驾驶室一侧的武警战士凑到车前先向车里看了一眼，然后向齐修远行了个军礼，接着不卑不亢地说："你好，边防安检，请出示你们的身份证，你的驾驶证和车辆行驶证，并把后备厢打开。"

齐修远笑了笑，把所有证件递给那个武警战士。

那个战士把微型冲锋枪向身后甩了甩，拿着身份证仔细地和二人的容貌进行比对，然后又认真地检查驾驶证和车辆行驶证。

同时，三个武警战士走到车后把后备厢打开，一起仔细检查着。

那个武警战士一边看车辆行驶证一边问："你们这是要去哪里？"

"哦，我们去昔兑县的贡嘎村。"齐修远回答。

武警战士点点头，说："贡嘎村在原始森林边上呢，路不是很好走，估计你们这辆越野车都开不进去，我在那里工作过，知道那边的情况。"

齐修远一笑："嗯，我们走着看，不行就换别的交通工具。"

正说着，后备厢嘭的一声被关上了，那个武警战士把所有证件递还给齐修远，说："好了，可以通过。你们把车开到那个小亭子处，刷一下身份证就没事了。"

齐修远点头致谢，接过证件，把车开到小亭子前。

一个武警战士指着身边一台黄色的机器，示意他们下车。

齐修远和曼曼一起下车，拿着自己的身份证走到那台机器前，他们刚要把身份证递给那个武警战士，突然身后传来杂乱的脚步声。

齐修远回头一看，只见七八个武警战士端着微型冲锋枪向他们跑了过来，他一愣，身前的武警战士也突然把手里的冲锋枪一举，大声对他和曼曼喊道："不许动！蹲在地上！立刻！"

齐修远和曼曼愣住了，迟疑了一下。那几个武警战士已经冲到他们身后，并一起大声喊着："蹲下，快，手抱头！"

刹那间，数支黑洞洞的冲锋枪枪口对准了他们的头部。

第十五章
者岩老人

齐修远和曼曼愣住了，脑袋里一片空白，根本不知道发生了什么事，但也只能双手抱着后脑一起蹲下。

紧跟着，一个军官跑了过来，他看了一眼齐修远和曼曼二人，问他们身后的武警战士：“就他们两个？”

“对！”

军官点头，接过齐修远二人的身份证，说：“立刻带到我的办公室，把他们的车再好好搜查一下。”

几个武警战士一起点头，然后分头行动。两个战士端着冲锋枪押着齐修远二人去往右面的一间屋子，另外几个一起跑到越野车跟前，把车门全部打开，仔细地搜查起来。

齐修远和曼曼被押进一间办公室。这间办公室不大，靠窗有一张办公桌，门口一侧放着一排座椅，北侧靠墙的位置是三个文件柜。

那个军官跟了进来，径直走到办公桌前坐下。留下两个武警战士守在门口。

军官看了齐修远和曼曼二人一眼，眼光犀利，问："你们从哪里来的？"

齐修远淡定地回答："重庆。"

"去哪儿？"

"贡嘎村。"

军官点点头，看了一眼窗外那辆越野车："车是你们的？"

"不，是我们在重庆租的。"

"租车合同带了吗？"

齐修远点头："带了，在副驾驶的储物箱里。"

军官向一个战士吩咐道："周，去拿一下。"

战士小周应了一声，跑了出去。

那军官仔细地看着手里二人的身份证，说："你们到贡嘎村做什么？"

齐修远看了曼曼一眼，回答："旅游。"

"旅游？那里是原始森林，根本没有开发，有什么好旅游的？"

齐修远似乎有些生气了，问："你好，请问我们到底怎么了，要被你这么审问？"

那军官盯了齐修远一眼："放心，我不会无缘无故扣押审问你们的。不要急，请你配合我们的工作，可以吗？”

“当然可以。”齐修远说，“但是你要告诉我，我们到底怎么了，我和她都是守法公民，在中国境内任何地方旅行都是我们的权利，而且我们并没有犯法。”

一旁的曼曼听到齐修远的语气有些激动，赶忙低声安抚：“修远，不要。”

齐修远听到曼曼的话，感觉自己是有些急躁了，便点点头，看了军官一眼：“好吧，边防安检是你们的权利，配合你们工作也是我们的责任。你有什么问题就问吧，我都可以回答。”

军官点点头，没有说话，低头点击着桌上的电脑，拿着齐修远二人的身份证在电脑上查看比对着。

那个战士跑进来，把租车合同递给军官，低声报告：“车上搜查完了，没有可疑物品。”

军官点头，仔细翻看了租车合同，然后对齐修远和曼曼说：“请把你们的背包给我，我要看一下。”

齐修远点头，把腰间的随身牛皮腰包解下，连同曼曼的背包一起递了过去。

军官拿起曼曼的背包，低头仔细地在里面翻动着，最后把木马湖日记掏了出来。他打开日记，翻了翻，眉头一皱，问：“这些叶子标本是哪儿来的？”

齐修远心里又是一阵烦躁，刚要回答，一旁的曼曼已经说话：“是我10年前收集的。您放心，都是药用植物标本，不是毒品。”

那军官点点头，但还是把日记里的每一片叶子标本都仔细翻看了一下，最后拿起那张木马湖照片，认真看了一眼，说：“这是芒央察湖啊，原来你们去过。”

齐修远一愣：“芒央察湖？”

军官把照片晃了晃：“没错，芒央察湖。在贡嘎村西北的原始森林里，我当边防兵那会儿，参加搜救行动去过一次。你们胆子可不小啊，竟然到过这个湖还能活着回来，太让人佩服了。我可知道，去这个湖，要在原始森林里徒步好多天的，瘴气和豺狼虎豹先不说，光迷路这一点就害死了不少人。不过它确实很美，照片里这雪山的另一边，就是西藏了。”

说完，军官把照片夹回木马湖日记，又拿起齐修远的随身牛皮腰包，把里面的东西掏了出来一一放到桌子上。随着手的动作，一件亮闪闪的东西掉到了地上，发出叮的一声金属脆响。军官低头一看，是一把老式的黄铜直棍钥匙。

军官俯身捡起钥匙，拿在手里掂了掂，嘀咕了一声：“这钥匙可有年头了，古董啊。”说完，他把钥匙放回牛皮腰包。

接着，他低头仔细看着电脑，边看边说：“哟，原来是个老兵啊，还是大名鼎鼎的陆军‘闪电排’。你要是不退役，冲这份履历，现在怎么也得是个营级干部了。”

齐修远笑了笑：“还调出了我的履历？”

军官直起身，慢慢走到齐修远面前，敬佩地看着他，抬起右手行了个军礼，真诚地说：“向老兵致敬，老兵你好。”

齐修远赶紧抬手还礼：“你好。”

军官指了一下门口的座椅，说：“来，你们先坐。”

齐修远笑了笑，说：“不用客气。该看的都看了，要是没事的话，我们还要继续赶路呢。”

军官眼光一闪：“嗯，最后还有一件事问你，请你如实回答。”

齐修远一愣：“什么事？”

军官盯着齐修远，问：“车后座下面那把猎枪是怎么回事？”

他这一问，齐修远和曼曼恍然大悟，原来这紧张的盘查都是那把猎枪引起的。

齐修远这才想起，从情人岩下来后就直接把猎枪扔到后座下面了，后来在图贡县的小餐馆里，因为全心照顾发烧的曼曼，猎枪的事就忘得一干二净了。

齐修远和曼曼对视了一眼，一起松了口气。接着，齐修远就把那支自制猎枪的来历告诉了军官。

军官听了二人在情人岩的危险经历后，满眼敬佩，赞叹：“干得漂亮，一听就是‘闪电排’的作风。”

齐修远一笑：“这是应该的，到哪里也不能给老部队抹黑嘛。”

军官点头：“好，猎枪的来源搞清了，那就没事了。你稍等，我再和你的工作单位核实一下。你呢，再费心，写一份枪支来源报告。”

“好！”

“不过，那把猎枪得收缴了，它虽然是自制的，但也属于管制枪械。”军官无奈地摇摇头，“说实话，你们要去芒央察湖，身边还真是得带支枪的，那原始森林里危险太多了。不过，我相信你这‘闪电排’的老兵肯定能克服各种困难，最终到达那里。而且，你们10年前还去过，应该没太大的问题。总之，祝一切顺利吧。”

齐修远笑了，和军官握手，说：“谢谢你。”

齐修远简单地写了一份枪支来源报告，又和杂志社领导通了电话，向军官证明了自己的工作身份，然后和那位军官告别，带着曼曼准备开车离去。

齐修远刚要加油起步，那军官又跑了过来，说：“兄弟，等下。”

齐修远一愣，问：“还有事？”

“也不是大事。”军官看了一眼曼曼，“我刚才联网查你们的身份证，看到这位路曼曼女士有一条失踪信息。”

“失踪信息？”

“对。信息显示，10年前，这位路曼曼在我们这失踪过，是图贡县公安局留的案底，说在悬崖下只发现了她的背包，因为没看到人，所以报的是失踪。你们看看是不是当年他们搞错了。”

齐修远听完看了一眼曼曼，说：“曼曼，我觉得这事还是你自己来解释吧。”

曼曼点点头，微笑着对那位军官说：“是误会了，我当年没死。那些东西是我不小心掉下去的，证件什么的是后来回到重庆重新补办的。”

离开检查站，越野车继续向前行驶。随着这场误会的烟消云散，齐修远觉得心情轻松了很多，但是身旁的曼曼却低头不语，眼神发愣，似乎有心事的样子。

齐修远见她这样消沉而低迷，知道她的情绪应该是受了那位军官的影响，因为军官最后的问话又揭起了她心底的伤痛。10年前，黄文凯在情人岩意外死去，当时曼曼肯定是万分难过的。

想到这里，齐修远安慰："曼曼，别再想了。事情都过去了，不必再用记忆让自己难过。"

曼曼并没有直接回应齐修远的话，而是静默了一会儿，轻声说："修远，把你腰包里的黄铜钥匙给我看看，好吗？"

齐修远听了，心里隐约有些羞愧，因为那把钥匙本来就是曼曼的东西，自己却装进随身的牛皮腰包里了。虽然当初收藏这把钥匙是无意之举，但此刻主人亲自来向自己要，还是显得这事做得有点儿不光彩。

他从腰包里掏出了那把黄铜钥匙，递给了曼曼。

曼曼把钥匙拿在手里看了看，轻轻地摩挲着，眼神直直的，有些恍惚。

齐修远有点儿惭愧地说："曼曼，对不起。这把钥匙是你的东西，我无意间得到了，就把它收藏在腰包里了。"

曼曼轻轻摇摇头："没事的，你不用道歉。我一直以为这把钥匙丢了呢，今天突然失而复得，有些伤感。"

齐修远赶紧说道："哦，这把钥匙是在你的西藏旅行日记里发现的，应该是不小心夹在了里面，所以你一直没找到。"

"西藏旅行日记？你带来了没？"

"没有。"齐修远有些后悔地说，"当时急着见你，就只拿着木马湖日记飞了过来。剩下的几本日记还在我家里，以后还你吧。"

曼曼点头："好。"接着，她把钥匙递给齐修远："你收下吧，送你了。"

齐修远一愣："这钥匙你没用了？"

"嗯，它只是开启一段回忆的工具，我不想再拿着它了，拿久了，好多往事又会浮现出来，这些往事只会给我带来难过和情绪的波动。我现在只想心无杂念地去木马湖，不想再做任何影响情绪的事了。"

齐修远接过钥匙："好吧，那我先帮你收着。你心情好些了，我再给你。"

曼曼没有应声，沉默着，愣愣地看着窗外的风景。

齐修远看了一眼曼曼美丽恬静的侧脸，觉得曼曼的性格一直难以捉摸，有时快乐得像个天真的孩子，有时低落得像个迟暮的老人。她的眼睛也一样，有时闪烁着热烈的光彩，有时却又冷峻得像冰。也许是这10年的人世悲喜形成了她如此独特的性格，但齐修远深信，那个快乐热情的曼曼才是最真实的她。但细想，曼曼这种冷热不定的性格，却又是她的一种独特的个人魅力，让接触她的人有种若即若离的感觉，不知不觉中被深深吸引，难以自拔。

齐修远觉得车厢里的气氛有些压抑，赶紧换了话题："曼曼，你说，那个芒央察湖是咱们要去的木马湖吗？"

听到齐修远这么问，曼曼轻轻眨眨眼，情绪似乎恢复了一些，点头说："应该是的。芒央察湖也许是当地人对它的称呼，而木马湖这个名字，是当年奶奶和她的恋人所起。在这种滇藏交界的地方，山和河流都会有好几个名字，生活在它们身边的每个民族，给它们起的名字也不一样。”

齐修远点点头：“对啊。就像咱们前些天经过的澜沧江，多美的名字啊，但一流出边境，就被叫成湄公河了。名字里那种美好的感觉一下子就没了，变得怪怪的。”

曼曼看着窗外飞速向后移动的绿色风景，语重心长地说：“是啊，植物也是这样，比如那些药草，相对于它们的学名，我还是更喜欢它们的俗称，也许名字有些简单，但感觉充满着最原始的自然生机和朴实个性，有的呢，甚至花形颜色和药性特点都包含在名字里。”

“曼曼，你说的这些药草，我们去木马湖的路上能遇到很多种吧？”

“那当然。”曼曼一说起药用植物，眼里就微微闪光，“我们一路上会遇到很多很多的药草，我会把它们都介绍给你的。另外，我希望这次去，还能发现一些新的品种，来丰富和完善奶奶的学术研究。”

齐修远笑笑：“嗯，我很期待。”

曼曼看了齐修远一眼，说：“嗯，一定会让你永生难忘的。”

这句话让齐修远心里一阵激动，刹那间，脑海里便浮现出一片幽深茂密的森林，能看到曼曼在各种绿意盎然的草丛中徜徉漫步的身影。他深信，当脑中的联想出现在眼前并成为现实时肯定会无比美好，而且这种美好将一直延续下去，直到木马湖出现在眼底的那一刻。

但齐修远却不知道，此刻这个想法太过于乐观了。接下来迎接他的，将会是一条危及生命的不归之路。

甚至此刻的曼曼也没有想到。

因为命运就是这样，所有的一切都存在着变数，这种变数不是每个人都能料到和左右的。

乐极就会生悲，往往最凶险的结果都始于快乐的开端。

第二天临近中午，两人已经进入昔兑县境内。手机的信号变得时有时无，导航也偶尔失去作用，两人一路打听着继续向贡嘎村进发。

最后，县道变得不再平坦，越野车摇晃着进入了一条坑洼的土路，路边灌木丛生，枝叶划抽着车身发出唰唰的声响。越野车在这糟糕的路况下继续行驶了两小时，转过数个山弯，终于在一个路口处看到一个水泥界碑，碑面上用黑漆写着“贡嘎”两个字，并画出一个箭头，指向右侧的一条路。

“终于快到贡嘎村了。”齐修远开心地说道。他把方向盘一转，直接开向那条去往贡嘎村的小路。

曼曼看着四下越来越幽深的矮林灌木，眼里闪烁着一丝兴奋和期待的光。

又开了一个多小时，车前的路渐渐变宽了，路边偶尔会出现几间杂草丛生的破败木楼，山底的河谷中，能看到几头黑牛在悠闲地吃草。远望，在一片浓绿苍翠的山林掩映中，一个小村落隐现其间，炊烟袅袅，形成一条青色的云带盘旋在山腰。

齐修远一指：“曼曼，估计那就是贡嘎村了。”

曼曼点头：“嗯，那就是贡嘎村，我们终于到了。”

越野车开进贡嘎村，直接停到村口的一棵大榕树下面。这棵榕树高大异常，枝丫茂密伸展着如巨大的华盖，树干粗壮，无数藤条垂直而下，蟒蛇一样的树根在地面盘绕四散着。

越野车刚熄火，一群小孩子已经跑了过来，他们虽然衣服破旧，但一个个眼睛明亮、可爱淳朴。

这群孩子在越野车边围看着，等齐修远和曼曼下车后，又都飞快地躲到旁边，他们一起看着二人叽叽喳喳地笑着说着，脸上充满了对村外来客的好奇表情。

远处的几只土狗看到陌生人也都跑来，站在树下乱叫着。

接着，几个在榕树下坐着的男人也围了过来，他们穿着灰旧的中山装或土褂，面容朴实，眼神和善地看着齐修远和曼曼二人。

见大人们围了上去，那群小孩子也来了胆量，立刻一拥而上，有的围着越野车看，有的在齐修远二人身边穿梭跳转着。

齐修远四下看了看贡嘎村，只见这个村子不是很大，房屋分为两种形式，一种是老式的双层木楼，上层住人，下层拴着牛羊牲口；另外一种是用砖坯和青瓦盖成的房屋，屋的四周用木板树棍插成院墙。这两种房屋都是依着山坡而建，不规则地排列和交错，高矮不一，被各种树木遮掩衬托着，显得自然而富有乡野气息。

齐修远和曼曼友善地向村民微笑，正想询问者岩奶奶在哪里，一个拿着烟筒的老汉却走上前，看着曼曼张口问道：“喂，你是不是曼曼呀？”

曼曼一愣，看着这个一脸皱纹的老汉，愣愣地说：“我是曼曼，您是……”

那老汉笑着说：“你不认识我了啊？我是你蛮推阿叔啊。”

“啊！蛮推阿叔。”曼曼惊喜地叫着，一把拉住蛮推的手，眼里都是快乐。

蛮推哈哈笑着，说：“哎呀呀。10年不见，就认不出你阿叔啦。可是你没变样哟，还是那个样子。”

曼曼眼里闪烁着欢喜的泪花，紧紧抱着蛮推的胳膊，问：“蛮推阿叔，您老了很多，我真是没认出您来。”

蛮推笑：“是，是，我是老了哟，牙都快掉光了。”

曼曼擦擦眼角的泪水，问：“蛮推阿叔，者岩奶奶呢？”

“你的者岩奶奶在家啊。”

曼曼一脸惊喜：“快，蛮推阿叔，赶紧带我去，我要见者岩奶奶。”

蛮推开心地说：“好，跟我来，去我新盖的家。者岩奶奶要是看到你啊，肯定会开心坏了。”

齐修远在一旁看着曼曼和蛮推此刻开心的重逢，心里也是十分高兴，面露微笑。

蛮推指着齐修远，问曼曼：“这个小伙子是谁？没见过哟。”

“他叫齐修远，是我的朋友。”曼曼笑着介绍。

齐修远赶紧点头：“蛮推阿叔，您好。”

蛮推连忙道：“你好你好，走，去我家。”

齐修远锁好越野车，在蛮推的带领下，和曼曼一起去他家。那群小孩子依然跳着跑着跟在后面，有几个大一些的兴奋地在前面指着路。

蛮推佯装生气地冲这群小孩子喊："都散了吧，不要再跟着了，都回家，告诉你们的阿爸阿妈，曼曼来村里了，让他们把家里最好的米酒腊肉拿上来，晚上一起和客人喝酒。"

那群小孩子很听话，立刻叫着飞快地跑掉了。

蛮推一边走一边回头问："曼曼，小黄怎么没来呀？"

听到蛮推的问话，曼曼眼里闪过一丝悲伤，但还是笑着说："文凯很忙，这次没有一起来，他还让我给您带好呢。"

蛮推笑："小黄可是个好小伙哟。我现在还记得，10年前你们要走的前一晚，他还和我喝了好多米酒呢。"

曼曼脸上再次现出难过的神色，齐修远看到眼里，感到一阵心疼。

三人一起往坡上走，经过一片茂盛的香樟树林，蛮推指着树边的几间青瓦砖房说："到了，我的新家就在那里。上回曼曼来的时候，我们还住那个破木楼呢。"

曼曼笑了笑，说："10年了，变化真是大。"

到了房子门口，蛮推把烟筒放在地上，然后大声喊道："阿妈，你快出来，看看谁来了。"

"谁呀？"屋里传出一声苍老的问话。

蛮推向齐修远和曼曼一笑："阿妈眼睛不好使了，看东西都是模糊的。我一直想带她去大医院治治，可她就是不去。"

三人进了屋，四周突然暗了下来，借着窗户和门口照进的微光，只见屋里摆设简单，靠墙只有一套桌椅和几个小竹凳，一个土灶被砌在屋子中央，并没有燃着火。

跟着，里屋的门被推开了，一个矮瘦的老太太扶着门框走了出来。她穿着一身深蓝色的民族布褂，戴着套袖围裙，灰白的头发盘在脑后梳成硕大的发髻，睁着眼睛努力辨别着来客的模样。

蛮推走上前扶住老人，说："阿妈，你肯定猜不出是谁来了。"

"谁呢？"老人问。

曼曼眼圈一红，大声地说："者岩奶奶，您能听出我是谁吗？"

者岩老人一愣，跟着脸上露出惊喜的神色："是曼曼，是曼曼哟！"说完，她直接去拉曼曼的手。

曼曼一把就抱住了者岩老人，眼泪也掉了下来："者岩奶奶，您还好吗？"

者岩老人也是满眼泪水："我很好，很好啊，就是眼睛不好用了，但是还能凑合看清东西。快，带我到门外，我看看我的曼曼孙女。"

蛮推和曼曼一起扶着者岩老人走到屋外，者岩老人抬着头，伸手摸着曼曼的脸，哭着说："孙女啊，奶奶好想你，你10年没来了，我还以为再也见不到你了。"

曼曼帮者岩老人擦着脸上的泪水，动情地说："者岩奶奶，我也想您。"

者岩奶奶叹口气："能再见到曼曼，我很开心喽。快，咱们坐下说。"

蛮推急忙进屋拿来几个小竹凳放在地上，四个人坐在一起。

者岩老人紧紧拉着曼曼的手，不停地抚摸着。

蛮推也是一脸感慨，拿起旁边的烟筒点了烟抽了起来。

齐修远看着眼前这亲人久别重逢的一幕，心里也是感动异常。

者岩老人眯起眼睛看了看齐修远，说：“文凯，你是怎么了？半天都不和奶奶说话？”

曼曼赶紧说：“者岩奶奶，他不是文凯，是我的一个朋友，叫齐修远。”

“不是文凯？”者岩老人一愣，问，“文凯呢？怎么没来？”

曼曼掩饰着难过，说：“文凯很忙，没能过来看望您。”

者岩老人叹口气，抬起头，突然说：“曼曼，你又骗奶奶，文凯那不是来了嘛。”

曼曼抱了抱者岩老人：“他真没来，真的！”

“不可能，我的眼睛又不是看不到。”者岩老人伸手一指不远处的一棵香樟树，说，“那不是文凯嘛，在那树下站着呢。”

听者岩老人这么一说，三人都是一愣，一齐向那棵香樟树看去。

果然，一个身材高大的男人站在树下，他的脸上和身上都是鲜血，正愣愣地向这里看着。

第十六章 诅咒之湖

这个男人两只手各拎着一只带着鲜血的黑公鸡，一脸害羞地看着他们。

蛮推哈哈大笑：“阿妈，您的眼睛太不好用了，那不是黄文凯，那是昆弄啊。”

者岩老人仔细看了看，笑着说：“呀，还真是昆弄。昆弄，你赶紧过来，不要站得那么远嘛。”

昆弄有些不好意思，腼腆地笑了笑，晃了晃手里的两只公鸡：“者岩阿妈，我身上都是鸡血，我怕吓到曼曼阿妹。”

蛮推站起身走了过去，从昆弄手里接过公鸡，看了看：“啊哟，这是你家最大的两只黑将军啊，你舍得杀了？”

昆弄嘿嘿笑："舍得舍得，给曼曼阿妹吃，什么都舍得。"

曼曼笑着站起身，向着昆弄笑："谢谢昆弄大哥，把这么好的鸡杀了，还弄了一身鸡血，实在是不好意思了。"

昆弄走到曼曼面前，腼腆地用袖子擦了擦脸上的鸡血，嘿嘿傻笑。

者岩老人眯眼笑着说："昆弄啊，是个好孩子，他一直盼着你回来呢。曼曼你还记得吗？10年前，就是你弄的一服草药救了他家弄旺的命，那孩子今年都15岁喽，也和他阿爸一样长着个大高个子，现在在州里上学，学习可好了。"

昆弄憨厚地对曼曼说："刚才听到孩子们嚷嚷着你来了，我就赶紧杀了两只鸡来看你。当年要不是你搭救，我家弄旺就出疹死了。"

曼曼微笑着说："昆弄大哥，不必客气。"

齐修远在一旁看着这感人的一幕，看到曼曼说话时眼里闪烁的善良，心里的敬佩之情油然而生。

蛮推把公鸡扔到水缸旁，对昆弄说："昆弄，你赶紧洗洗身上的血，一会儿你去告诉村民，今晚在我家喝酒吃宴席。我们要隆重接待曼曼阿妹和她的朋友小齐兄弟。"

昆弄连连点头："好好好，那我这就去通知村民。"他冲曼曼傻笑："曼曼阿妹，我先回去，一会儿让弄旺的阿妈过来炖公鸡。"

"好的，昆弄大哥。"

昆弄笑了笑，向他们鞠了个躬，便飞快地跑了。

者岩老人在曼曼的搀扶下再次坐下。她愣了愣神，叹了口气，抚摸着曼曼的手，眼眶湿润："曼曼啊，当年你的奶奶也是用医术救了我们很多村民啊，我好想你的奶奶哟。唉，当年她带着科考队第一次来到这里，我还是个小姑娘呢。"

曼曼听到者岩老人说到奶奶，脸上也露出难过的神情。

者岩老人的眼泪在满是皱纹的脸上流淌着，动情地回忆："解放后，你奶奶把全部精力都投入到了工作中，所以很晚才生孩子。你奶奶刚刚怀上你爸爸后，怀着身孕还坚持跟科考队一起过来。到了这里，她就住在我的家里，和我成了最好的朋友。她利用休整的时间，给全村的人看病，教我们认字，还给我们女人讲卫生知识。她还鼓励我读书认字，最后也是因为她的鼓励，我才成了我们村第一个识字的女人，成了村里的一名老师。我记得，当年你奶奶知道我要和蛮推阿爸结婚了，她还送了我一套新被子呢。"

蛮推在一旁说："那套被子，阿妈到现在也没舍得盖，隔段时间就让我拿出来晒一晒。"

曼曼听蛮推这么一说，感动地把头靠在者岩老人的肩膀上。

者岩老人继续说："科考队一进山就是两三个月，风吹雨打的，我一直担心你奶奶的身体，盼着他们赶紧完成任务回到村里来。后来，她还是因为劳累提前回来了，我就陪着她，照顾她，那段日子太美好了，我们天天待在一起，我把所有的心事都和她说，她也会给我讲很多外面的故事，讲北京、讲上海，还讲他们研究院先进工作者的事。"

齐修远听着者岩老人动情地讲述着这些故事，看着曼曼认真倾听的样子，脑海里开始联想起曼曼奶奶的模样。他知道，对于者岩老人诉说的这段往事，曼曼在10年前也许已经听过了，但她此刻依然这么认真地聆听，一定是想通过对这段美好回忆的重温，去和天地两隔的亲人再次重见。

者岩老人擦擦眼泪：“再后来，你奶奶完成科考任务离开了。再次回来的时候，她带着你刚满6岁的阿爸，她把你阿爸留在村里让我照顾，接着又和科考队继续进山了。你的阿爸，长着大大的眼睛，还豁了个门牙，调皮得很，带着整个村子的孩子玩，他给男孩子们做竹笛，给女孩子们摘野果。有一次，他带着你蛮推阿叔偷偷骑马进山去玩，结果一天一夜都没回来，我们着急死了，全村的男人打着火把进山去找，我现在还记得，那天山里那一串晃动的火把，还有大山里他们喊叫你阿爸名字的回声。”

曼曼一笑：“我阿爸太调皮了，闯这么大的祸。者岩奶奶，后来他们是怎么找到我阿爸和蛮推阿叔的呢？”

者岩老人看了身边的蛮推一眼，说：“他们做的调皮事，还是让你蛮推阿叔说吧。”

蛮推听了，呵呵笑着说：“我那时候还小，具体的记不清了，只记得我们骑马过了库库峡就没路了，然后我们俩就继续往前走，最后碰到一只黑熊追我们，我们的马吓瘫了，也因此救了我们一命，那只黑熊拖着马就走了。我们在一个山洞里躲了一夜，后来是确多村的老猎人发现了我们，把我们带回来的。”

者岩老人听了，叹口气，对曼曼说：“你阿爸被老猎人送回来，我抱着他就哭了半天，真怕他出事没法和你奶奶交代。你阿爸也很乖，不停地给我擦眼泪，向我道歉。那次后，他确实变乖了，帮我干活、砍柴和捉鱼。”

听者岩老人说到“捉鱼”时，齐修远和曼曼默契地互看了一眼并对对方施以微笑，那次在森林河滩边熬鱼汤的快乐情景再次浮现在眼前，让人愉悦万分。

者岩老人继续说：“后来，科考队回来了，你奶奶也要带你阿爸回去上学了。临走的时候，你阿爸抱着我和蛮推哭了半天，说等放假的时候再回来看我们。可这一等，好多年都过去了，你奶奶也没有再回来过。”

“那几年，奶奶的研究工作停了，身体也不太好了。”曼曼轻声道。

者岩老人叹口气：“唉，那几年一直没有你奶奶的消息，我只收到过她寄来的小学教材和给蛮推的衣服，还有你阿爸送给蛮推的连环画。”

曼曼眼里闪过一丝悲伤：“嗯，我爷爷也是那时候去世的，那是我奶奶最痛苦的一段时光，但是她一直还坚持着她的学术研究，并且把所有的知识都传授给了我阿爸。”

者岩老人语气变得兴奋起来：“我再次见到你阿爸的时候，那会儿他已经参加工作了，也是做植物研究。他出现在贡嘎村的时候，身边带着一个漂亮的女孩子，眼睛大大的，说话声音像百灵鸟叫，笑起来也特别好看，这个女孩子就爱抱着我的胳膊，听我给她唱山歌。”

曼曼眼睛一亮：“是我的阿妈吧？”

者岩老人笑着说：“就是你的阿妈。你啊，长得和她一模一样，都是那么漂亮。那时他们俩已经结婚了，但是为了科学研究，所以那会儿还没有怀上你。他们告诉我，他们是特意来看我的，因为你奶奶的身体已经不好了，不能再来贡嘎村了。”

曼曼点头：“爷爷去世后，我奶奶的腿就一直没有好。从我出生记事以来，无论外出讲课或者是在家，我奶奶都一直拄着个拐杖。”

“后来我和你的奶奶也没有再见过面，甚至……”者岩老人突然眼泪纵横，“甚至那回见到你阿爸和阿妈，也是最后一次。”

曼曼听出者岩老人话语里的难过，也是泪水涌出，一头扎进者岩老人的怀里痛哭起来。

齐修远听曼曼说过，她的父母是在一次赴缅的合作考察中因意外客死他乡的。他能感受到，当时曼曼奶奶听到噩耗时的悲恸心情，而那时，曼曼还是个年幼的小女孩。

者岩老人轻轻地抚摸着曼曼的头发，继续说：“10年前你和文凯来时，我真的以为是你阿爸和阿妈复生了，你们和他们那时候一样，都是那么亲密和快乐。但是，我还是没能阻拦住你们，让你们去了芒央察湖，也就是你奶奶念念不忘的木马湖。”

曼曼抬起头，擦了擦眼泪：“者岩奶奶，木马湖是我奶奶一生向往的地方，虽然去那里会有很多危险，但是我和文凯必须去，这也是给我奶奶还愿。”

者岩老人叹口气：“我听你奶奶讲过木马湖的由来，可当初我一再阻止你们去，是有原因的。你还记得我跟你说的话吗？我说过，在我们族流传下来的传说里，芒央察湖在我们土语的意思就是孤独之湖，那里的一切都被远古的符咒控制着，因为它太纯净了，所以有着七情六欲的人类到达它那里，就是一种亵渎。特别是情侣，只要一起去了湖边，之后两人无论如何深爱，最终都会遭遇生离死别，然后天各一方。还有，那湖边悬崖上开的日月花，我们这里叫它生死花，它虽然美丽无比，但把日花和月花一起吃下去，就是剧毒。据我所知，所有去过芒央察湖的情侣，下场都不会很好。你奶奶那个初恋男朋友，不就是回到昆明以后被日本人的炮弹炸死的吗？”

一旁的蛮推赶紧说话止住者岩老人的话题：“好了，阿妈，不提这件事了，那个芒央察湖的传说都是骗人的。10年前曼曼和小黄都去过一次了，他们后来不也是安全回来了嘛。”

听到蛮推的话，齐修远偷偷看了一眼曼曼，只见曼曼的脸上闪过一丝苍白，当年她和黄文凯确实从木马湖安全归来，但最后回程中，黄文凯还是死在了情人岩，看来这木马湖的符咒并没有散去。

正想到这里，曼曼忽然把眼神投向了齐修远，齐修远只能向曼曼微微一笑，算是安慰，但曼曼满含着泪水的眼睛里却都是复杂的神色。

最后，者岩老人拥抱着曼曼，语气悠远地说：“芒央察湖埋藏着世上所有爱侣和情人的孤单，虽然它纯净美丽，但不是见证爱情的湖，谁去了那里，就会和爱的人生离死别，一生孤单。”

晚上，蛮推在自家的院子里点起了两堆篝火，把村里所有村民都请来了，一起欢聚迎接曼曼和齐修远的到来。

村民把自家的可口酒食纷纷带了过来，一会儿，院子一侧的两张长桌上摆满了各种的粗瓷碗碟，里面都是酒肉、糍粑和水果。篝火上，烤着两只野羊，那是昆弄带着几个年轻人跑进山里抓的，羊肉焦黄冒油，散发着诱人的香味，引来那群孩子在一旁流着口水等待着。

几个十多岁的女孩子穿着簇新鲜艳的民族土褂，围着曼曼叽叽喳喳地说个不停，不时发出悦耳的笑声。小伙子们抬来了铜鼓和乐器，酒宴一开始，他们就在咚咚的鼓声和土笙竹笛的伴奏下，悠扬地唱起了动听的民歌。

者岩老人的脸被篝火映得通红，眯着眼睛慈祥地笑着，看着这一场欢乐的夜宴，神色满足。

齐修远和蛮推一起喝起了酒，手里的竹筒里盛着村民们自己酿制的米酒，甘甜醇厚，喝下去微醺开怀。

一时间，欢笑声、鼓乐声、民歌声、柴火噼啪声、孩子的叫声和劝酒声混合在一起，这样祥和快乐的气氛被两堆熊熊的篝火点燃开来，热情的火焰染红了天空，温暖着每个人欢畅的心。

夜深了，村民渐渐地散去，篝火的余烬依然发着淡红的微光。者岩老人已经回房睡了，蛮推和昆弄还在喝酒，他们已经喝醉了，身体摇晃着，在聊天。

曼曼坐在院门口的香樟树下，仰着头发呆。此刻的头顶，满天的星光璀璨闪烁，一条淡紫色的银河横亘在浩瀚的星斗群中，不时有流星飞速划过。

齐修远拿着一件衣服走到曼曼身边，轻轻地给她披在身上。曼曼抬头向他笑了笑，眼光晶莹。

齐修远坐在曼曼身边，看着曼曼如孩童般单纯的脸颊，心里的爱怜轻轻涌动着。

夜风微凉，吹拂着两人的脸庞，惬意而舒适。

齐修远抬头看了一眼浩瀚的星空，轻轻说道："多美的星空啊。"

曼曼眼睛眨了眨："是啊，像诗一样美。"

齐修远静了静，说道："一次旅行时，我曾经写过一段话，写它的时候，我的头顶也是这样一片星空。"

"嗯，我想听。"

齐修远深吸一口气，缓缓地诵读道："在这最旷美的疆原，是没有你的孤单。我只能独守着自己，让思念随夜风吹荡。此刻，在这空旷的星河下仰望，每一处星光，都像你的眼眸般晶莹，永远难忘。"

话音落下后，是一阵安静默契的沉默，两人一起仰望星空，各自的回忆在心间投映，一切欢喜悲伤都被这满天繁星所包容，闪着微光或者瞬间飞逝而去。

许久，曼曼轻声问："修远，者岩奶奶的那些话，你听到了吗？"

"嗯，听到了，木马湖孤独的传说。"

曼曼看了齐修远一眼："那你还要去这个孤独之湖吗？"

齐修远眼神坚定："当然，我一定要去的。"

"你不怕见到木马湖会遭遇厄运？"

齐修远摇摇头："不怕，我去过世界上的很多地方，其中也有被古老传说诅咒的，但也好好地回来了，所以，我不相信诅咒和厄运的说法。"

曼曼叹口气，轻轻地说：“但是，我有些信。修远，木马湖我一定会陪你去的，但是你知道吗，我怕咱们会……”

曼曼突然不说话了，眼里已经泪光闪烁，晶莹如星。

齐修远感到一阵怅然翻涌于心，因为曼曼的这句话没有办法接下去。他看着身边这个他深深爱着的女人，突然感到无所适从甚至微微胆怯。他感觉，自己对曼曼的爱恋还是只能暗藏在心，真正表白的时机还没有到来。也许刚才曼曼的后半句话是对他的一种暗示，但还是选择不去深想。此时的他，就像是面对一场美好的梦一样，舍不得醒来，只能沉浸其中，等待它成真的那个时刻。

想了想，齐修远一笑，说：“曼曼，不用想那么多了，我们休整一天，然后去木马湖。”

曼曼看了齐修远一眼，眼神清澈，也是一笑：“好，我们去木马湖。”

第三天一早，齐修远和曼曼整装出发，蛮推牵来两匹马，把二人的背包放在了马背上。

者岩老人也跟着送到了村口，依依不舍地拉着曼曼的手，叮嘱道：“曼曼，虽然你去过芒央察湖，但这次去还是要注意安全，不要冒夜赶路，那森林里野兽太多，你们要留神，不行就返回来啊。”

曼曼抱了抱者岩老人，调皮地微笑说：“放心吧奶奶，我们不会有事的。您知道，森林才是我的家啊。”

者岩老人慈祥地笑道：“你的脾气和你妈妈真的太像了。好吧，你们赶紧赶路吧，山神会保佑你们的。”

曼曼眼眶湿润，再次紧紧地拥抱了一下者岩老人，认真地点点头。

另一边，蛮推把两匹马的缰绳交给齐修远，说：“小齐，这两匹马很听话，你们放心骑。等过了库库峡，你们就把它们放回来，它们认识回家的路。”

齐修远点头：“好的，蛮推阿叔。”

蛮推看了一眼旁边的曼曼，继续说道：“10年前，曼曼和小黄进山时，情景和现在一模一样，当时呀，也是这么依依不舍的。去芒央察湖的山林里太危险，你要照顾好曼曼。”

齐修远点头。

这时，昆弄从远处跑了过来，手里拿着一把柴刀。到了齐修远跟前，他把柴刀往齐修远面前一递：“兄弟，这把刀是我刚磨好的，锋利得很。你带着，防身和开路用。”

齐修远一笑，接过柴刀，觉得微沉，这是一把二尺多长的黑铁柴刀，刀身闪着乌油油的光，刀刃被昆弄磨得异常锋利，木头刀把上裹着粗布，无比顺手。

昆弄嘿嘿一笑：“这把刀一直跟着我，它是我阿爸送我的成人礼。我用它杀死一头牛以后，就算大人了。我们族的规矩，吃完牛肉，成人的男孩就得离开家，自己盖房自己住。我的第一间房子就是用这把柴刀劈竹子盖起来的。”

齐修远抚摸着这把珍贵的柴刀，向昆弄笑着说：“昆弄大哥，你放心，我一定保管好它。”

昆弄自豪地说：“这把柴刀好威风的，你举着它，野猪黑熊看到都会吓晕过去。”

这句话一出口，大家一起哈哈大笑。

齐修远和曼曼骑着马沿着山路行进，转过几个山弯后，便再也看不到贡嘎村的炊烟了。马铃动听，四下绿意盎然，林木越来越茂密，一片静寂，一股带着原野味道的潮气扑面而来。

曼曼眼睛闪亮，看着身边的森林景致，愉快地说："修远，这才是我的世界，到了这里，和这绿色融为一体，我才真的回归到真实的自己。"

齐修远笑了笑："那我要好好参拜一下我们的森林女王喽。"

曼曼看了齐修远一眼："好的，那我就带你认识一下我的臣民。你看，这里所有的植物，我都知道它们的名字。"

齐修远打趣地说："我不是很信啊，这么多植物，你真的能一一说出它们的名字？"

曼曼嘴角调皮地一翘："那当然，你可以随便问。不过这里看到的只是一小部分，先说周围这些植物，我随口就能喊出它们的名字。"

齐修远来了兴致，左右看看，指着不远处一棵冠大荫浓的大树问："那是什么树？"

曼曼笑："你真会找，问的都是珍贵植物。那是伯乐树，又叫钟萼木，是国家一级重点保护植物。"

齐修远赞叹："哟，这刚刚进山，就能看到这么珍贵的树。"

曼曼向着更远的山丛望去，轻轻地说："这才是开始啊，到了原始森林的更深处，还会遇到更多珍贵的树呢。"曼曼的表情十分愉快，继续说：“你接着问吧，反正植物就分为种子植物、苔藓植物、蕨类植物和藻类植物这几类，这里的植物我都认识。”

“好，那继续吧。”齐修远找了找，指着树丛里一片长着红色果实的灌木，问，“那个，那个叫什么？”

曼曼一看，微笑：“太简单了。那个是红豆杉，又叫紫杉，属于裸子植物亚门。雌雄异株，异花授粉。它是抗癌植物，是经过第四纪冰川遗留下来的植物，在地球上已经有250万年的历史了。但是它成长缓慢，也许到前面的森林里，才能看到成材的。”

齐修远点点头：“曼曼，这个红豆，是不是就是王维那首‘红豆生南国’诗句里面所提到的红豆？”

曼曼微笑摇头：“不是啦。你说的那个是相思子，属于被子植物门，是有毒的。”

“有毒？”

“对啊，相思子里含有一种被称为相思豆毒蛋白的蛋白质，吃下去会腹泻呕吐，严重的还会有生命危险。”

齐修远叹口气：“那么美的名字，那么美的诗，为什么会有毒呢？”

曼曼眼光一闪：“你听者岩奶奶说了吗？木马湖悬崖上的日月花也是这样，两朵花分别在白天和黑夜绽放，美丽异常，但一起吃下就会有剧毒。所以，越美丽的东西越有毒。”

“越美丽的东西就越有毒？”

曼曼点点头，语气幽婉地回答：“对，越美丽就越有毒。植物、动物，包括人类都是这样。”

曼曼的这句回答让齐修远沉默，看着前面马背上曼曼美丽的身影，一股不可言说的迷茫感在心底弥漫开来。

两人骑着马继续前进，途中，曼曼会一脸兴奋地给齐修远介绍路边植物的名称、科属、特点以及用途。她所掌握的植物学识让齐修远大为叹服，通过她耐心有趣的讲解和介绍，齐修远对平时不太关注的植物有了新的认识。

随着身边灌木和林木越来越深密，头顶的阳光已经被枝叶遮住，只有细碎的光线在枝叶的缝隙里透射下来并落在地上，形成一片片或亮或暗的光斑。

又走了两个小时，隐隐听到水流的声音，两匹马似乎来过这里，立刻兴奋起来，它们开始加快速度，顺着越来越窄的小路往前跑去。

顺着山路拐上一个山坡后，水流的声音越来越大，又走了一段路，只见眼前的景象猛地开阔起来。再看去，被两座高山夹在中间的一条大峡谷出现在眼前，峡谷底下是一道奔涌着的巨大水流，碧色的水流哗哗地响着，随着河道中间的石块弯曲环绕着，水花飞溅，水雾蒸腾。再往峡谷远处看，一座覆盖着皑皑白雪的高峻山峰矗立在天边。

两匹马快速地走到最近的水边喝起水，齐修远干脆下了马，四下观看着景色。

他感觉心情舒畅无比，问道：“曼曼，这里就是库库峡了吧？”

曼曼点点头，在齐修远的搀扶下也下了马，微笑着说：

“对，这是库库峡。我们在这里休息一下，接下来就要徒步前行了。”

齐修远拍拍曼曼的马，说：“好，那它们也就解放了。”

曼曼一笑：“可是，考验我们的时刻也来了。”

她说着，一指那座雪山：“我们要翻越那座雪山，它叫乌扎嘎山，被森林和积雪常年覆盖着，要翻越它，估计也要三天的路程，而且会经历春夏秋冬四个季节。”

“嗯，我们不着急。接下来的路上，我会继续跟着你认识那些植物，长知识的同时，时间也打发了。”

曼曼笑：“嗯，你不嫌烦就好。进了山，珍奇古怪的草木会更多，甚至还有食人花和跳舞树，一定会让你大开眼界的。”

齐修远一脸惊讶：“食人花我在非洲见过，不知道这里的食人花是什么样子。可你说的跳舞树，我是真没见过。”

曼曼眼里都是调皮神色：“跳舞树，就是一种会跟着你的脚步声一起跳舞的树，你要走近它，它还会跑远躲开。”

“它没根吗？”

曼曼嘴角上扬：“它没有根。因为它本来就不是树，而是一种稀有的动物。”

齐修远半信半疑：“不可能吧？我怎么没听说过这种动物，长得跟树一样。”

曼曼再次眺望乌扎嘎山，轻声说：“所以在那片原始森林里会有很多奇怪的事物，就像跳舞树一样，没人知道它究竟是什么，也许真的是一种没有根的植物，也许就是一只长得像树的巨型螳螂，我们看到的树干，没准是它的一条腿。”

齐修远好奇心大起，兴奋地说：“真希望能见到这种跳舞树，不过也不愿意见到它。”

“为什么？”

齐修远一笑：“因为我不知道它会不会有危险啊，我身体虽好，可也跑不过一只巨大的螳螂。”

曼曼也跟着笑了起来：“这只是传说罢了，真假还不知道呢。不过原始森林里的危险确实很多，野兽、瘴气、沼泽等，最大的危险是迷路，它是一种让人走到筋疲力尽的绝望。”

“我们不会迷路吧？”

曼曼摇摇头：“放心吧修远，森林是我的天下，我不会让你迷路的。”说完，她蹲下身，用手掬起一捧清水洗了洗脸，然后仰头对齐修远说：“修远，你也用这水洗洗脸和眼睛，这是乌扎嘎山山顶融化下来的雪水，纯净而神圣，用它洗脸，会给你带来好运，用它洗眼睛，会让你看清回家的路。”

齐修远看着一脸水花的曼曼，心里微微一荡，曼曼本就美丽的面容被这纯净的圣水洗涤以后，显得更加清新脱俗，圣洁端秀。他笑了笑，走到水边，捧起清凉的雪水洗了洗脸，顿时感到精神清爽。

两人擦干脸上的水滴，一起从马背上卸下行囊。曼曼抚摸着一匹马的脑门，眼里都是温柔的光，轻声说：“马儿，辛苦你送我们到这里，你们赶快回去吧，告诉者岩奶奶和蛮推阿叔，我们要去木马湖了，让他们放心，我们一定会安全回来的。”

那匹马似乎听懂了曼曼的话语，摆着头咴咴地叫了两声，然后转过身，和另一匹马一前一后地顺着来时的小路回去了。

马铃声渐远，曼曼依依不舍地看着两匹马消失在树丛里。然后，她背起行囊，对齐修远说：“走吧，修远，我们现在沿着这条溪流往上走，翻越乌扎嘎山，去木马湖。”

齐修远收紧行囊的束带，对曼曼点头，说：“好，翻越乌扎嘎山，去木马湖！”

此刻，两个人的心底充盈着快乐，脸上都是意气风发的表情，但他们不知道，一场危及生命的凶途已经开始了。

第十七章
神秘的黑影

两人沿着库库峡一直前行，在大小不一的圆石上迈步行走。谷底的河水哗哗地响着，天空湛蓝透彻，鸟雀们成群结队地在林中和天空之间穿梭，两边的森林青翠幽密，偶尔会从树林灌木丛中传出奇怪的声音，但停住去听，却又变得寂静无声，让人怀疑是自己的听觉出了问题。右面山峡的影子投映在河谷中央，把河谷分为明暗两种色调，明的地方燥热晃眼，暗的地方劲风微寒。脚下，能够踏足的石头分布不匀，远近不一，这让齐修远和曼曼二人行走的路线变得迂回曲折，也因此，他们就在这明亮和阴暗的色调中变换着路线，就像是在阴阳两界中行走一样。他们低头走得晕了，就停住歇息，顷刻间，风和水流的声音便在耳边回荡，再抬眼，天边的乌扎嘎山显得异常雄伟，像一个白发巨人低头凝视着他们。

临近傍晚，随着道路渐渐往上，河谷的水窄了很多，最后只能从杉树和岩石缝隙里看到溪水的流动。太阳已经沉入山后，四周的风大了起来，吹到身上寒冷无比。天空也变成了橙黄色，乌扎嘎山的雪顶被夕阳映成橙红色，闪着刺眼的金光。

曼曼看了眼手表，对齐修远说："修远，看来我们今晚得住在这里了。"

齐修远点头："没问题。天还亮，我们再走一段路，然后就休息吃饭。"

曼曼点头，刚要继续往前走，不远处的草丛便唰唰乱响，接着，从里面突然跳出一个男人来。

曼曼吓了一跳，仔细看那个人，他身上穿的是民族土褂，是本地人模样，她便笑着挥挥手，喊道："阿哥，你好。"

那个男人背着一个大竹筐，手里拿着一根棍子，见到齐修远和曼曼二人，也是一愣，急忙说："呀，吓我一跳。你们怎么来这里了，很危险啊。"

曼曼微笑："我们不怕。阿哥，你这是去哪儿了？"

那男人把背后的竹筐向曼曼指了指："我去乌扎嘎山采草药了，现在准备下山。"

曼曼看到竹筐里满满的都是草药，不禁眼前一亮："呀！这么多，我能看看吗？"

"可以。"那采药人把竹筐摘下肩膀，然后坐在旁边的一块石头上，掏出腰间的烟袋点起了烟。

“这么多药草！”曼曼用手轻轻地翻动着竹筐里的药草，眼里都是喜悦神色，轻声地说着它们的名字：“石斛、川牛膝、半夏、香附、天冬、贯众……哦，这是玉竹和前胡。”

采药人一脸惊讶地看着曼曼，说道：“你这个小妹真有学问。这些药草竟然都认识，你说的名字，我有的还没听过呢，只知道它的小名。”

曼曼愉快地微笑：“阿哥，我从小就学习这草药的知识，当然认得。这是你一天采到的？”

“对。”采药人吐了口烟，“我没太往里走，采的还是少的，要是翻过乌扎嘎山，山那边的原始森林里草药更多。”

“你说的是去芒央察湖的那片森林吧？”

“你这个小妹不得了，还知道芒央察湖。你说得很对，那个森林里草药更多，我有好几个兄弟前些日子就去那边采药，他们都是一去两个月，然后赶在雨季来之前回来。”

齐修远听了有些疑问：“大哥，那他们怎么把两个月的草药运回来呢？也太沉了吧。”

“哈哈哈！”采药人笑了起来，“你这个兄弟太有趣了，我们去那边采药，都是随采随晒，回来都是背着干药材回来的。”

齐修远听了采药人的解释之后也是羞愧难当，呵呵笑：“也是，这个我确实没想到。”

曼曼在一旁也笑了：“修远，你这个问题，就属于门外汉的问题了。”

齐修远挠挠头发：“不过，我这也算长知识了。”

那采药人把烟灰磕掉，然后站起身背上竹筐，说：“若不是要照顾我阿妈，我就跟那几个兄弟去芒央察湖的森林了，我这筐草药也卖不了多少钱。”

曼曼笑：“哪里的话，这已经不少了。”

采药人看了看齐修远二人，问：“你们这是要去哪儿？”

“哦，我们也去芒央察湖。”齐修远回答。

采药人脸上露出不可思议的表情：“你们两个胆子好大哟。要去那里。那里可是好危险的。”

曼曼嘴角一翘：“放心吧阿哥，芒央察湖我们去过一次了，这回是第二次去。”

“哦，那就好。不过你们还是要注意安全啊。”

曼曼和齐修远对视一眼：“嗯，我们会的。”

采药人点点头：“今天你们就别走了，一会儿天就要黑了。你们在这里住一夜，明早再走，再往前就正式进山了，要小心。”

熊熊的篝火点亮了黑夜，把帐篷和四周的树木都映成深红色。两个人的身影被火光放大，投映在身后的树丛上并随着火焰的跳动而摇晃变化着。

齐修远用柴刀劈砍着木柴，仔细地加进篝火里，火边的旅行锅咕噜咕噜地响着，里面熬着的米粥散发着诱人的香味。

曼曼守着火，靠在行囊上翻看着木马湖日记，清澈的眼眸里也跳动着火光，脸颊被映得通红明亮，显得生动异常。

远处，隐隐会听到一两声野兽的嚎叫声，给这安静的夜带来一丝诡异的氛围。

不远处的草丛偶尔会发出窸窸窣窣的响动，像是有野兽在暗中游走偷窥着。

齐修远手里的柴刀刀刃闪着光，他四下看了看，又竖耳去听，那奇怪的声音就再也听不到了。

曼曼似乎有些困了，轻轻合上木马湖日记，抱在怀里，闭上了眼睛。

齐修远关切地说："曼曼，你去帐篷里睡吧，我守着火。"

曼曼睁开眼，向齐修远笑了笑，笑容疲惫："我没事，我再陪你会儿。"

齐修远摇摇头："不用。你听话，赶紧回帐篷去睡，不要跟我一起熬着了。等我困了，我再叫你起来。"

曼曼看着齐修远眼里的执着，点头说："好，那我先去睡一会儿。"说完站起身，钻进了帐篷里。

篝火时旺时弱，使得火光也明灭不定，随着木柴的噼啪声，偶尔会有几颗火星爆裂着飞向空中。

齐修远感觉有些困了，看着燃烧着的篝火，觉得脸被烤得舒服极了，渐渐地，他的眼皮有些发沉，最后慢慢地闭上了眼睛。

迷迷糊糊中，齐修远听到附近的草丛里再次发出声响，接着嘎巴一声，似乎有树枝被人踩折。

齐修远一下就惊醒过来，立刻抄起柴刀站起，向着发出声音的方向快速走过去，大声喊道："谁？"

接着，只听哗啦一声响，一个庞大的黑影猛地从树丛里蹿了出来。

齐修远下意识地向后一躲，借着火光，只见一头野鹿跳出来并飞快地跑向另一侧树丛里，唰唰声中，鹿影跳跃了几下，立刻就消失不见了。

帐篷里的曼曼被惊醒了，钻出帐篷，问：“修远，怎么了？”

齐修远松了口气，回头说：“没事，一只野鹿。”

曼曼从帐篷里拿出毯子披在肩头，走到篝火边，说：“也许是咱们的火太亮了，让它们受惊了。”

齐修远走回篝火，把柴刀放在地上，随手拿起两根木柴添到火里，说：“也许是吧，火是自然之灵，每个动物都很敬畏它。”

曼曼点头，四下看了看：“周围也许还有很多双眼睛在暗处偷偷窥探着我们，但是因为有这堆火，它们才不敢出现。”

话音刚落，不远处又发出诡异的咔嗒咔嗒声，响了几声就停止了。

齐修远的眼睛被篝火映得红亮闪光，他的面容显得英俊而生动：“听，它们还没走远。”

曼曼笑了笑：“森林是它们的家，它们当然不会走远的。我们人类总是以为，在这森林里，它们是最大的危险。其实，在它们眼里，我们才是最大的危险。”

齐修远眼神发愣，眉头皱了皱，喃喃地说：“嗯是啊。”

第二天一早，两人收拾好行囊，冒着茫茫的晨雾继续出发。顺着一条湿漉漉的小路前行，真正意义上的原始森林才刚刚出现。

雾气很大，潮湿而阴冷，隐约听到溪流的声音，身边的草叶挂满了露水，齐修远用柴刀在前面开路。不久，他的衣服就被露水浸透了。

曼曼似乎对道路熟稔于心，一边走着一边给齐修远指着道路，有时貌似已经无路可走了，可在她的指点下，从一棵树后又找到一条十分隐秘的新路。

偶尔，曼曼也会停住脚步观望很久，或者绕着几棵大树转上一阵，最后指出应该走的方向。

临近中午，雾气慢慢散去，阳光透过头顶茂密的枝叶缝隙照射下来，淡白色的光线如数把利剑斜斜地插在地上。

两人走到一块岩石边，曼曼停步擦了擦额头的汗，说："修远，我们在这里吃午饭吧。"

齐修远点点头，看了一眼四周，只见这里开阔了很多，还有几块石头可以坐下，说："好，这里确实不错。"

曼曼坐在一块石头上喝水，齐修远从背包里掏出牛肉干给她递了过去，问："曼曼，走了一上午了，我一直有个问题想问你。"

曼曼接过牛肉干，向齐修远笑了笑："嗯，你问吧。"

齐修远在一块石头上坐下，说："我很纳闷，这一路都是你在前面指路，明明没有路可走了，你都能指出一条隐藏在树后或草丛里的新路，你是怎么做到的？我看你连指南针都不用啊。"

曼曼哧地一笑："这个很简单啊，我是按猎人留下的记号走的啊。"

齐修远大为惊叹："啊？你还有这个本领。"

曼曼嘴一翘：“这都是奶奶教我的。这也是他们植物科考工作者在野外活动的基本技能，他们必须会看记号，也会留记号。因为指南针会坏会丢，北斗星会被乌云遮挡，只有刻在树和岩石上的记号不会丢失。”

齐修远恍然大悟：“那你教我认这些记号吧，我也想学。”

曼曼点头：“好，这没问题。我会在之后的旅途中教会你的，比如现在，我就可以先教你一个。”

齐修远一听就来了精神，但四下看了看，没看到树木和岩石上有做记号的痕迹。

曼曼轻轻一笑：“修远，你别找了，记号就在你坐的那块石头上。”

齐修远一愣，赶紧站起身，仔细看着自己坐的那块大石头，只见这是一块普通的青石，光滑平坦，半埋在土里，表面挂满干枯的苔藓。

曼曼说：“你仔细看，石头右侧有个刀划的坑，看到没？”

齐修远蹲下细看，果然看到那石头一侧刻着几条三寸左右的坑，看痕迹已经很久了。

齐修远用手指搓了搓那记号，问：“曼曼，这代表什么，是告诉我们继续往哪个方向走？”

曼曼摇摇头：“不是的。这记号的意思是，附近埋了珍贵的宝物。”

“宝物？”

“嗯，比金子还值钱的宝物。”曼曼一脸正色地说道。

齐修远来了兴趣：“什么宝物？我能看看吗？”

“当然可以。不过只能看，不能据为己有。”

齐修远郑重地点点头：“嗯，放心吧。”

曼曼一笑，伸手一指，说：“看，就埋在那里。”

齐修远顺着曼曼的手指看去，只见离石头不远的地方有一棵粗大的榉树，但看不到宝物的影子。

齐修远走过去低头找了找，仍然看不出什么，便回头问曼曼：“宝物在哪儿？”

“就埋在树下。”

“埋在树下？”齐修远一愣，说，“那算了，就让它继续埋在地下吧。”

曼曼笑：“好了，不逗你了。我说的宝物其实是盐巴。”

齐修远一脸疑问：“盐巴是宝物？”

曼曼点头，认真地说：“盐巴虽然不值钱，但到了森林里就是无价宝物，可以调味，可以补充人体体能，最重要的，它是消炎药，危及生命的时刻可以救人的，所以我说它是宝物。”

齐修远恍然大悟，轻轻地点头。

曼曼接着说：“我们坐的这块地方，是猎人或者采药人休息吃饭的地方，它平坦开阔，距离溪水也近，所以他们会在附近埋些盐巴和调料，以备自己用或者给经过的人用。而且，用过的人也会留些别的东西表示感谢，或者呢，他们再经过时，往里面再放些盐巴，这是山里人的一种美德，世代相传。我们在以后的旅程中会遇到很多。”

齐修远惊叹道：“真的是太朴实了。我在非洲旅行时也遇到过同样的事，那里的人就是特别淳朴，如果有人在路边捡到别人丢的东西，哪怕是黄金，他们都不会私自拿走，而是把失物放在路边，在上面放块石头做标志，告诉丢失的人，这里有他丢的东西。之后经过的人看到这些石头，他们也不会动那失物，而是会再放上几块石头，用来帮助丢失者辨认。”

“这个太美好了。”曼曼赞道。

“是啊，我在非洲见过好多这种石堆，有的失物都已经在石堆下腐烂或者风化了，但永远都不会有人动的。就像那树下埋藏的盐巴一样，是一种最淳朴的人性美德。”说到这儿，齐修远向曼曼笑道：“曼曼，我可不可以看看他们埋的盐巴？”

曼曼点头：“当然可以了。”说完，她站起身走到刻着记号的石头前，仔细看了一眼，说：“你看，这最上面的几个小点代表盐巴，它下面这条记号向左歪着，意思就是盐巴埋在这块石头的左边。第三条记号是八条竖线组成，意思是迈八步，最下面的这条记号是个三角，代表树。因为要是石头的话，会画成圆的。修远你看，从这石头向左看过去，大概八步的距离，那棵榉树下，埋的就是盐巴。”

齐修远听完，快步走了过去，然后蹲下身用柴刀在榉树下挖了起来。

果然，没挖太深，柴刀就碰到了一个油纸包，齐修远眼前一亮，用手拨开上面的泥土，把油纸包拿到手里慢慢打开，只见最里面是一个玻璃瓶子，里面满满地装着粗粗的盐块。

齐修远一脸兴奋地对曼曼说：“曼曼，果然让你说对了，真有一瓶宝物。”

曼曼有些得意，笑着说：“这只是最简单的记号，我们去木马湖的路上，还会遇到很多这种记号，埋的东西也不一定是盐巴，还有食物和药品，都是方便自己和他人而埋下的。”

齐修远点头，小心翼翼地把盐巴瓶子包回油纸包，又埋回树下，接着跑到小溪边洗了洗手，然后走回来对曼曼说：“好了，我们继续出发吧，再遇到这种记号，你提醒我。”

曼曼点头：“好的！除了这些，我还会教你辨认猎人陷阱的标记，猎人们布置好陷阱或铁夹，一定会在附近留下记号提醒路过的人，以免发生误伤。”

“看来我要学的东西还有很多。”齐修远惊叹地说。

两人背好行囊继续往前走，随着森林渐渐幽深，脚下的路也越来越难走了。曼曼仔细辨认着猎人和采药人刻在树石上的标记，指点着方向和道路。

又走了两个多小时，前面的道路又不见了，看到的只是几棵长在灌木丛里根藤缠绕的高大藤树。

齐修远停住脚步，回头看了看曼曼，等待她指示下一步的去向。曼曼一笑，慢慢走到一棵最粗壮的藤树下，仰头看了看树干，仔细寻找着。

齐修远也跟着曼曼的眼光寻找起来。

突然，曼曼的脸色变得苍白起来，她眼睛睁得大大的，愣愣地看着藤树树干，紧接着，她眼睛里突然涌出了泪水，泪滴顺着脸颊流了下来。

看到曼曼突然哭了，一旁的齐修远大吃一惊，赶紧上前询问：“曼曼，你怎么了，哭什么？”

曼曼没有回答，只是抬着头看着那棵藤树，一脸悲伤，眼泪不停地流淌着。

齐修远不知道如何是好，只好从口袋里掏出纸巾递给曼曼，轻声问：“曼曼，你怎么哭了，能告诉我为什么吗？”

曼曼接过纸巾，轻轻擦了擦眼泪，哽咽地说：“修远，你看，那树上被砍去枝尖的树杈，是文凯当年留下的记号。”

齐修远一愣，顺着曼曼的眼光望去，果然在那棵树的半腰处，两根树杈从底部被人用刀砍去了枝尖，但刀口处已经长满了灰绿色的苔藓，不是特别醒目。

齐修远走上前，站在树下，把手里的柴刀举起比了比，果然，自己的身高加上举臂，正好能够用手里的柴刀碰到那两个树杈。

曼曼慢慢走到树前，张臂抱住那棵藤树，把脸紧紧贴在树干上，眼睛紧闭，像是在拥抱心爱的恋人。

齐修远看到曼曼的样子，心里一阵难过，轻轻叹口气，安静地在一旁伫立陪伴。

许久，曼曼松开双臂，轻轻抚摸着藤树树干，喃喃地说：“这记号是文凯自己发明的，只有我们俩能看懂。当年我们俩和同学们去四川森林里考察时，都是由他负责留记号。按照他砍出的痕迹，就能找到来时的道路。”

齐修远抬头仔细地看着那记号，但看不懂它的含义。

曼曼解释道：“你看那最粗的树枝茬口，是从左向右削掉的，茬尖指向左边，所以从这棵树开始，我们就要往左走。”

齐修远点头，按照记号所指方向用柴刀开路，果然，在左面的几处灌木丛后找到一条杂草丛生的小路。

两人不发一言，沉默地在阴郁无光的森林里艰难前行，每到无路可走的时候，黄文凯留下的记号就会出现在树木和岩石上，有的是削劈树干指引，有的是在岩石上刻画标明。齐修远发现，每次见到黄文凯留下的记号，曼曼的眼中总会闪过一丝悲伤，他觉得黄文凯的影子似乎就飘荡在身边的空气中，并在那些标记中折射映现，陪伴着他们，默默给他们指引。

经过两天两夜的跋涉，乌扎嘎山已经越来越近，随着海拔的慢慢升高，四下植物的颜色也由绿变黄，空气也越来越冷，最后，两人已经穿上了羽绒服，冒着寒冷执着行进。

按照黄文凯留下的标记，他们顺着一条荒凉的树道往前走，放眼望去，四周的树木都是干枯的。虽然道路难行，但曼曼告诉齐修远，他们只是绕行乌扎嘎山，而不是翻越它，这样他们避免了很多来自大自然的困难险阻。

他们艰难地行进到乌扎嘎山的半山腰时，天空突然阴沉起来，头顶上乌云慢慢堆积，冷风呼啸着扫过褐黄色的森林。紧接着，四周起了雾，被白雪覆盖的乌扎嘎山山顶已经仰望不清。又走了一段路，已经可以听到雷声在云层里滚响，几滴雨滴斜斜地打在他们身上。齐修远赶紧掏出雨衣帮着曼曼穿好，等他再穿雨衣时，天空突然落下黄豆大小的冰雹来，冰雹粒子落在地上跳跃着，发出啪嗒啪嗒的声音。随着声音越来越响，满天的冰雹像泼豆一样密集而落，打在身上微微疼痛。两人看到不远处有一棵歪倒的望天树，便立刻跑过去躲避，刚钻进树下，四野立刻被一片冰雹雨覆盖，地面立刻变得灰白一片。

二人坐在树下的石头上，抬头一看，头顶上这棵望天树的直径得有两米左右，斜斜地倒在十米外的一块岩石上，树干和岩石形成了一个三角支架，正好遮挡住坠落的冰雹，只见脚边有三块灶石，中间还有炭灰痕迹，应该是猎人们经常躲雨休息的地方。

渐渐地，冰雹在他们的脚边聚了厚厚的一层，底下一层已经形成了雪浆。

齐修远拿起一颗葡萄大小的冰雹，看它在手心融化，说：“没想到我们去木马湖的旅途还要经过四季。能在这雪山上看到这么大的冰雹，这大自然的威力还真是巨大。”

曼曼点点头，看了眼四周刚刚泛绿的一些植被，说：“乌扎嘎山的海拔很高，山底是夏季，这半山腰才刚刚进入春季，要再过两个月，我们身边的树木植物才能变成翠绿。”

“嗯，”齐修远眼睛一亮，“也许我们从木马湖回来，这里就一片绿意盎然了。”

曼曼眨眨眼，愣愣地看着脚边的冰雹雪浆，不再说话。

齐修远见曼曼的情绪有些低落，急忙说：“看来一会儿还要下雨，我们又不着急赶路，干脆在这里点火烧水吃些东西吧，看，这里有现成的柴火。”

曼曼看了看，果然在他们旁边堆着很多粗细不一的树枝，看样子应该是猎人们平时留下的，便点头：“好吧。”

齐修远在三块灶石间放上树皮做引柴，又从随身的牛皮腰包里拿出打火机点燃，不一会儿，青烟在空气中弥漫开来，一簇崭新的火苗在引柴上跳跃，又拿过几根粗一些的干柴架到火上，火苗越烧越旺，顿时热气扑脸。

冰雹已经停住，细密的山雨开始淅淅沥沥而落，山风裹挟着潮湿的雨雾空气吹向他们避雨的角落，吹得火苗摇摆不停。

齐修远拿出野营小锅架在灶石上，又往里面倒了些清水。火舌跳跃着舔着锅底，不一会儿，锅里的水发出滋滋的微响，一个个细小的气泡从锅底向上浮起，水蒸气也升腾飘散起来。

齐修远看了看身边，发现望天树的树根角落里有一大堆干柴，便蹲着身凑过去，用双手抱住其中几块干柴用力一拉，干柴松动的一瞬间，突然觉得手背一疼，接着听到咝的一声，只见干柴底下，盘绕着一条灰褐色的毒蛇，这条蛇足有半米多长，蛇头抬着，嘴里吐着黑色的蛇信，极为恐怖。

“不好！”齐修远惊呼一声，赶紧把身体往后一退挡住曼曼，说，“曼曼别动，毒蛇！”

曼曼也吓了一跳，探头一看，急道：“是烙铁头！这蛇有剧毒。修远，没咬到你吧？”

听曼曼这么问，齐修远才感到左手手背传来一阵灼痛感，他低头一看，只见手背上有两个黑红色的血点，已经红肿。

第十八章
为爱变身

那条毒蛇扭动着身体慢慢地爬上其中一块木柴，上身摇摆着直立起来，蛇信吞吐着，虽然土灶火焰的光热让它不敢向前，但它的样子依然恐怖异常。

齐修远护住曼曼，探出右手摸到手边的柴刀，慢慢地举起，猛地扔了出去。

那柴刀带着风声旋转着直飞向毒蛇，嚓的一声就砍到了蛇的身上，那条烙铁头毒蛇立刻就被劈成两段，蛇身继续卷曲扭滚着，流出的蛇血瞬间浸透了那块木柴。

齐修远准备起身去拿回柴刀，却被曼曼一把拉住："修远，不能动！你只要稍微一动，蛇毒就会加快融入血液的速度。"

她一边说着，一边迅速解下自己的一根鞋带，用力地缠绕在齐修远的左手腕上并系紧，接着她从齐修远的牛皮腰包里掏出瑞士军刀，打开刀刃后在火炭上烤了烤，又把齐修远的左手放在自己腿上，面色冷静地说："修远，忍住。"

齐修远点头。

滚烫的刀尖触碰到伤口，发出嗞的微响，曼曼聚目凝神，小心翼翼地用刀尖在两个已经红肿起来的伤口处切开一个"十字"型的口，然后双手用力挤了起来，从刀口处挤出乌黑微紫的血。在曼曼的用力挤压下，伤口流出的血色慢慢变成红色。

齐修远问："这就没事了吧？"

"不行，这蛇毒太厉害，我还得去找解毒药，你等我，千万别动，把呼吸放缓。"曼曼一边说一边起身，快步钻出树底，跑到不远处的树丛里寻找。

齐修远看了一眼自己的左手，只见伤口处已经红肿起来，整个手背也变成了青黑色。

没一会儿，曼曼拿着一把枯黄的药草跑了回来。她把药草迅速地扔进锅里，低声说："还好，找到些鬼针草和七叶一枝花，但愿够用。"接着，曼曼从自己的背包里掏出木马湖日记，在日记的书页里快速地翻找着，最后在里面摘下一片菱形的药叶，扔进了锅里。

那些干枯的药草在水锅里翻滚着，慢慢地，水的颜色变成了淡绿色。

最后，曼曼把水锅从土灶上挪开，把一些药水倒进水杯，又用筷子把里面的草药捞出来放在旁边的石块上，接着拿起一块石头捣烂，一边捣着，一边侧头看着齐修远的情况，眼中都是焦急和关切。

渐渐地，齐修远感到眼前有些模糊，身边的火焰突然变得滚烫无比，似乎把整个空气都点燃了。他想动一动，但整个身体都没有了力气，虚飘飘的，四下的环境也晃动着，渐渐地融化成一片灰茫茫的水雾，而曼曼的身影也慢慢地消失不见，但她捣药的声音却越来越大，震颤着齐修远的耳膜，这巨大的声音里还夹杂着火焰声、风声和远处的溪流声，最后这些声音汇聚在一起，像高音喇叭一样在他耳边嘈响成一片。

紧跟着，四下慢慢变得黑暗无比，那些声音也渐渐变小并聚合成一声尖锐的鸣响，这声鸣响像一条闪光的线在齐修远的身体里快速穿行环绕。他试着动动身体，竟然发现自己可以活动了，感到放松了一些，赶紧站了起来，可四下都是一片灰蒙模糊的大雾，再看脚下，地上竟然有无数条色彩斑斓的毒蛇缠绕翻滚在一起。齐修远感到一阵恶心，只能静立辨别着四周的一切。过了一会儿，不远处亮起一个巨大的光圈，这光圈光芒刺眼，让齐修远不能直视，跟着，一个黑影从光圈中出现并向他走来，齐修远仔细辨认，这个黑影是一个高大的男人，面目模糊不清，但他一直向齐修远微笑着。接着，这个男人走到齐修远面前，他的头低着，双手合在一起并伸向齐修远，齐修远低头看了一眼，只见这个男人手心里是一捧清水，顿时，齐修远感到口渴异常，猛地把头扎到那个男人的手心里，大口去喝那捧清水。喝着喝着，他感觉自己的全身清凉无比，低头一看，自己浑身上下都变得透明，再看看四周，竟然是一片一望无际的湖水，远处，一座雪山像海市蜃楼般浮现在空中，微微晃动着，越变越大……

“修远，修远。”

隐约中，曼曼的声音从耳边传来，似有似无但依稀可辨，齐修远用力地睁开眼睛，只见四下已经黑暗一片，只有一簇飘摇的火光让他感到无比光明，而曼曼也正低着头一脸关切地看着自己。

“修远，你终于醒了。”曼曼表情轻松地一笑。

齐修远的意识慢慢恢复了一些，感到头疼欲裂，口渴难耐，浑身上下没有一丝力气，被蛇咬过的手背肿痛异常。

曼曼轻轻扶起齐修远，拿起身边的水杯，递到他的嘴边：“来，修远，把这药喝了，你已经脱离危险期了。”

齐修远点头，张开干裂的嘴巴，虚弱地说道：“谢谢你救了我，曼曼。”

曼曼笑了笑：“不用谢我，你曾经也救过我，修远，还记得我和你说过吗，我会找个机会照顾你、保护你的。”

齐修远勉强地笑了笑，想接过水杯，但双臂竟然没有力气抬起。

曼曼把水杯放到他的唇边，说：“你在发高烧，太虚弱了，现在最好别动。”

齐修远大口地喝着药水，感觉一股清凉直灌身体，让他干渴的身体像被清水浇灌着一样。

喝完药水，曼曼扶着齐修远躺下，又走到不远处的树丛里拾来一捆树枝，仔细地架到火堆上。

湿漉漉的树枝遇到火焰，立刻青烟缭绕，树枝表皮上呲呲冒着白色的水气，不一会儿噼啪轻响着慢慢地燃烧起来。

两个人就这样围坐在温暖的火堆前，静静地不发一言。

时间慢慢流逝着，临近半夜的时候，起风了，风像一个庞大无形的巨人一样掠过无边黑夜和森林，它低吼着，回旋着，四下的树木颤抖着摇摆起来，猎猎作响。渐渐地，头顶上的云层慢慢散去，夜空如洗，星光明亮闪烁，把乌扎嘎山山顶的雪映得晶莹发亮。乌扎嘎山就像一个伟岸的天神一样矗立在半空，让人心生敬畏，不敢直视。

曼曼把帐篷支起，扶着齐修远躺了进去，说："修远，你再睡会儿，天亮以后，我再去找一些草药熬给你喝，这草药虽然没有抗蛇毒血清见效快，但你还是会很快恢复的。"

齐修远有些感动，轻声说："嗯，谢谢你曼曼，我应该已经没事了，你也赶快睡一会儿吧。"

曼曼笑着摇摇头："我不能睡，虽然你已经脱离了危险期，但你高烧还没退，我必须仔细看护你。"

齐修远还想说话，但曼曼向他摇摇头，示意他不要再张口，他只好点点头，缓缓地闭上了眼睛。

等齐修远再次睁开眼睛，四周已经是光亮一片。他用尽最大的力气坐起，想要钻出帐篷，但刚刚起身，就猛然觉得双腿一软，倒在了帐篷门口。他喘着粗气，放眼四望，只见一片薄雾在森林间缭绕着，阳光朦胧熹微，天空是明亮的淡蓝色，乌扎嘎山也变了模样，此刻像一个神秘的少女一样，远远地站立着，身姿婀娜，脸上蒙着一层神秘的薄纱。

齐修远撑着身体坐好，四下寻找了一下，并不见曼曼的身影。他鼓足力气，用嘶哑的声音喊道："曼曼，曼曼！"

话音刚落，只听到一个男人的声音传来："真是一刻不能离啊，睁眼就找。"

这声音一传进齐修远的耳朵，他就暗叫不好，赶紧顺着声音看去，只见一个男人扛着一把双筒猎枪从树林中慢慢走出，丑陋的脸上挂着嘲弄的神色，正是在情人岩上遇到的匪徒秃奎。

秃奎眼里闪着狼一样的光，狞笑着，一步一步地向齐修远走了过来。

齐修远大吃一惊，急忙去找柴刀，但四下寻找，却不见柴刀的影子。

这时，另一个男人的声音从身后传来："只剩半条命了，就别想着反抗了。找你那把柴刀呢吧？回头看看，是这把吗？"

齐修远感到一阵愤怒和绝望，回头一看，匪徒老六晃着柴刀也向他走了过来，脸上都是坏笑。

齐修远怒火上冲，撑着身体摇晃着站起，问："曼曼呢？你们把曼曼弄哪儿去了？"

秃奎和老六走到了齐修远的面前，停住脚步。

老六仔细看了看齐修远，把柴刀扛在肩头，说："没想到吧？你也有今天，还有力气和我们单挑吗？说！"话音一落，老六猛地抬脚踢到齐修远的胸口，一下就把齐修远踢倒在地。

齐修远感到全身一痛，跟着眼前冒着金星，已经再也不能起来。

"修远！"远处突然传来曼曼的喊声。

齐修远顺声看去，只见匪首刀哥用一把双筒猎枪顶着曼曼，从一棵树后走出，曼曼眼神中带着无助，但仍然关切地看着地上的齐修远。

走到齐修远跟前，刀哥用力地把曼曼推倒在地，然后恶狠狠地看着齐修远，手里的双筒猎枪一晃："没想到吧，我们又见面了。"

齐修远一把拥抱住曼曼，喘着粗气，抬头看着刀哥："你们要报仇，尽管冲我来，是男人的话，不要伤害她。"

刀哥摇摇头，从嘴里挤出一句冰冷的话："说这些没用，你们都得死。"

齐修远感觉自己已经没有了力气，知道无法再对抗这三个凶徒，但此时此刻，也想不出什么对策来脱离危险，也因此，心里隐隐地生出一丝绝望。而他怀里的曼曼并没有太过恐慌，而是轻轻地扶着他的手臂，眼神里都是对三个匪徒的愤怒。

一旁的秃奎慢慢蹲下身，色眯眯地看着曼曼，说："这么漂亮的姑娘，死了真是可惜了。唉！"

听到秃奎的话，老六一脸鄙夷地说："秃奎，别这么没出息了，迟则生变，赶紧的吧，动手！"

秃奎瞪了老六一眼："滚！在情人岩的时候，你怎么不说迟则生变？就因为你，非拿着枪嘚瑟，结果让这小子把枪给抢了，害得咱们三个差点没命。你现在还好意思说迟则生变？再说了，动手不动手，还得刀哥说了算。"

老六一脸不耐烦："好了好了，我也懒得跟你废话，行，听刀哥的。"他看了一眼刀哥，问："刀哥，怎么着，还是老规矩？”

刀哥点点头：“当然，我发誓不再亲手杀生了。所以咱们还是老规矩，让他们自己死。”

“好！”老六痛快地答应道，然后低头对齐修远和曼曼说，“听到了吗？刀哥不亲手杀生，你们啊，还得自己了断，说吧，想怎么死？”

齐修远听到这句话，向刀哥怒目而视，问：“你们为什么要杀我们？”

刀哥眼里闪过一丝冰冷：“这还用问，图财害命啊，呵呵。可是啊，弄你们俩也够费劲的，就因为我不亲手杀生的规矩，所以想着把你的越野车鼓捣到山沟里就得了，结果你们还挺命大。接着，我们又逼着你们跳情人岩，结果你们差点把我们给逼着跳下去。要不是你们车上有我们装的跟踪器，我们都不知道你们又跑这里来了。”

老六把手里的柴刀一晃，问：“刀哥，怎么着？”

刀哥摇摇头，抬头看了一眼险峻无比的乌扎嘎山峰，说：“这么美的地方，这么相爱的两个人，我觉得，还是找个山崖山涧什么的，让他们优美地去死吧。”

老六看了齐修远一眼，说：“刀哥，我觉得没必要吧，迟……”

“迟则生变？”一旁的秃奎色眯眯地看着曼曼，接口道，“迟则生变对吧？我一猜你就会说这个。你也不看看，这小子病得就剩半条命了，他还能把我们怎么样，你现在就是把枪给他，估计他连拿的劲儿都没有。这漂亮姑娘嘛，嘿嘿，她要反抗，我负责制服。”

老六真是懒得理秃奎了，走近刀哥，问：“刀哥，怎么着？要不我们往前走走，找个山崖什么的？”

刀哥点点头：“嗯，我一直就是这个意思。”

“好！”老六干脆地说，用柴刀一指齐修远和曼曼，说，“起来。拿着你们想带的东西当个陪葬，现在跟我们走。”

齐修远见形势有缓解，心里已经打好主意，在接下来的路上，一定要拼尽力气让曼曼找机会逃生，便轻轻对曼曼说：“曼曼，扶我起来，我们跟他们走。”

曼曼点点头，眼里都是坦然。她把两人的背包背在身上，然后搀扶着齐修远站起，刀哥三人拿着双筒猎枪和柴刀，押着两人继续前行。

五个人沿着崎岖的小路慢慢走着，经过一段时间的艰难跋涉，绕过一个山弯后，不知不觉中，四下环境改变了很多，树木茂密葱绿起来，脚边的灌木丛里开满了美丽鲜艳的花朵。再往后看，乌扎嘎山的雪顶已经被严密的山林枝叶遮挡，再也看不到了。

老六一脸不耐烦地用柴刀开着路，不时和秃奎斗嘴争吵，而刀哥依然是脸色阴沉，扛着双筒猎枪默默地走在最后。

曼曼把齐修远的右臂搭在自己肩头，搀扶着他前行。随着时间的推移，曼曼的额头已经沁出汗水，但她仍然咬着牙坚持着。

又走了一段，一阵澎湃的水流声透过茂密的山林隐隐传了过来。

老六停住脚步，擦擦汗，喊道："前面应该是一条河。雪山融化流下来的河。"

刀哥点头："走，过去看看。天快黑了，要真是河呢，咱们就在河边休息，就地送他们上路。"

秃奎呵呵一笑，对齐修远和曼曼说："听到没？你们离死不远了。"

五个人继续往前走，水流声也越来越大，穿过一片树林，一片倾斜陡峭的河坡出现在眼前，顺着河坡往下看，只见一条波涛汹涌的河流在眼底流过，借着变暗的天光，能看到灰绿的水流和暗白色的浪花翻腾着，异常湍急。

刀哥指着一块紧挨着河岸长满矮草的空地说："今晚就住这儿吧。做顿饭，让他们吃饱了上路。"

秃奎和老六点头，推着齐修远和曼曼走到那片空地。

齐修远感到疲累异常，双腿已经没了力气，眼前有些发花。走了两步，他突然一个趔趄重重地歪倒在地上，曼曼也随着他的力道摔倒在地。

秃奎眉头一皱，喊道："装死呢，还是真饿了？听到没？刀哥说了，让你们吃饱了上路。"

齐修远喘着粗气，怒视着秃奎，但已经没有力气再和他说话。

刀哥慢慢走到齐修远跟前，看了一眼，问曼曼："他到底怎么回事？病了？"

曼曼擦了擦汗，把齐修远扶在怀里，回答："他被毒蛇咬了，差点没命。"

刀哥点点头："被毒蛇咬了还能活着，命够大。"四下看了看，对曼曼说："去，你去做饭。"

秃奎一旁阴阳怪气地说："这河里可是雪水，你们跳下去应该特别冷。所以最后一顿饭，要做得热乎点。"

老六早就不耐烦了，甩手就把柴刀扔在地上，一屁股坐下，抱怨道："还让他们吃啥饭啊，要我说，一枪打死他们俩算了。"

秃奎从衣兜里掏出香烟点燃一根，坐在一段枯树干上，呵呵笑着说："刀哥是菩萨心肠，哪能让他们饿着上路啊？你就会一枪打死，要是我，就跟那次对付那一对儿似的，给他们来个'顶灯'。"

刀哥皱皱眉："这深山老林我早就待烦了。一会儿让他们吃饱了一起跳河，省事，还顶什么灯！"

秃奎听了哈哈一笑，对曼曼说："你看，刀哥就是菩萨心肠，要是让你们'顶灯'，那可就受罪喽！对了，你们想不想知道啥叫'顶灯'？"

曼曼冷笑，盯视着秃奎，并不回应。

秃奎被曼曼的眼神看得心里发慌，嘴撇了撇，嚷嚷："这漂亮姑娘恨上我了，瞪我呢。"

老六一旁笑："那你就别那么多废话了，还和她贫什么？赶紧的，弄东西吃。"

三人一起分头拾柴点火，在空地上搭起一个土灶。

曼曼抱着齐修远，眼睛里都是关切的神色，从背包里掏出水壶，给齐修远喝了一点水。

喝了水，齐修远缓过来一些，抬头看着曼曼消瘦而美丽的脸庞，轻声说：“曼曼，没想到木马湖之旅，会是这样一个结局，我对不起你，不应该带你来。”

曼曼笑了笑，眼睛晶莹：“修远，不要说这些，这只是命运开的一个玩笑。这一路走来，我收获了很多，也很快乐，更要谢谢你，给了我这么精彩的一次旅行。”

齐修远轻轻叹口气：“记得出发时，我答应过你，要照顾你，保护你的，可是……”

曼曼嘴一翘，语气里都是深意：“可是进山时我也答应过你的，如果有机会，我也会照顾你，保护你的。”

齐修远一笑：“我被蛇咬了以后，你不但救了我，还悉心照顾我，已经够了。”说到这儿，他看了一眼不远处的刀哥三人，低声继续说：“曼曼，一会儿吃饭的时候，我会趁他们不注意，去抢他们的枪，到时候你就赶紧逃跑。我会缠住他们，你只管跑，听到没？”

曼曼轻轻摇头：“不，修远，我不会放下你一个人不管的。”

齐修远语气坚定地说：“不行，我身体虚弱，只会拖你后腿，你只管跑你的，听到没？要不我们都得死。”

曼曼继续轻轻摇头，仰头看了看四周浓密深绿的森林灌木，喃喃地说：“修远，我答应过你的，会照顾你，保护你，现在我就开始兑现我的承诺。你看，这里到处是植物，满眼都是绿色，这里就是我的世界我的天下。记得我说过吗，我是森林女王，到了这里，所有的植物都会归我调遣，所有的绿色都会给我勇气和力量，我们的目的地是木马湖，而不是一起死在这里。”

说到最后，曼曼似乎变了一个人，脸色突然变得从容而淡定，眼神里闪烁着异样的光芒，隐含着一丝神秘杀机。

齐修远微微感到有些惊异，刚要问话，曼曼已经慢慢站起，向刀哥说道：“喂，他还在发烧，我要给他再采一些草药。”

刀哥抬头看了曼曼一眼，冷冷地说道：“不行。”

曼曼语气里带着焦急：“他要是不吃药的话，今晚就危险了。”

没等刀哥说话，老六已经大声喊道：“踏实坐下，反正早晚都是个死，吃草药也是白吃！”

秃奎哈哈笑着搭腔：“没错，早晚都是死，你还救他干什么？烧他的去呗，你还不如过来守会儿我呢，好歹我今晚还能给你聊聊天解解闷儿。”

齐修远皱皱眉，对曼曼说：“算了曼曼，别理他们了，坐下吧。”

曼曼却没有回应他，而是大步地向刀哥三人走去，一边走一边说：“我不管你们一会儿把我们俩怎么样，但是现在我就想找些草药给他退烧，我不能看着他受罪。”

见曼曼毫无惧意地向自己走来，秃奎一把拿过猎枪，喊道：“你别过来。站那儿别动，什么草药花药的，不许去！”

曼曼停住脚步，冷冷地盯视着刀哥。

刀哥眼睛里闪着光，和曼曼对视了片刻，最后从鼻孔里轻轻哼了一声，说：“行，你去吧。”接着对身边的老六说：“老六，去，跟着她。”

老六点头，刚要拿着柴刀起身，一旁的秃奎已经蹿了起来，连声说："老六，你歇着，我跟着她去就行了。"

老六瞪了秃奎一眼，刚要说话，秃奎早已经背上猎枪跑到曼曼身边，色眯眯地笑着说："走吧，我陪你去。"

曼曼也不理秃奎，回身看了齐修远一眼，迈步就往左边的树丛走去，秃奎赶忙跟了上去。

刀哥在身后说了声："秃奎，她找到草药就赶紧回来。"

秃奎紧跟在曼曼身后，头也不回地答应："知道了，刀哥。"

齐修远看着曼曼瘦弱的身体钻进树丛中，不禁暗暗担忧，心里突然涌起一种强烈的自责，恨自己在这一刻不能保护曼曼，让二人身陷危险之中。

看到齐修远满脸的关切神色，老六哧地一笑，说："瞧瞧，这一脸的不放心。你别怕，没刀哥发话，秃奎不敢碰你女朋友，他啊，顶多是逗逗她，偷偷摸两下。"

齐修远冷冷地看着刀哥和老六，恨不得冲过去痛打二人一顿。但此刻的他，身体万分虚弱，连站起来的力气都没有。

时间过了半个小时，曼曼和秃奎还是没有回来，老六找来一些木柴在土灶边点起了一堆篝火，和刀哥在火边抽着烟。

看着渐渐暗下来的天色，齐修远更加着急，他真的怕曼曼出什么意外，或者被秃奎图谋不轨。

又过了十多分钟，刀哥似乎也有些等急了，看了眼手表，嘀咕道："怎么还不回来？"

老六嘿嘿一乐："难不成，秃奎真把那姑娘给办了？"

刀哥眉头一皱，不耐烦地说：“老六，你去找找他们。”

“好。”老六拎着柴刀站起身，往曼曼二人方才进入的树丛走去。

他刚走了几步，突然远处砰地传来一声枪响，回声尖锐，听声音大概在几百米以外，这枪声在这寂静的森林里猛然响起，显得无比刺耳，让人心惊。

齐修远听到枪声后心里一紧，咬着牙坐起，向枪声传来的方向看去。

同时，刀哥也迅速站了起来，说道：“怎么回事？”

老六一脸惊诧，说：“不会是遇到野兽了吧？”

话音刚落，砰的一声，震人心肺的枪声再次响起。

刀哥低声说了句：“不好！”他迅速地拿起自己的双筒猎枪扔给老六，喊道：“老六，快去看看！”

老六一把接过猎枪，把手里的柴刀扔到篝火边，快步向着枪响的方向跑去，一头就钻进了树丛。

齐修远也是焦急万分，感觉自己的心脏在突突乱跳。在这一刻，他突然意识到曼曼的安危对自己的重要性，他不知道曼曼那边发生了什么事，但肯定是凶多吉少。

天色一刹那突然黑了下来，篝火的火焰不安分地跳跃着。但等待和担忧似乎让时间静止了，除了火焰的噼啪声和河水的咆哮声，四周似乎变得寂静无比，越是这样，越是让人喘不过气来。

不知道过了多久，突然听到不远处传来急促的脚步声，同时，灌木树枝抽动和被踩断的声音也传来。

紧跟着，一处树丛猛地被冲开，借着篝火的光亮，只见老六背着一个人快步回来，嘴里喊道：“刀，刀哥，快，秃奎，是秃奎！”

刀哥一愣，急忙迎了上去。

老六满头大汗，大口喘着粗气背着秃奎到了篝火边，接着脚下一个趔趄，两人一起摔倒在地上。

借着火光，只见秃奎满身都是鲜血，已经紧闭着眼睛昏死过去，再细看，只见他的胸口、肚子和右侧大腿已经血肉模糊。

刀哥大惊失色，问道：“这是怎么回事？”

老六把手里的双筒猎枪扔在一边，喘着气说：“他掉进猎人的陷阱里了。我找到他时，他躺在陷阱底下，身上被里面的竹锥刺穿了好几个窟窿。”

“那女的呢？”

“不知道啊。”老六咽了一下口水，“没见到她人影。”

刀哥低声咒骂了一声，快步跑到自己的背包前，从里面拿出急救包，然后跑回到秃奎身边，和老六一起给秃奎包扎止血。

齐修远见秃奎伤成这样，更加担心曼曼的安危，也不知道在这黑暗危险的原始森林里，她此刻身在何处。

给秃奎包扎完伤口，刀哥试着叫了他两声，但秃奎依然昏迷不醒，眼睛紧闭着，呼吸微弱。刀哥只好和老六一起坐在秃奎身边，等着他醒来。

夜更深了，一切又归于安静，篝火的火焰忽明忽暗地跳动着，炙烤着这无边压抑的黑夜。

担心和焦虑让齐修远更加虚弱，渐渐地，他感到眼前一阵眩晕，那篝火的火光也变得模糊不清。最后，困倦和疲累让他的眼睛慢慢闭上，沉沉地昏睡过去了。

也不知道过了多久，突然啊地传来一声歇斯底里的惨叫，齐修远一下就被惊醒了。他睁开眼睛，只见满身鲜血的秃奎已经坐起，眼睛睁得大大的，大口喘着粗气。

刀哥和老六也被吓了一跳，他们急忙抱住秃奎，刀哥急问：“秃奎，怎么回事？你怎么掉陷阱里了？那女的呢？”

秃奎眼睛直愣，似乎受了惊吓，语气极其虚弱地说：“我跟着她进了一片树林，她找草药的时候，随手摘了一种红色的浆果吃。我问她好吃吗，她就递给了我一个，我就吃了，刚吃完一会儿，就看到周围的树林里跑出一大群白色的小孩，一起向着我围了过来……”

“白色的小孩？还一群？”刀哥一脸懵然。

秃奎的眼里闪过一丝惊恐，继续说：“是啊，浑身上下都是白的，头发也是白的，他们在树上和草丛里到处乱跳，从四面八方向我扑来，张开嘴要咬我，我冲它们开了两枪，然后就拼命地跑，结果，就掉下去了。”

刀哥和老六对视一眼，问秃奎：“那女的呢？”

秃奎眼神猛地错乱起来，惊恐地说：“那女的？她变了样子，头发又白又长，脸上都是血，和那群白色小孩一起，趴在陷阱口上低头看着我，她露着黑色的牙，冲我笑……”

听了秃奎的话，刀哥和老六感到头皮一阵发麻，他们不知道秃奎为什么会变得这么奇怪而恐怖。

突然，秃奎大声喊道：“枪！快给我枪！”

刀哥一愣，连忙把身边的双筒猎枪递给秃奎，秃奎一把抢过猎枪抱在怀里，身体颤抖着。

老六盯着秃奎，大声问：“秃奎，你倒是说啊，那女的呢？她人呢？”

秃奎眼睛发直，愣了愣，突然狂乱地喃喃说道：“人？不，不，她不是人，她是鬼，白发女鬼！”

听到秃奎神经兮兮地说出这句话，刀哥和老六对视了一眼，刀哥继续问：“秃奎，你是不是糊涂了？你看看，我是谁？”

秃奎看了刀哥一眼，又愣了一下，突然眼睛一瞪，用手一指远处的一棵杉树，大声喊道：“你，你，你不要过来！”

刀哥和老六急忙回头看去，只见那棵粗壮的杉树后一片黑暗，根本没有什么人影。

两人正纳闷，秃奎突然端起猎枪向着那棵杉树开了枪。

砰！猎枪的巨响把近在咫尺的刀哥和老六震得耳朵一疼。

同时，秃奎语气狂乱地低声说道：“她来了，那个白发女鬼来了。她就站在那棵树后面，她探头冲我笑呢。那群小孩也来了，你们看，满树都是。她来杀我们了，杀我们来了……”

刀哥低声咒骂了一句，一把抢过秃奎手里的双筒猎枪，然后大步向那树后走去，一边走一边喊：“给我出来！”

走到树后，刀哥四下寻找半天，也不见有曼曼的影子。他接着用猎枪拨开灌木树丛，也没见有任何异样，正纳闷间，突然听到老六大喊：“刀哥！快！快回来！”

刀哥一愣，赶紧拿着猎枪跑出树丛，抬眼一看，大吃一惊！

第十九章
森林女王的杀机

老六怀里的秃奎身体僵直，眼睛瞪得大大的，嘴巴张着，身上的伤口因为刚才的剧烈扭动再次流出鲜血。

老六用手摸了摸秃奎的鼻下，声音颤抖地说：“刀哥，秃……秃奎死了。”

刀哥脸色一变，俯身仔细一看，秃奎确实已经死了。

刀哥低声骂了一句，猛地站起身向四周看了一圈，呼呼地喘着粗气，接着啊地大喊一声，举起手里的猎枪向着天空开了一枪。

砰！猎枪的枪声震耳欲聋，在黑暗无边的森林里回荡着。

刀哥把猎枪扔在了地上，眼睛狠狠瞪着前方，从牙缝里挤出一句冰冷的话：“等我逮到她，一定要扒了她的皮。”

夜深了，那堆篝火的火光映红了一切，刀哥和老六在火边坐着，呆呆地不发一言。不远处的河边，秃奎的尸体上盖着一件大衣，直挺挺地躺着，整个场景显得突兀而恐怖。

齐修远坐在地上，心绪烦乱异常，不知道曼曼此刻究竟藏在哪里，也无法知道秃奎是怎么掉进陷阱的。他感觉自己的身体已经恢复了一些力气，但起来对抗刀哥二人还是不行，所以他还是表现出虚弱的样子，让那两人放松对自己的警惕。侦察兵出身的他，懂得此刻隐忍的重要性，需要耐心地等待着自己身体的恢复，等待那一个最有利的反击时机。

刀哥眼里都是阴狠的光，直愣愣地看着燃烧着的火焰，不停用手里的木棍击打着篝火里的火炭，低声对老六说：“咱们先把秃奎的尸体推进水里，也别埋了，让他漂到哪儿就是哪儿吧。然后我们轮流去搜，有这小子在，那女的跑不了多远。”

老六点头：“好，不行我们就拿枪顶着他的脑袋，把那女的逼出来。”

刀哥把手里的木棍扔进篝火：“嗯，一会儿再说。”

两人协力把秃奎的尸体投进山涧，然后气喘吁吁地走回来。老六一屁股坐下，说：“刀哥，这个买卖咱们可赔大了啊。这么老远跟他们过来，事没办成，反而还搭进秃奎一条命去。”

刀哥皱皱眉，说：“说明咱们诚心还没到，唐僧取个经还经过九九八十一难呢。”

老六看了刀哥一眼，想了想，试探地说：“刀哥，我觉得吧，事情都这样了，你也该改改你那习惯了，倘若开始就一枪打死他们，也不会是现在这样儿。”

刀哥冷冷一笑：“这是我这几年混事的规矩，自打从监狱里跑出来，我就发誓，手不能再沾血。这新规矩肯定不能改，我要是想改，早……”

他话刚说到一半，突然嗖的一声轻响，一个东西带着风声快速地飞向他们二人。

接着，老六大叫一声，猛地歪躺在地上扭动着。

刀哥吓了一跳，借着火光一看，只见老六后背上插着一根一米多长的木箭，箭头深深地插进了肉里，箭杆微微晃动着。

刀哥一把就拿起了猎枪，急匆匆地站起身，向着箭射过来的地方开了一枪。

枪声响过，老六突然大声喊道：“哎呀！麻，我后背麻了！是毒箭。毒箭！”

刀哥赶紧俯身一看，只见老六像半身不遂似的抽搐着，表情痛苦，右手竭力地后伸想去摸箭杆，但就是无法摸到。

刀哥气急败坏地骂了一句，四下寻找着，但黑夜沉沉，周边的灌木树丛没有一丝异响。

齐修远也是被吓了一跳，急忙坐直身体四下察看，但是并没有发现曼曼的踪影。

老六身体的抽搐更加厉害，嘴哆嗦着说：“不行了，不行了！我，我整个后背和胳膊都麻了！快，刀哥，把箭给我拔出来。”

刀哥点头，急忙伸手把老六后背上的毒箭拔了出来，老六疼得嗷地大叫一声。两人借着火光仔细一看，这竟然是一根用树枝修成的箭，箭尾塞着羽毛，箭头削得尖尖的，沾满了鲜血。

刀哥用力地把毒箭扔进篝火里，举着枪四下声嘶力竭地喊叫道："你个臭娘儿们！给我出来，出来。"

被篝火映照着的森林一片寂静，根本没有曼曼的影子。

老六已经浑身抖成一团，嘴里流出了口水，口齿不清地说："刀，刀哥，我整个身体，都麻了。"

刀哥恼羞成怒，拿着猎枪快步走到齐修远身旁，猛地把枪管顶到齐修远头上，向着四周大喊："出来！你赶紧给我出来！不然我一枪打死他。"

话音刚落，他就听到左侧灌木丛里传来曼曼低沉的话音："你打死他，老六也活不成，这个箭头有毒，只有我有解毒的方法。再过几分钟，毒素随着血液回流到心脏，老六就没命了。"

刀哥听到曼曼的声音，二话不说，抬起猎枪就向那片灌木丛开了一枪。

齐修远见他的双管猎枪子弹已经打完，知道机会到了，猛地用尽全身力气蹿起扑向刀哥。

刀哥一愣，赶紧向后一个侧身，但手里的猎枪枪管已经被齐修远一把抓住。刀哥咬牙用力一拽一甩，齐修远因为身体太过虚弱，立刻被甩出并摔倒在地上。

刀哥立刻向篝火边跑去，准备去背包里拿猎枪子弹，可刚一迈步，就感觉自己的身体根本无法动弹，低头一看，齐修远已经死死地抱住了自己的右腿。

刀哥大怒，举起猎枪枪托砸向齐修远。枪托狠狠地砸在齐修远的脑袋上，登时砸出了鲜血。但齐修远依然紧咬牙关，用尽最后的力气抱住刀哥的右腿。

这时，右侧灌木丛枝叶摇动，一个人影快速地走了出来，借着篝火的亮光看去，那人正是曼曼。

只见曼曼手里举着一张用粗枝缠绕而成的弓，鞋带为弦，同时一根长长的木箭搭在弓上，直指着刀哥。

曼曼脸色沉冷，狠狠盯着刀哥，慢慢地向前走来，她像一个复仇的“森林女王”一样，全身散发着野性而勇猛的气息。

“放开他！把猎枪扔了，不然我一箭射死你。”曼曼的话冰冷异常。

老六看到曼曼出现，急忙口齿不清地大叫：“先救我，救，救我！我的嘴，也，也开始，麻，麻了。”

刀哥狠毒地盯着曼曼，又看了看篝火边的老六，冷笑了一下，慢慢把手里的猎枪扔到了地上。

曼曼手里的弓箭依然指着刀哥，关切地看了齐修远一眼，问：“修远，你没事吧？”

齐修远喘着粗气，擦了擦头上的鲜血，说：“我没事。”然后一把拿过猎枪，用手拄着站起来，摇晃着走到刀哥的背包处，掏出两颗子弹压进猎枪。

篝火边的老六已经不能再说话，身体贴着地面，呜呜地叫着，嘴里的口水和白沫流了一地。

曼曼用箭尖向刀哥一挑，说：“去。和老六待在一起。”

刀哥脸色阴鸷，嘴角微微一咧，慢慢地走到老六身边坐下。

齐修远感觉自己已经力气全无，一个趔趄又瘫坐在地。他急忙用左臂撑着身体，猎枪枪管搭在膝盖上，枪口对着刀哥和老六二人。

曼曼把弓箭扔在地上，快步走到齐修远身边，蹲下看了一眼齐修远的伤势，见没有大碍，才松了一口气。接着，她从衣兜里掏出一把深红色的草叶，扔到刀哥身上，说："用嘴嚼烂了，把汁液滴在他的伤口上，再给他吃一些，马上就会好的。"

刀哥狠狠地盯着曼曼，按照曼曼的话给老六处理伤口。过了一会儿，老六哎哟轻叫一声，嘴巴试着合了合，口齿不清地说："好了，不，不麻了，就是头晕恶心。"

曼曼不理他，对刀哥说："你们赶快离开这里，别再想打歪主意。我告诉你，在这森林里，你们再多的诡计也不会得逞的。"

刀哥眼里都是不甘的神色，盯看了曼曼一下，冷笑着点点头，扶着老六站了起来。

老六咧着嘴，用力地甩了甩胳膊，伸了伸腿，感觉自己身体已经不再麻木了，愤恨地看了曼曼一眼，和刀哥走到篝火边拿自己的背包。

齐修远感觉头晕目眩，拿枪的手已经没有了力气，看到刀哥和老六拿起各自的背包准备离去，微微松了一口气，他抬头看了一眼曼曼，只见曼曼正看着自己，眼里都是关切的神色。

就在这错神的刹那，一件意想不到的事情发生了。

老六猛地拿起地上的柴刀，大叫着向齐修远扑来。

同时，刀哥也跟着一起扑向曼曼。

这个攻击发生在一瞬间，根本容不得齐修远和曼曼反应。他们的一时精神松懈，让自己再次面临死亡的威胁。

等齐修远反应过来，老六已经扑到他的面前。

只见那把柴刀寒光一闪，直劈向齐修远的头顶。齐修远半卧在地上，根本无法起身，见柴刀带着风声劈向自己，赶紧下意识地横起手里的猎枪一挡。

咔的一声，柴刀砍在猎枪上，离齐修远的脑袋只有几厘米远。

老六恶狠狠地低吼一声，拿起柴刀再次劈向齐修远。齐修远继续用猎枪去挡，这一刀劈到了枪托上，立刻木屑乱飞。

齐修远不等老六手里的柴刀再次砍向自己，看准了空当，用尽力气，右脚猛地踢向老六的前胸。老六身上的箭毒麻性没有全部散去，所以动作反应还是有些力不从心，立刻被齐修远踢得上身往后一仰，他倒退了几步，低声骂了一句，又扬起柴刀再次砍向齐修远。

老六把身体刚刚往前探了一下，猛地看到齐修远把手里的猎枪枪口冲向了自己。他暗叫不好，硬着头皮用尽所有力气把柴刀砍向齐修远。

砰的一声枪响，老六的身体猛地停住了，眼睛突着，右手依然高高举着柴刀，接着咽喉处开始喷出鲜血，最后晃了两下，柴刀当的一声掉落在地上，双手一起捂住脖子，身体前倾扑倒在地上，扭动几下后，就一动不动了。

另外一边，刀哥已经把曼曼压在身下，低吼着，双手用力地掐着曼曼的脖子。曼曼双腿不停地乱踢着，脸憋得通红，已经喊不出声音。

齐修远见曼曼命在旦夕，强撑着手臂举起猎枪，向刀哥扳动了扳机。

砰！随着枪响，刀哥哦的一声低吼，身体猛地倒向一旁，在地上翻滚了几下，突然挣扎着站了起来，只见他左肩膀处冒着鲜血，半边脸也溅满血滴，面目狰狞地怒视着齐修远，然后晃着身体向齐修远快速走来。

双筒猎枪的子弹已经打完，齐修远暗叫不好，而刀哥已经捡起柴刀，迈过老六的尸体向他扑了过来。

刀哥高举着柴刀，步伐趔趄，低声吼道："我砍死你！"

齐修远也拼尽最后的力气，把手里的猎枪握紧，准备迎击这致命的一刀。

刀哥已经杀红了眼，怪叫一声，挥动柴刀就砍向齐修远的脑袋。

齐修远见柴刀劈来，赶忙拿起猎枪去挡刀哥手里的柴刀。

咔的一声，猎枪和柴刀碰在一起，齐修远感觉手掌一麻一软，猎枪立刻就被砍飞出去。

紧接着，刀哥眼里凶光一闪，再次用柴刀砍向齐修远的肩膀。

齐修远见柴刀直向自己砍来，知道已经躲闪不开了，本能地用手臂去挡。

就在柴刀马上砍到齐修远的刹那，突然听到刀哥啊地怪叫一声，手里的柴刀突然掉落，同时另外一只手猛地抱住右臂。

齐修远一看，只见刀哥的右臂上插着一支毒箭，而不远处，曼曼正举着那张弓站立着，弓弦微颤。

齐修远不等刀哥反应，一脚就踢在了他的肋部。刀哥闷哼一声，身体后退了几步跌倒。

齐修远也用尽了力气，躺在了地上。

刀哥低声骂着再次站起，喘着粗气，左手拿起柴刀，右臂吊垂着，身体打着晃，回身一步一步地冲向曼曼。

“曼曼快跑！”齐修远在地上大喊。

曼曼神色淡定，眼神犀利地盯着刀哥。

刀哥喘息着走了几步，毒箭的药力已经发作。他步伐错乱，咬牙甩了甩右臂，眼睛依然死死地盯着曼曼，继续向她走去。

曼曼眼神冷静幽深地和刀哥对视着，慢慢地从身后抽出一支毒箭放在弓弦上，然后把弓举起，轻轻拉动弓弦。

吱呀——

曼曼把弓拉满，箭尖指向刀哥，等待着刀哥攻击的一刻。

刀哥的半个身体已经发麻，但仍然咬着牙向前迈步，眼睛盯着曼曼手里的箭尖，左手里的柴刀晃着，准备做最后的劈砍。

在离曼曼十多步的地方，刀哥停住脚步，喘息着，目光凶狠地盯向曼曼，猛地大叫一声，左手举起柴刀就扑向曼曼。他的身体已经僵硬，这最后的攻击是歪着身子冲向曼曼的。

就在刀哥冲向自己的同时，曼曼握着箭尾的右手一松，那支毒箭嗖的一声离弦而出，直射向刀哥。

哦的一声低吼，刀哥被毒箭射中腹部，手里的柴刀一下子脱了手，身体猛地向一侧歪跑而去。同时，他奋力想找回身体的重心，但脚被一块石头绊住，整个人趔趄着顺着河坡倒去，接着翻滚了几下，猛地掉落河谷之下。

扑通一声巨响，刀哥的身体坠入汹涌奔流的河水中，漂翻了几下，立刻就被湍急的水浪吞没了。

曼曼见危险已过，不禁眼神发愣，慢慢地把弓扔在了地上，然后双腿一软，颓然倒地。

齐修远力气尽失，想要站起身走到曼曼的身边，但根本动弹不了，只能用虚弱的声音喊道："曼曼，曼曼。"

曼曼眼神直愣，她的脸在篝火的映射下显得疲惫而惊惶。

"曼曼。"齐修远又关切地叫了一声。

听到齐修远的呼唤，曼曼缓过神，看了齐修远一眼，眼泪突然流了出来，却又微微地向齐修远笑了笑。

齐修远看着可怜的曼曼，劫后余生的庆幸感在心底鼓荡。紧接着，全身的疼痛和乏累也侵袭而来，眼中的曼曼变得越来越模糊，那堆熊熊的篝火也变成一团跃动的红光。最后，所有的一切都变成了黑色，齐修远晕了过去。

齐修远再次醒来已经是清晨。谷底的河水依然水浪喷薄，那堆篝火已经燃尽，灰烬处冒着淡淡的青烟，烟气飘荡在头顶上空，和森林中的晨雾融汇在一起，浓淡如练地挂在林间。

齐修远感觉身体还是酸疼异常，头也蒙蒙的，发现自己睡在帐篷里，急忙四下看了看。昨夜生死搏斗的痕迹依然清晰，猎枪和柴刀立在帐篷门口，老六的尸体被一根树枝盖着，但不见曼曼的踪影。

"曼曼。"齐修远喊了一声。

话音刚落，曼曼的声音传来："我在呢，修远。"

这一声回答让齐修远感到踏实无比，经过昨夜这一场惊心动魄的殊死搏斗，感到此刻对曼曼无比依赖和亲近。

曼曼轻轻地走到帐篷门口，手里端着铁锅，锅里是冒着热气的菜粥，香味猛地飘进齐修远的鼻腔，让他立刻感到饥饿难耐。

曼曼把粥锅递给齐修远，说："赶紧吃吧，这是我用草药熬的米粥，都是帮助你康复的草药，吃完了，你就有力气了。"说完，她又把野营的餐勺递给齐修远。

齐修远已经饿得不行了，接过餐勺，狼吞虎咽地吃起药粥来。曼曼在一旁认真地看着，眼里都是欣慰和关切。

不久，齐修远把一锅药粥都吃了下去，顿时觉得浑身上下有了力气，在曼曼的搀扶下站了起来。

齐修远深情地看着曼曼，昨夜的搏斗和惊吓让她显得异常憔悴，看上去她的面容苍白，但眼睛依然明亮清澈。

齐修远看了一眼坡下汹涌澎湃的河水，轻声说道："曼曼，要是没有你，我也许已经葬身在这激流中了。"

曼曼眨眨眼，说："我是在兑现承诺，我答应过你的，在森林里，照顾你，保护你。"

齐修远点点头："谢谢你，勇敢的'森林女王'。"

曼曼微笑，笑容灿烂："你应该感谢这森林，感谢这无边无际的绿色，是它们给了我们佑护，给了我们活下去的力量和勇气。"

听了曼曼这些话，这一路上遇到的危险和快乐在刹那间一起涌上齐修远的心头。他看了一眼四周绿色的密林和灌木，顿时觉得一股无边的振奋之气在心头涌动，他向着河对岸的森林和山峦望了望，说：“谢谢你曼曼，有了你给的勇气，再大的危险都不算什么。我们收拾一下，该忘记的就忘记，该掩埋的就掩埋，离开这个生死之地，继续往前走，去我们的木马湖吧。”

曼曼仰头看着意气满满的齐修远，点头说：“好。”

两人相携出发，绕过乌扎嘎山，又经过了漫长艰难的下山路，最后到达地势平缓的地方，再往前走，更加幽暗的原始森林出现在路途前方。

两人决定先休整歇息一下，就在一棵枯树边坐下。

齐修远喝了口水，忽然想起一件事，侧头问曼曼：“曼曼，那天你给秃奎吃的是什么浆果，让他像中了邪一样？”

曼曼微微苦笑：“哦，那是一种吃下去能产生幻觉的浆果。”

“那你吃了怎么没事？”

曼曼眨眨眼，向齐修远笑了笑：“我是森林女王啊，吃什么都没事。”

齐修远一愣，然后笑：“恐怕你提前偷偷吃了别的东西，把那浆果的致幻效果给抵消了。”

曼曼点头：“嗯，你猜得很对。那浆果要是直接吃，就会产生很强的幻觉，会看到很多白色的小孩到处跑。我当时给他吃，只是想吓唬吓唬他，谁知道他吃完后吓坏了，一边开枪一边跑，最后掉进了陷阱里。这确实是我没想到的事，我想阻止的时候，已经晚了。”

齐修远叹口气：“他的下场确实很惨，但如果不那样对付他，现在死去的就是我们。”说着，他的脑海里又浮现出秃奎临死时惊恐的目光，不禁喃喃说道：“一枚小小的浆果，就有那么神奇的力量，这东西也只能在南方的森林里才会有。”

“是的，记得奶奶说过，按古代医学典籍里的说法，我们国家植物的特性是北阳南阴。北方的森林里，生长的大都是人参那种阳气旺盛的植物；而南方的森林湿气大，环境阴郁，所以在这里生长出来的，大多是致幻植物和剧毒植物。”

齐修远点点头：“这个说法我还真是第一次听说，但细想起来确实有道理，觉得神奇又神秘。”

曼曼环看了一眼前方葱郁茂密的森林，说：“这无边无际的原始森林里，隐藏着太多神秘的东西，我们人类所能了解的，只是其中很小的一部分。记得奶奶说过，世界上的植物万千种，它们各有各的习性和特点，有的可以救人，有的却能害人。就像人类一样，有善良的也有凶恶的。”

齐修远不再言语，曼曼这些富有哲理的话让他陷入沉思中。

曼曼似乎明白他在想什么，笑了笑：“这些植物既然生长存活着，就都有它存在的道理，所以我们要顺应自然，好好研究它们，去发现它们对我们有利的地方，这也是所有药用植物研究者所要奋斗和完成的事业。”

正式进入原始森林后，随着温度渐渐变暖，越往里走，身边的树木植物也越来越纷杂多样起来。它们藤条缠绕，身上蒙罩着厚厚的绿色苔藓，或直冲天际，或华盖如云，甚至长在树干里的寄生树也都粗壮无比。

但令两人欣慰的是，黄文凯在树石上所留下的记号依然频频出现，每当到了无路可走的时刻，就给他们指引出一条新的隐蔽捷径。

齐修远和曼曼在这无边无际的原始森林里慢慢行进，虽然道路曲折湿滑，但历经磨难后彼此心中深深的默契和信任，让一切苦累都变得轻松异常。在曼曼的精心护理和照顾下，齐修远的身体已经恢复如初。随着日夜交替，随着前进的脚步不断深入延伸，木马湖也即将到达。

经过两天的穿越，两人走出了那片最幽深的原始森林，随着地势再次慢慢升高，一座大山再次出现在眼前。

翻过三道山弯，道路越来越难走，树林阴密无光，黄文凯留下的记号也不再那么清晰可寻。很多次，曼曼要寻找很久，才会在某个林丛中找到黄文凯留下的记号。

临近傍晚，天空中淅淅沥沥地下起了小雨，整个森林一下子变得暗淡一片，道路湿滑难行。齐修远和曼曼穿上了雨衣，互相搀扶着往前行进。

走了很久，一棵高大粗壮的大柏树出现在了眼前，这棵柏树的直径足有三米，枝丫伸展着，藤条缠绕垂地，和其他的树木叶冠交错在了一起。

齐修远擦擦脸上的雨水，抬头看着这棵大柏树，说："这棵柏树好粗啊。"

曼曼点头仰望。

齐修远看了曼曼一眼，见她的面容有些疲倦了，便说："好，咱们就在这棵树下歇会儿，我去量量，看看它到底多粗。”

曼曼点头，和齐修远一起慢慢地走到那棵大柏树下。

齐修远绕着树转了两圈，用手掌拍打着树干，连声夸赞着，等他回过头看向曼曼时，突然看到曼曼的脸色变得苍白异常，只见她的眼睛呆呆地看着树干，牙齿紧紧咬着嘴唇。

齐修远被曼曼的表情吓了一跳，试探地问道：“曼曼，你怎么了？脸色这么难看。”

曼曼没有回答，依然呆呆地盯着树干，身体微微颤抖着，整个人突然变得陌生而激动。

齐修远一愣，赶紧顺着曼曼的视线望去，只见树干上方刻着几条刀痕，这些刀痕已经结疤，看样子刻了很久的样子。

曼曼的脸色越来越难看，身体颤抖得更加厉害，眼里都是冰冷绝望的光芒，让人疑惑不已，望而生畏。

齐修远也不敢再多问，只好安静地守候在一旁等待着。

突然，曼曼用颤抖的声音轻轻自语道：“不，你们不可以在这里。这是奶奶的记忆，是奶奶的记忆！”她突然变得声嘶力竭，大喊道：“不可以，不可以啊！”

齐修远被曼曼这异常的举动吓了一跳，赶忙问：“曼曼，你没事吧？”

曼曼仍然不理他，一把拿过齐修远手里的柴刀，猛地蹲下身，在一处树根下疯狂地挖起土来。她挖土的动作异常狂乱，顷刻间，苔藓和泥土便四处飞溅，弄得到处都是。

齐修远也不敢阻止曼曼，赶紧俯身去拿曼曼手里的柴刀，说：“曼曼，你要挖什么？我来挖。”

齐修远的手刚碰到柴刀的刀把，突然曼曼用力地把他推到一旁，同时语气冰冷绝情地大喊：“你闪开，闪开！”

“曼曼，你……”齐修远愣在那里，疑惑地看着曼曼。

曼曼像狂怒爆发的小兽一样，眼光凶狠地看着他，歇斯底里地喊：“闪开！”

齐修远被吓傻了，手足无措，急忙后退了几步，低声说：“好，好。”

曼曼继续癫狂地用柴刀挖着树下的泥土。

过了不久，那片树根下被她挖出一个深坑，她的身上手上都是泥土，头发已经凌乱，但仍然执着地深挖不止。

最后，只听咔的一声微响，曼曼立刻停住了。她用力把柴刀扔在了一边，跪在地上用双手刨着泥土。不久，一个透明的玻璃瓶子出现在坑里，曼曼一把就把这个瓶子拿在手里，然后颓然歪坐在土坑边，抱着那个瓶子呆坐着，眼神发直发愣。

齐修远看到曼曼这个样子，心疼不已，但不知道如何上前安慰，他能感觉到那个玻璃瓶子对曼曼来说是无比重要的东西。

曼曼抱着那个玻璃瓶子愣了片刻，回了回神，迅速地拧开瓶盖，从瓶子里倒出一个纸卷，用颤抖的手展开那张纸，眼睛直直地扫视着。

齐修远不敢打扰曼曼，只是呆立在一旁，不知道那张纸上究竟写了什么，但他注意到曼曼的脸色越来越苍白，眼泪也流了出来，滴在满是泥土的衣服上。

曼曼把那张纸平摊在双腿上，仰起脸，眼神空洞地看着那棵巨大的大柏树，眼睛一眨也不眨。

齐修远见曼曼的情绪有些平复，便往前走了一步，问：“曼曼……”

他的话刚说到一半，突然曼曼嘶声喊道：“不要叫我曼曼。”

齐修远吓了一跳，赶紧止步，观望着情绪突变的曼曼。

紧接着，曼曼突然像发疯一样把手里的那张纸唰唰撕烂，用力地扔到一旁。碎纸像惊飞的蝴蝶一样，落得到处都是。

曼曼愣愣地坐了很久，神情呆滞地站起身，慢慢地张开双臂，紧紧地抱住那棵粗大的大柏树，把脸紧紧贴在树干上，眼泪奔涌而出，哽咽地喊着：“奶奶，您在哪儿？我来了，我想您，我想您。”

曼曼像个委屈的孩子一样，呜呜地大声痛哭起来，悲伤放肆的哭声在这茂密幽深的原始森林里回荡着，让人闻之心碎。

听着曼曼的哭声，齐修远心里也是一疼。他猜测到曼曼抱着的这棵大柏树应该和她的奶奶有着密切的关系，但他看不懂那些刻在树上年久的记号，也许这些记号所隐含的东西，就是让曼曼情绪突变的原因。

曼曼哭了很久，最后抽泣着坐靠在大柏树下，呆呆地看着遍地的碎纸屑，红肿的双眼里透着一丝寒冷绝望的神色。

齐修远从背包里掏出纸巾，慢慢走到曼曼跟前蹲下，把纸巾递给曼曼，轻声说：“曼曼，来，擦擦眼泪。”

曼曼面无表情地接过纸巾，抬头看了一眼齐修远，用沙哑的声音说：“修远，抱抱我。”

齐修远点头，坐在曼曼身边，把她抱在怀里，感觉到曼曼的身体仍在微微颤抖。他轻轻地把曼曼身上的泥土和苔藓拍掉，愣了一下，问："曼曼，能告诉我，你为什么哭吗，而且哭得这么难过？"

曼曼没有回答他的问题，而是喃喃地问："修远，你说，爱情对每个人是公平的吗？"

齐修远点点头："当然，爱情对每个人都是公平的。只要你去认真寻找它，好好珍惜它，它就会眷顾你的。"

"如果爱情和你开了个玩笑，甚至欺骗了你，你会怎么做？"

齐修远想了想，说："爱情是人类最美好而无私的至高情感，它不会欺骗任何真心相爱的人，哪怕这两个相爱的人不能在一起，甚至天地永隔，爱情还是会永远留存在他们彼此的内心，更不会随着时间而衰老消散。爱情是美好的、伟大的，是值得我们用一生寻找和守候的。"

曼曼愣了一下，轻声说："你说得很好，我都能明白，但世间的事，包括亲情和爱情，有时候是会和你恶作剧的，甚至，会把你伤害得遍体鳞伤。"

"但是我们还是要相信爱情。"齐修远笃定地说。

曼曼用力地摇摇头，眼光呆滞地说："修远，木马湖马上就要到了，从这棵大柏树往前走，它就在前面不远处。它是爱情之湖，可是我有些害怕，害怕它给我带来失望和伤害。现在我害怕见到它，特别害怕。"

齐修远轻轻地抚摸着曼曼的头发，说："不会的，木马湖是纯净之湖，世间最美好的东西都汇聚在那里，有童真、有亲情、有爱情……”

“不要再说了。”曼曼突然大声喊道，猛地挣脱齐修远的怀抱站起身，用最冷冰冰的语气说道，“都是骗人的。木马湖里没有童真，没有亲情和爱情，木马湖汇聚的只有欺骗，只有悲伤和孤独。”

“曼曼，你到底怎么了？突然变成这个样子？”

曼曼冷笑，表情落寞激狂，像是一个陌生人似的站在齐修远面前。她语气幽幽地说道：“修远，其实木马湖冰冷无比，幽深而绝情，甚至悬崖上开放的日月花都是剧毒之物，木马湖充满了诅咒，它是绝望之湖。”

第二十章
万丈深崖

齐修远没有想到曼曼的话语这么绝情甚至偏激，此刻，她和旅途中阳光勇敢的曼曼简直判若两人。他低头看了一眼那满地的碎纸片，真想从上面找出曼曼情绪突变的原因，但那张纸被曼曼撕得粉碎，只能在某个纸片上看到一些残缺不全的字。

齐修远想安抚一下曼曼的情绪，便抬头看了一眼身边那棵高大的柏树，问：“曼曼，这棵树和奶奶有什么关系？是不是有什么故事？”

他这句问话果然起了作用，只见曼曼脸色缓和了一些，眼中流露出悲伤神情，低声说：“是的，这棵树是奶奶和她初恋情人的定情之树，她和我说过，在离木马湖不远的地方，有一棵高大的大柏树，当年在这棵树下，她的恋人第一次吻了她，然后他们继续往前走，就看到了美丽的木马湖。”

说完，曼曼再次把脸颊贴在柏树树干上，喃喃地说：“奶奶美好的爱情就守候在这棵树下，指引着去往木马湖的道路。她在前方不远处的木马湖边，在等我去找她。”

齐修远心里一阵难过，说：“是啊。木马湖已经不远了，我们应该高兴，奶奶要是在天有灵，她也不想看到你这样难过的。”

曼曼愣了片刻，表情漠然，她轻轻叹了口气：“好，我们继续走吧，木马湖不远了。”

见曼曼情绪稳定了一些，齐修远心里感到舒缓许多，谨慎地问：“那这个玻璃瓶……”

听到齐修远这么问，曼曼眼里又闪过一丝冰冷，静默了几秒，说道：“你不要再问了，走吧。”说完她独自向前走去，步伐执着，消瘦的背影显得异常决绝。

齐修远看了一眼那个玻璃瓶和满地的碎纸屑，叹了口气，俯身用手把它们聚在一起，草草填埋在柏树下的土坑里，埋到最后，一片没有撕碎的纸片吸引了他的注意，纸上的字迹隐约可辨：

路途遥漫，木马成湖。

这八个字写得端正挺拔，从笔势力度能看出是出自男人之手。齐修远默默念着这句话，心里猜测，这应该是黄文凯写下的文字，联想起这些天在路上的奔波与凶险，感觉这八个字正是这段旅途的真实写照。他不禁暗暗叹息，同时，更加迷惑曼曼为什么要把这张纸撕碎。

他抬头看了一眼曼曼走远的身影，匆匆地把这张碎纸埋在土里，又看了一眼高大如棚的大柏树，叹了口气，起身去追曼曼。

曼曼像一个执迷赶路的孩子一样，步履飞快，瘦弱的身体在高密的树林灌木里行进着，不发一言，眼神深冷，甚至拦身而来的枝叶都不知道闪躲。

齐修远也不敢去打扰曼曼，只是紧走到她的身侧，用柴刀拨开道路，亦步亦趋。

两人艰难地行进了一个多小时，四周的草木变得潮湿起来，随着他们步伐发出的声音，附近灌木草丛里不时有大群的水鸟惊蹿飞起。它们的翅膀抽动起草叶上的水露，飞散到空气中，溅洒到他们的脸上。

又走了几百米，树林灌木渐渐稀疏起来，叶片高细的水草、芦苇出现在眼前，转过一片泥泞的沼泽地，最远处的天边突然出现了一座白雪皑皑的高大雪山，雪山的下方是灰绿层漫的山峦，山影起伏着，跳跃着，视野也渐渐开阔起来。

齐修远看到天边那座巍峨的雪山，心跳立刻加快了，那正是木马湖照片里的雪山，梦境终于变为现实，他有些激动，有些惶恐，一个声音在心底鸣响：木马湖，终于到了。

曼曼的步伐也突然变慢，眼睛里闪着异样的光芒，心里的激动让她的脸色更加苍白，走了几步，停住了脚步，轻声说：“修远，木马湖到了。”

齐修远用力点点头，说：“对。木马湖到了，那座雪山就是照片里的雪山，它要比照片里更加高大和壮丽。”

曼曼没有回答，突然停住脚步，呆呆地静立着。

齐修远兴奋地说：“曼曼，你在这里等我，我去湖边。”他一边说着一边快步往前跑去，也不管道路泥泞和水草湿漉。

随着前进的步伐深入，四周空气中的潮气越来越重。渐渐地，一片薄雾似的水汽开始弥漫在身边，齐修远心跳加快，脚步匆急，穿过那片雾气之后，眼前猛地一亮，只见一片平阔沉静的灰蓝色湖面出现在眼前。

“木马湖到了。”

齐修远失声轻喊出来，急不可耐地跑到湖边，只见岸边的湖水幽深碧透，近处湖底的水草、沉木也清晰异常。

齐修远激动无比，俯下身捧起一捧湖水，让那清澈无比的湖水在他的掌心荡漾。

齐修远站立在湖边，看着远方天边的雪山像海市蜃楼一样倒映在湖面上，这一切就像一个虚幻的梦境，刹那间在眼中和心里慢慢变为现实。

齐修远兴奋地四下观望，只见右后方有一座险峻的山峰，被松柏蒙罩的山顶凸出一块黄色岩崖。身为风光摄影师的他立刻就意识到，如果站在那座黄色岩崖上的话，视野一定会更加开阔。他也能大致看出，那块黄色岩崖所处的视角，应该就是木马湖日记里那张照片的拍摄位置，而那里，也一定盛开着美丽无比的日月花。

齐修远兴奋地回头看向曼曼，只见曼曼脚步徐徐，表情落寞，慢慢地走到木马湖湖边。她在湖边停住脚步，孑身独立，秀美的身影倒映在湖面上，显得楚楚动人，亦幻亦真。

齐修远轻轻地走到曼曼身边，低声说：“我们终于到了，木马湖太美了。”

曼曼没有说话，安静地凝视着，眼睛里倒映着旷阔无澜的湖面，并隐隐蕴藏着些许忧伤。

齐修远怕她再次情绪波动，说道：“曼曼，我们去那座山的山顶吧，在那块黄色的岩崖上，看到的木马湖肯定会更美，而且，那里肯定有美丽的日月花。”

听到“日月花”三个字，曼曼神情一变，喃喃地说：“对，日月花在那里，在那个可以俯瞰木马湖的岩崖上。”说完，她回头仰望那高峻的黄色岩崖，眼波里流动着异样的微光。

齐修远和曼曼沿着湖边向前走了一段路，又顺着一条山溪跋涉而上，两人相扶相携。经过一个多小时的艰难攀爬后，两人终于来到了那座高山的山顶。

从山顶眺望，四周的景色立刻变了模样，只见漫天阴云密布，天边那座巍峨的雪山颜色微微泛青，它的倒影在木马湖灰绿色的湖波中微微晃动，显得阴郁而神秘。那远处的森林也变成墨绿色的带子，而木马湖就像一块巨大的墨玉，闪着灰色的微光，和天空山林融为一体，异常旷阔幽深。

齐修远拉着曼曼的手慢慢地登上那块黄色的巨大崖石，身体刚刚站稳，一阵猛烈的山风就呼啸着吹过，他们的衣袂随之猎猎作响，那山风激烈地抽打着四周的灌木，发出呼呼的锐响，整个岩崖也似乎晃动了起来。

靠近崖头，只见一片火红美艳的花朵正热烈地盛开着，花叶随着山风猛烈地摇摆晃动。

“是日月花。”齐修远脱口而出，快步地走到那片花海跟前。这花海拥在崖头四周，站在崖头往下看，底下是幽深无比的万丈深渊，深渊底部是黑漆漆的密林，林波摇动着，回荡着呼呼的风声。

齐修远蹲下身，仔细地观看日月花，只见它茎叶细长，在顶端分为两枝，一枝盛开着火红色的美艳花朵，花朵硕大，五瓣椭圆形的花瓣均匀围绕在嫩黄的花蕊四周；而另一枝却含苞待放，花苞是嫩白色的，虽然没有开放，但也能够想象到它盛开时的美丽。

齐修远轻轻地抚摸着日月花，嘴里喃喃地低语：“木马湖边的悬崖上，盛开着美丽的日月花，双花同枝，日夜轮转开放。日花在白天开放，火红如生命，月花在夜晚盛开，洁白如爱情。”

听到齐修远的话，一旁的曼曼发出一声幽幽的叹息，轻声说：“生命与爱情，人类最珍贵的两样东西都拥有了，就会像日月花一样，一起吃下就剧毒无比。”

齐修远感觉曼曼的情绪再次波动起来。他回头看了一眼曼曼，只见曼曼双手抱着木马湖日记，眼神直愣地看着崖底幽旷的木马湖，她的长发被山风吹得飘然起舞，美丽的脸庞在阴沉的天空下显得苍白而陌生。

山风越来越大，松涛声呼啸起伏，满崖的日月花疯狂地摇摆着，头顶上的乌云翻滚如龙，慢慢地压了下来，四下的天光也暗淡下来。再远看，湖对岸的雪山已经被云雾遮挡，平静的木马湖也泛起浪花，隐隐听到湖水的波涛声。

过了许久，黑蒙蒙的乌云已经压过头顶，四下已经黑暗一片，曼曼依然孑然不动，静静地俯瞰着风波骤起的木马湖。许久，她轻轻地说："修远，你看到了吗？木马湖并不像照片里那么旷阔静美，它也有风浪，也有汹涌的波涛，就像爱情，并不永远都是美好的。"

齐修远回过身，深情地看着在风中忧郁低落的曼曼，轻轻地叹了口气。他慢慢走到曼曼面前，轻轻地拿过木马湖日记，从里面取出那张木马湖照片仔细观看。照片里记录的美好被这阴沉的天光映得暗淡异常，但日记上曼曼的体温却让他心里一暖，他轻轻摇摇头，对曼曼说："不，我一直相信爱情的美好。此刻的木马湖虽然乌云密布，波涛汹涌，但在我的脑海和内心深处，永远浮现的都是它在照片中色彩斑斓的旷美样子。我也坚信，乌云一定会散去，木马湖还会恢复到最美时候的样子。因为最纯洁的爱情和亲情在湖中蕴荡，一生不变。"

说到此处，齐修远感觉自己心潮翻涌，激动万分。此刻曼曼就在面前，正在风中眺望着风云突变的木马湖。她忧伤的样子让人看了心生爱怜，她就像一支在风中燃烧的蜡烛一样脆弱，而此刻，她一定需要爱情的慰藉和呵护。这么多天来的同生共死，曼曼的一颦一笑都深深打动着齐修远的心灵，他知道，他深深爱恋着曼曼，也一直等待着一个表达的机会，而此时此刻，他感觉已经到了表达的时候了。

想到这里，齐修远俯身摘下一朵鲜艳的日月花，慢慢走近曼曼，把日月花举到胸前，眼睛真诚地看着曼曼，深情地表达道：“曼曼，有一些话我藏在心里很久了，我一直没有勇气说出来，此刻，当着这宽阔的木马湖和这美丽的日月花，我想把这些心里话说给你听。”

见齐修远一脸认真地看着自己倾诉心声，曼曼的眼中闪过一丝柔光，苍白的脸上有了一些血色，显得更加楚楚动人，她发丝飞舞，眼睛不眨地看着齐修远，目光里隐含着一丝期待。

四目相对，齐修远感觉心脏在怦然鸣响，深吸了一口气，认真地说：“你知道吗？曼曼，从我打开木马湖日记的那一刻起，我的整个生命就已经被你吸引。你日记里的每个字、每段话，都让我深深向往和着迷，你和黄文凯的爱情也让我万分羡慕。在这段寻找木马湖的日子里，你给了我快乐，又和我经历了危险艰辛，我早已深深地爱上了你。我希望你知道，无论木马湖日记里的你，或者此刻现实中的你，都是我最深爱的。现在就让这木马湖作证，日月花为媒，请你接受我的爱，以后我们还要一起走更远的路，记取更美丽的风景，我会一直陪在你身边，好好爱你，呵护你。”

曼曼似乎被他这真情表露的话语感动了，眼里都是激动的光芒，脸颊微红，一脸幸福地看着齐修远。

见曼曼这样看着自己，齐修远不禁心波激荡，把木马湖日记和日月花递到曼曼胸前，深情地说：“路途遥漫，木马成湖。曼曼，我爱你。”

他这最后一句话刚说出口，曼曼便脸色大变，眼睛里闪烁着惊恐和绝望的光。她低头看了看齐修远手中随风摇曳的日月花，浑身开始颤抖，语气也微颤地说："你……你……说什么？"

齐修远看着情绪突变的曼曼，赶忙往前迈了一步抱住她，感觉到曼曼颤抖的身体冰冷万分，便在她耳边深情地重复道："路途遥漫，木马成湖。曼曼，我爱你！我真的爱你！"

听清了齐修远的告白，曼曼脸色苍白无比，嘴里胡乱地喃喃低语："为什么？为什么？"

见曼曼神情有异，齐修远用力抱紧她，低声问："曼曼，你怎么了？我的爱难道你不接受吗？"

"爱？这是你给我的爱吗？"曼曼低声重复道。突然，她眼中猛地闪过一丝绝情的凶光，接着用力挣脱齐修远的怀抱并一把推向齐修远的胸口，这一推的动作使出了她全部的力量，齐修远被推得向后快速退去。

倒退中，齐修远猛然想到身后就是悬崖，心里猛地一紧，想稳住身体但重心已经失去，连着倒退了好几步后，突然感觉自己的脚下一空，身体猛地向下倒去。他啊的一声低喊，双手胡乱晃动着，但已经抓不到任何东西。紧跟着，他的身体快速地向万丈深崖坠落。

坠落中，齐修远惶恐而绝望，感到全身的血液瞬间流向胸口和喉咙，他瞪大眼睛，只见悬崖边上，曼曼头发飞舞，眼神决绝，身影瞬间就变远变小，立刻和漫天黑暗的乌云融为一体。

齐修远听到巨大的风声在耳边狂响，一直向下坠去。最后，他看到四周枝叶乱飞，树叶唰唰地抽打着他的身体，紧跟着，他听到咔嚓一声巨响，同时感到背部传来一阵令人窒息的剧痛，瞬间失去了意识。眩晕中，他看到自己的手里紧紧抓着木马湖日记和那朵日月花，渐渐地，四下就变得漆黑一片了。

不知道过了多久，齐修远感觉自己醒了，但眼睛无法睁开，隐隐感到自己漂浮在一片幽深的湖水里。那湖水时而冰冷时而滚烫，他想要挣扎却发现身体已经难以动弹，想张嘴大喊，却感觉喉咙里填满了水草。四下黑暗一片，有些微光在眼前晃动，还有些隆隆的声音在耳边若有若无地鸣响。他感觉自己像个胎儿一样浸泡在母体里，整个身体在无边无际的黑暗中飞行，不知道会去向哪里。

最后，一个意识在他脑海里突然出现并不断重复着：我已经死了，我已经死了。

各种光怪陆离的人在他眼前飞速地穿行并贴身而过，有的人面容模糊，有的人面容清晰，有见过的，也有没见过的。他焦急地盼望着曼曼的出现，但始终没有她的影子。

四周的黑暗慢慢变成一片绿色的雾气，雾气弥漫，那个梦到过很多次的男人再次向他走来，低着头，满身鲜血，嘴里依然说着："不要去木马湖，不要去木马湖。"随着这个男人的走近，齐修远看清了他的容貌并大吃一惊，原来这个男人并不是黄文凯，而是秃奎，只见秃奎眼睛里渗着鲜血，向他狰狞地笑着。紧接着，秃奎的面容突然扭曲变形，已经变成老六的样子，老六呜呜地哭着，双手扒着自己脖子上血淋淋的枪洞，直直地向齐修远扑来。齐修远想要闪躲，身体却无法动弹，低头一看，只见双腿被一个浑身湿透的人紧紧抱着，那个人抬着头冷冷地看着自己，正是刀哥。齐修远知道自己已经无法逃脱了，只好屏住呼吸，任由这三个鬼魂紧紧纠缠着自己，不想再反抗和逃脱。

正在这绝望的时候，一个陌生的声音从远处轻轻传来：“醒了吗？醒了吗？”

齐修远猛地心底一颤，一个念头像电流般传遍整个身体：“我要醒过来。”

这个念头越来越强烈，他用尽所有力气睁开了眼睛。只见一片刺眼的白光闪烁并铺展开来，进而占据了他的整个视野。紧接着，这片白光里出现了一个灰色的影子，摇晃着并渐渐地清晰起来，同时，一个声音在他耳边回荡：“他醒了。”

齐修远醒了，看清了眼前的一切，发现自己竟然躺在一间病房里，四周都是医疗设备，而同时，一阵剧痛也跟着他的意识一同苏醒，忍不住呻吟了一声。

一个医生模样的男人低头看着他，说：“你终于醒了，这条命算是捡回来了。”

齐修远忍住全身的疼痛，嘴唇勉强地张开，虚弱地问：“我这是在哪儿？”

那医生向他摆了摆手，说：“你刚苏醒，不要多说话，等情况好一些，我再告诉你。”

齐修远点点头，慢慢闭上了眼睛，但同时，自己坠落木马湖悬崖的记忆猛地出现在脑海里。曼曼把自己推下悬崖时的冰冷眼神越来越清晰，这让他的心剧痛了一下。他无法相信，曼曼竟然对自己痛下杀手，会在自己真情表白最没有防备的情况下把自己推向万丈悬崖。

这种心理的疼痛和身体上的疼痛汇聚在一起，让刚刚苏醒的齐修远绝望万分。一个念头在他脑海里闪动，他想马上见到曼曼，问问她为什么要把自己置于死地。

这时，一个男人的声音从病房门口传来：“他醒了？情况怎么样？”

齐修远慢慢睁开眼睛，只见一个穿着警察制服的人走进病房。

同时，医生回答：“是，刚醒，自从芒央察湖悬崖下抬回来，他已经昏迷了10天，能活过来真是个奇迹。”

那警察看了齐修远一眼，问：“现在可以问他话吗？”

医生摇摇头：“刚醒来，最好让他再恢复恢复。”

警察点点头，刚要回身出门，却被齐修远语气虚弱地叫住：“您好，我已经没事了。”

警察点点头，走到病床前，从裤兜里掏出一个小本子，拿起桌上的圆珠笔，俯身轻声说：“好，正好我有些问题要问你，不过你身体要紧，能回答多少是多少。”说完他坐在床边的椅子上，看着齐修远。

齐修远点头，看了看病房的环境，问：“我这是在哪里？”

“这里是孟雄县县医院，你是被几个采药的老乡救回来的。也多亏他们身边有现成的草药，才让你没有死在来这里的路上。”

齐修远眼里闪过一丝感激，微微点头。

警察继续问：“我想知道，你是怎么从芒央察湖边的悬崖上掉下来的？是意外，还是被人推了下来？”

听到警察这样问，齐修远心里一疼，曼曼把自己推下悬崖时的冷酷眼神再次浮现在眼前，想了想，决定隐瞒实情：“哦，是我不小心掉下来的。”

警察点头，问：“芒央察湖人迹罕至，那原始森林里到处都是毒蛇野兽，就连采药人都是搭伴进去，你一个人到那里干什么？”

“我是一个自然风光摄影师，去芒央察湖是为了工作。”

警察叹口气：“那你也要注意安全啊，从好几百米的悬崖上掉下来，能活着真是奇迹了。那些采药人能发现你，也是凑巧，他们先是看到了地上的一个日记本，四下找了半天，抬头时发现你挂在一棵树的树干上，当时你已经昏迷不醒了，右臂骨折，肋骨也折了好几根。”

听到警察提到木马湖日记，齐修远一阵焦急：“那本日记呢？”

“哦，和你的牛皮腰包放在一起，在医院保管着。”

“我现在就想拿到它。”

警察回头看了一眼医生：“苗医生，麻烦你去给他拿一下。”

苗医生点头走了出去，不一会儿拿着木马湖日记和牛皮腰包回到床前，递给齐修远。

齐修远右臂打着石膏，只能伸出左手去接木马湖日记，日记到了手里，心踏实了很多，把日记紧紧抱在胸前，轻轻吐了一口气，神情放松。

警察把牛皮腰包放在齐修远枕头边，说：“既然是你自己失足坠崖出的意外，我就没有什么可问的了。我们在你这个牛皮腰包里，找到了你的个人证件和手机，已经用你的手机联系上了你的单位，他们已经派人赶过来了。你安心恢复，以后不要那样独自涉险了。”

警察离去了。齐修远愣愣地望着病房的天花板，胸口上的木马湖日记显得异常沉重，压得他喘不过气来。自从这本日记出现以后，他的整个人生也随之发生了改变。这本日记给他带来了惊喜，也给他带来了绝望；给他带来了一场温馨愉悦的爱情，也给他带了来暗藏无尽杀机的旅行。他忍受着来自身体和心灵的剧痛，把这次旅途中的每件事都回想了一遍，曼曼的所有表情和动作都清晰地回映在他的脑海里。他不知道自己对曼曼是爱或者是恨，因为曼曼整个人就像谜一样，时而单纯清澈，时而复杂冷酷，给他带来爱情的美好和生命的杀机。他现在唯一想做的事，就是拿着木马湖日记去找曼曼，当面把这个谜团解开，哪怕谜底是让他无法接受的残酷事实，也甘心。因为他知道，在自己的心底，还是深深爱着曼曼，并且已经无法自拔。

丁零——丁零零——

这时，牛皮腰包里传出手机的来电铃声。

齐修远一愣，伸手拿过牛皮腰包，从最里面掏出自己的手机。这一路的旅行中，他几乎没有用过它，一直塞在腰包的最里面。他看了一眼来电显示，显示的是房东老黄。

齐修远按下接听键，虚弱地说：“喂，黄哥。”

听筒那边传来老黄焦急关切的声音：“小齐啊，你醒过来了？哎呀谢天谢地。昨天有警察用你的手机给我打电话，说你从山上掉下来昏迷不醒，还问了问你的个人信息和单位，我都跟他们说了，你没事了吧？”

“嗯，黄哥，我没事了，没有生命危险。”

“那就好，那就好。”老黄松了口气，问，“曼曼呢？你不是跟她一起去的那个湖吗？”

齐修远心里一疼，顿了顿，说：“哦，我们俩到了湖边，就分开走了，她应该已经回重庆了。”

“合着是你们俩分开以后，你自己从山上掉下来的啊？”

“是，我一不小心失足坠崖的，不过已经没事了。谢谢黄哥的关心。”

老黄语气憨厚：“不用客气。应该的，应该的。那你好好养伤，早日康复，咱们北京见。”

齐修远心里微微感动，说：“好的，黄哥，北京见。”

挂掉老黄的电话，齐修远举着手机静静地发呆，愣了片刻，在通话记录里翻出曼曼的电话号码，默默看了很久，最后还是没有勇气按下拨打键，也不知道自己在害怕什么。按常理，他满可以大声质问曼曼为什么要把自己推下悬崖，但他不想这么做，他感觉自己从昏迷中醒来的那一刻，就已经宽恕曼曼了。最后，他轻轻叹口气，把手机放回腰包里，在把手伸出的瞬间，手指又碰触到那把黄铜钥匙，把钥匙拿到手里，轻轻地摩挲着，一股铜的气味若有若无地飘进他的鼻腔，曼曼说过的那段话再次在耳边回荡：它只是回忆的开启工具，我不想再拿着它了，拿久了，往事会再次浮现出来，这些往事只会给我带来难过。

齐修远想了想自己此刻的境遇，觉得也正如曼曼所说，他想探知这个谜底，却又害怕揭开它，这一切的一切，都因为自己对曼曼那深深的爱恋和依赖。

隔了一天，杂志社派来的两个同事赶到了医院，在他们的精心照顾下，齐修远慢慢地康复。

三个月后，他已经恢复如初，顺利出院，但他还是和同事说好，自己要先回重庆一趟，因为在那座城市还有一件事情未能了结。

他的同事驾驶着越野车一路向南，直奔最近的保山机场。齐修远安静地坐在后座，眼睛愣愣地看着窗外，窗外的景色既陌生又熟悉，那层叠如龙的山峦，那奔腾咆哮的江水，还有那满眼苍绿的森林灌木，变幻交替着徐徐向后移动着，木马湖也随着越野车的行进渐渐变远，一个美好的梦也随之破灭了，剩下的只有心底的疑惑、回忆和感伤。

他不想再去贡嘎村，因为不想让善良的者岩奶奶伤心难过，不知道曼曼回到贡嘎村后会如何讲述自己的去向。也许她会欺骗那些亲人，说自己已经命丧芒央察湖；也许她会说，自己已经独自离开，和她分开行走。

齐修远知道，现在自己能做的，就是不再去打扰那些善良人们的生活，也知道，就算是自己回到贡嘎村，也不会把曼曼对自己痛下杀手的事告诉他们的。

当飞机从保山机场升入天空的那一刻，齐修远竟然感到一阵恐慌。他不能想象，当自己重新降落到重庆地面的时候，究竟会有什么不可预测的事情在等待着自己，手里一直拿着那本木马湖日记，但他已经没有勇气再去翻看它，因为，里面的文字和照片会像锋利无比的剑锋和刀刃一样，把刚刚死而复生的自己再次伤得鲜血淋漓。

飞机在江北机场降落后，齐修远向同事道谢告别，准备开始自己的解谜之旅。他第一件要做的事，是找到曼曼的具体住址，所以直接打车来到他和曼曼租车的四海租车公司。

到达目的地，齐修远没有直接进入营业厅，而是先走到停车场寻找他们租的那辆越野车。他在满院的车辆中四下寻找，同时心里也有些惴惴不安，害怕看到那辆越野车，却又期待看到它，因为它如果在的话，就证明曼曼已经回到了重庆。

寻找了一遍，没有那辆越野车的踪迹，齐修远感到一阵失落，猜测出那辆车有可能已经再次租给了别人，所以快步走进营业厅，来到接待柜台前。

一个男业务员见他进来，主动说道："您好，您要租车还是还车？"

齐修远对业务员笑了笑，说："哦，我不租车，我有件事想麻烦你们一下。"

"好，您说。"

齐修远看了一眼窗外的停车场，说："是这样的，三个月前，我和一个朋友从咱们公司租了一辆越野车，车号是5833，租车人叫路曼曼，昨天我手机丢了，她的联系方式也没了，我想到公司应该有她的个人信息，所以过来试着问问。"

业务员点点头："好吧，你等下。"说完弯着腰在电脑上点击查寻了一下，说："哦，找到了，这里有路曼曼的联系方式和住址，你记一下。"

“谢谢。”齐修远把头凑到电脑前，拿起桌上的一支笔，把曼曼的联系方式和住址记在了一张纸上。

路曼曼，手机：1387165×××× 住址：重庆市渝中区凤岗路153号

齐修远仔细地把这些信息抄录完毕，向业务员道谢后走出四海租车公司，打了一辆出租车直奔凤岗路而去。

此时的重庆已经是夏末时节，天气已经不再炎热，出租车在重庆市区上下钻行盘绕，最后开进了渝中区。

穿过中山三路接着往南拐进凤岗路，街面上一下安静下来，路上的行人车辆少了很多。四下一看，现代化建筑已经没了踪影，进入视野的是一幢幢高矮不一的青砖别墅，样式是民国时期的西洋老风格，应该有百年的历史了。这些别墅墙高门深，墙面灰泥斑驳，有的则爬满了密密匝匝的爬山虎，只露出几扇灰绿色的玻璃窗。道路两边则是成排的粗大梧桐树，枝叶伸展交错着，树荫盖住路面，从车窗吹进来的风也从温热变为清凉。

最后，出租车停在了一栋灰色的别墅门口，门口深绿色的铁门上贴着一个老式门牌，上面写着：凤岗路153号。

这是一栋略显陈旧的老式别墅，墙根的垒石上布满青苔，墙面的青砖也斑驳碎裂，几扇绿框玻璃窗外架着锈迹斑斑的铁艺护栏，上面爬着牵牛花藤。从高大的院墙处可以看到，院里种着一棵青榨槭和一棵夹竹桃，两棵树的枝丫伸展着，茂密的枝叶映衬

着深红色的屋顶。整个别墅院落幽深而宁静，没有一丝声音。

齐修远下了车，抬头望着这座古老的别墅，感觉自己的心在怦怦乱跳。这一刻，他有些犹豫了，想再次见到曼曼，却又害怕再次面对她。因为他不知道如何跟曼曼进行对话，在曼曼面前，自己是愤怒地质问，还是默然相对，不知道究竟要如何去做。

齐修远深吸了一口气，迈上红砖台阶，轻轻敲响了那扇深绿色的厚铁大门。

嘭嘭嘭。

铁门发出厚重的金属声音，这声音在这幽静的院落外响起，显得有些突兀。

齐修远仔细倾听了一下，院里没有回音。他鼓起勇气再次敲响铁门，并把力量加大了一些。

嘭嘭嘭，嘭嘭嘭。

院里还是没有任何回声。

齐修远有些气馁了，院里没有人，曼曼应该没在家。他四下望了望，准备寻找一个隐蔽的角落坐下守候曼曼归来，往后退了一步，又下意识地轻轻推了一下那扇铁门，谁知道，那铁门竟然没锁，一下就被他推开了，发出吱嗡的一声闷响。

齐修远一愣，心猛地提了起来，壮着胆子把铁门又推开了一些，他探头往里看了看，不大的庭院幽深寂静，院中苗圃里种着紫色的石竹和白色的洋桔梗花，色彩交杂纷呈，显得清新而深邃。夹竹桃树下放着一套旧藤桌椅，青砖铺就的地上落满粉色的花瓣，别墅正房的几扇窗户玻璃里倒映着葱绿缤纷的院景，但看不清里面的样子。

齐修远轻轻走到院落当中，四下看了看，大声地喊道：“曼曼，你在吗？”

没有人回答。

齐修远又喊了两声，抬头看了看这栋两层的尖顶别墅，走到大门前，又停住脚步。

这是两扇对开的厚重木门，褐色的油漆已经斑驳褪色，黄铜的门把手也结满绿锈，闪着暗淡的岁月光泽。

齐修远轻轻推了一下右面的门，吱的一声，那扇门应声而开，一股幽幽的木蜡香气跟着迎面扑来。借着门窗的光亮，可以看到正厅里面的陈设华美而整洁，深棕色的家具和光滑的地板，头顶上方是一盏老式吊灯，最里面的老式落地座钟旁边，一个木质弯梯引向二楼。

齐修远屏气凝神，轻轻地走进正厅，皮鞋踩在木地板上，到处发出吱呀吱呀的微响。

“曼曼，你在吗？”齐修远再次喊道，依然无人应答，只能听到落地座钟的钟摆发出嘎嘎的摆动声。

齐修远向二楼看了一眼，往前走了几步准备顺着楼梯上去，可刚迈了两级台阶，突然听到楼梯下方传来咕咚一声闷响。

齐修远立刻定住不动，仔细听了听，快步走下楼梯，绕到楼梯后一看，只见后面有一扇木门，木门边上是一扇离地一米多高的木窗，这木窗被一面上下推拉的木板挡住，窗边是一个圆形按铃，底座已经锈迹斑斑，但按钮却锃亮反光。齐修远知道，这是一个老式的送餐轿格，它能像电梯一样上下运行，下段连接着地下室的厨房，在过去是用来传递菜品和盘碗的，厨师做完的菜品，都会用这个轿格传上来，然后让用人接收后端到主人的餐桌上。而刚才的异响，正是从地下室发出来的。

齐修远走到那扇门前，轻轻地扭动黄铜把手把门打开，门打开的一刹那，一股潮气扑面而来，往下看，是一个简易楼梯，直通向灰暗的地下室。

齐修远在门口摸了摸，摸到了一个电灯开关，他试着把开关打开，咔嗒一声，楼底墙上的一盏灯亮了，灯泡发出暗淡的黄色光芒，把地下室的走廊照亮。

齐修远顺着楼梯走了下去，到了底下一看，只见走廊里空无一物，正对着楼梯的是一扇老式木门，这扇木门的边角包着黑漆铁皮包边，在门右边中间的位置，是黄铜圆球把手，把手四周的铜饰雕着西式花纹，下方是一个钥匙孔，上面并没有钥匙。齐修远试着扭了扭把手，但根本扭不动，看来必须用钥匙才能打开这扇门。

齐修远刚要去摸那个钥匙孔，突然在门后传来叮唧一声轻响，听声音应该是玻璃器皿碰撞的声音。

齐修远立刻警觉起来，屏住呼吸，俯下身顺着钥匙孔往屋里看去，但只能看到一丝绿色的微光，根本看不到别的东西。他再仔细一看，发现那个钥匙孔是老式西洋风格的，猛地，他想到了自己牛皮腰包里的那把黄铜钥匙。

齐修远立刻感觉到那把钥匙和这个钥匙孔一定有着连带关系，马上从牛皮腰包里掏出那把黄铜钥匙，对准钥匙孔轻轻地插了进去。

不出所料，那把钥匙严丝合缝地插进了钥匙孔，齐修远心里一阵激动和慌乱，深吸了一口气，扭动了钥匙柄。

嗒的一声，钥匙孔里面的卡簧被拨开，齐修远急忙用左手轻轻转动了一下圆球把手，嗡的一声闷响，那扇厚厚的木门被打开了。

齐修远轻轻推开门，一片绿色的光亮立刻映入眼帘，只见这个地下室宽大异常，顶部有四扇玻璃窗投射进来的朦胧日光，而满屋都是绿色的植物，或高或矮地摆放在铁架和地上，叶片反射着阳光，恣意伸展着。靠左侧墙边立着四组高大的玻璃书柜，里面摆满了或新或旧的图书和资料文稿，剩下的三面墙上是许多玻璃镜框，里面都是枯黄的植物标本，有单叶也有整株，叶片形状各式各样。

地下室的中间是一张宽大的木质书桌，桌子上摆满了图书、植物和实验仪器，还有一盏老式台灯和几盆细叶植物。桌子的最右边放着一杯清茶，袅袅地浮散着热气。

整个地下室清幽安静，绿意满眼，空气中弥漫着淡淡的植物清香和潮湿的泥土味，让人闻到后心绪安宁，精神放松。

这时，一阵轻碎的脚步声从最里面的一个房间传出，接着，从一株高大的散尾葵后闪出一个女人的身影，这个女人穿着一身淡白色的棉衫衣裤，身材瘦弱轻盈，留着短发，面容苍白但秀丽无比，她抬眼看到齐修远后微微一愣，大大的眼睛里都是惊恐的神色。

而同时，齐修远脱口道：“曼曼。”

第二十一章 熟悉的陌生人

“你是谁？”那个女人声音发颤地问，同时身体向后倒退着，警惕地看着齐修远。

齐修远这才发现，这个女人虽然和曼曼长得一模一样，但并不是曼曼，她比曼曼瘦弱苍白很多，且她的短发里竟然有许多白发。

齐修远急忙说：“哦，你别害怕，我不会伤害你。”

那女人看到齐修远满脸善良和真诚，眼里的惊恐缓和了一些，问：“你是怎么进来的？你怎么知道我叫曼曼？”

“你叫曼曼？”齐修远脱口而出，脸上都是惊异的表情。

那女人点点头。

齐修远感觉就像在做梦一样，心里顿时疑惑猛升，隐隐的，他觉得自己陷入了一个无比巨大的谜团之中，他似乎能看清一些端倪，但又想不出该从哪里解开。

想到这儿，他马上从背包里掏出木马湖日记，展示给那个女人，问："你见过这本日记吗？"

那女人看到后立刻惊讶地喊出声："啊？木马湖日记，你是怎么得到的？"

齐修远回答："是我在北京租住的房子那里收到的。"

那女人眼里闪过一丝疑惑，慢慢走上前接过木马湖日记，然后微微后退几步，低头仔细地看了看日记，喃喃地说："是了，10年了，它穿越时光寄到今天了。"

听到这个女人的话，齐修远感觉明白了一些事情，但具体的还是难以说清，只好试探地问："难道……你才是曼曼？"

那女人看着齐修远，微微点点头。

齐修远猛然觉得心里的疑惑云开雾散。他已经相信眼前的女人才是日记的真正主人曼曼，但同时他又疑问骤起，既然面前的女人是曼曼，那么和自己一起去木马湖并把自己推下悬崖的那个女人究竟是谁呢？

他想了想，问道："我想问你一下，有没有另外一个女人，和你长得一模一样？"

这个曼曼轻轻点点头，脸上现出难过的神色："有，我的孪生妹妹，路遥遥。"

听她这么一说，齐修远立刻明白了一切，微微发起呆来。

路曼曼见齐修远眉头紧皱表情寂然，不禁问道："难道你认识路遥遥？”

齐修远叹口气，轻轻点头：“是啊，我一直以为她叫曼曼。”

路曼曼把木马湖日记抱在怀里，轻声说：“嗯，我妹妹路遥遥一直用我的名字生活，而且已经很多年了。”

齐修远疑惑地看着路曼曼，问：“她为什么要这么做？”

“为什么？”路曼曼眼里闪过一丝忧伤，说，“因为爱情和仇恨。”

“爱情和仇恨？”

路曼曼点点头，不再解释，而是轻轻地翻开木马湖日记，从里面拿出那张木马湖照片，仔细地端详着，眼光晶莹悲伤。

此情此景，齐修远心里也是一颤，因为那个在旅途中和自己共历风险的“曼曼”也曾经有过很多次这样悲戚的表情，在这一刹那，感觉这对孪生姐妹简直就像一个人。

这个真正的路曼曼叹口气，把照片夹回日记里，抬头看了一眼齐修远：“我很想知道，你是怎么打开那扇门的？”

齐修远把手里的黄铜钥匙向路曼曼晃了晃：“用这把钥匙。”

路曼曼点头，又问：“是路遥遥给你的？”

齐修远摇摇头：“不，是在你的西藏旅行日记里偶然发现的。”

路曼曼轻轻叹息了一声，四下环视了一眼遍布植物的地下室，轻声说：“这地下室的钥匙只有两把，我和路遥遥从小就有，一人一把，用来打开这座绿色的宝藏。好了，要是没事，你现在可以走了，谢谢你把这本日记给我送来，你出去以后顺便帮我把门锁好，然后把这把钥匙扔了吧。另外，我在这里的事，请不要告诉任何人。”

齐修远犹豫了一下，说：“不，我还想见一下路遥遥。”

“见她？”路曼曼苦笑，“我都快10年没有见到她了，只能听到她的声音。”

齐修远一愣：“为什么？”

路曼曼再次轻声叹口气，表情忧郁：“时间太久了，一切快乐和仇恨都已经随着时间而变淡了，我不想再提，你也不用再问。我不知道你和路遥遥是什么关系，对我来说，你只是一个突然闯进这个绿色世界的陌生人。”

听着路曼曼这略带冷漠的话语，齐修远也不知道再说什么了，虽然感觉还有很大的疑惑没有解开，但自己的盲目闯入，确实给眼前这个神秘的女人带来了不安和忧烦。想到这里，齐修远向路曼曼轻轻点了点头，然后向门口走去。

走了几步，突然路曼曼从身后叫住了他：“喂，你等一下，我还有话说。”

齐修远停步转身，看着路曼曼。

路曼曼神情怅惘，眼神平静：“如果你见到路遥遥，麻烦你告诉她，她如果还恨我，我理解，也没有任何怨言。但是我，早已经不恨她了。”

齐修远疑惑地看着路曼曼，想了想，点头说：“好的，你放心吧，我找到她一定转告她。虽然我不知道你们姐妹俩之间到底发生了什么，但是我会努力劝她跟你和解的，毕竟你们是亲生姐妹，彼此是这世界上唯一的亲人。路途遥漫，木马成湖，最亲的人总会走到一起的。”

听到齐修远说出这八个字，路曼曼脸色微微一变，问：“你怎么知道这八个字的？”

“这是我在木马湖边的大柏树下看到的。”

“哦，那肯定是路遥遥挖出了那个瓶子。”路曼曼眼睛里闪过一丝忧伤，喃喃地说，“唉，她还是去了木马湖。”

齐修远叹口气，说：“是啊，我偶然看到你的木马湖日记，就被它的文字和照片吸引了，然后我通过黄文凯的博客找到了曼曼，哦不，应该是路遥遥，我们一起去了那里，一路上遇到了很多艰难困阻甚至生命危险。”

说到最后一句，齐修远突然想到路遥遥曾绝情地把自己推下悬崖，不禁感到心里一阵无边的痛楚。

路曼曼再次轻轻抚摸着木马湖日记，慢慢地坐到书桌边的椅子上，默默发愣。过了很久，她抬头问齐修远：“路遥遥在大柏树下挖出那个玻璃瓶时，是不是特别伤心？”

“对的，伤心欲绝，甚至有些疯狂，我根本没办法阻止她。”

路曼曼叹了口气：“她从小就是这个脾气，永远改不了。”

齐修远看了一眼表情落寞的路曼曼，说：“好了，如果没事，那我回去了。”说完他再次转身准备离开。

他刚要迈步，却听到路曼曼说：“如果可以，我想听一听你们去木马湖发生的故事，你能讲给我听吗？”

齐修远愣了一下，突然感到心底涌出一股压抑很久的倾诉欲。此刻，他特别想把这段日子发生的所有故事都说给人听，因为这样可以把自己心底的惆怅发泄出来，点点头，说："好的。"

路曼曼把木马湖日记放在桌上，站起身向门口走去，步履无声地走到了门前，摸了摸那扇半掩的木门，又向外看了看，轻轻地把门关好。

她回过身，指着书桌边的另外一把椅子，对齐修远说："你可以坐在那里。"

齐修远点头，默默地坐下。

路曼曼走回书桌旁，从桌角的书架上拿了一个玻璃杯，伸手从身边一棵半高的植物上摘下几片叶子，她把这几片叶子放到玻璃杯里，又拿起桌上的水壶，把开水倒进玻璃杯。

开水徐徐进杯，杯口蒸腾飘袅着热气，可以看到杯底那几片叶子在水中翻滚着，然后慢慢浮起。

路曼曼放下水壶，把那杯水递给齐修远，坐到齐修远的对面，说："我这里没有茶叶，只有满屋子的药用植物，你水杯里这个叶子的功效是安神舒心的。我一直喝这个，你可以尝尝。"

齐修远点头致谢，端起那杯泡着叶片、微烫的水杯，轻轻闻了闻，觉得一股淡淡的药香进入了鼻腔，心里感到舒畅异常，喝了一口那微微泛绿的水，问："你真的要听这个故事？"

路曼曼拿起自己那杯药茶轻轻喝了一口，抚摸着面前的木马湖日记，叹口气："对，就从你得到这本木马湖日记开始吧。"

齐修远点点头，一边喝着那杯微烫益神的药茶，一边从收到木马湖日记开始讲起，把这段时间发生的所有事情都仔细地说给了对面的路曼曼。时间在缓缓流逝，整个绿色的地下室里只有这两个虽然初见却又似乎很熟悉的陌生人，药茶的香气飘散在空气中，伴随着齐修远娓娓动情的讲述，路曼曼的脸色时而悲伤时而惊喜。她只是安静地聆听，没有插话，但她的眼神和表情都是最好的回应。讲到后面，齐修远竟然感到有些恍惚了，他感觉面前坐的不是路曼曼，而是那个自己深爱着的路遥遥，而他的讲述也从冷静变成微微激动，他像在对着路遥遥倾诉，也像对着她在质问。

当讲到情人岩那一场绝望冷雨的时候，路曼曼的情绪也有些激动，她平静的面容微微改变，美丽的眼睛里闪着泪花，刹那间，此刻路曼曼的状态、表情已经和那天情人岩上的路遥遥重叠在一起，合为一人。

讲到最后，齐修远已经情绪激动，话语铿锵，他眼中也是泪光闪动，长叹了一口气，说："我被遥遥推下悬崖的那一刻，真的感觉像是一场梦结束了。我并不知道我做错了什么，也不知道遥遥为什么会这么绝情，但还是相信她并不是故意的，而只是情绪波动所致，我希望见到她的时候，能把这一切弄清楚，让我没有疑问，哪怕从此不再见她。"

路曼曼用手背轻轻地擦去眼角的泪痕，轻声问："你不恨她？"

"不恨。"齐修远抿了抿嘴，看了一眼路曼曼，"就像你刚才说的，无论她对你做了什么，你也不恨她。"

路曼曼叹口气，站起身给齐修远的药茶里续上水，又四下环视着屋里的绿色植物，语气悲凉地说："修远，我很敬佩你，因为你能够用短短的100天就抹去了对遥遥的仇恨，甚至你根本就没恨过她。虽然我和她是亲姐妹，但是我却用了10年的时间才把这份仇恨淡去，我在这个绿色的地下室里生活了10年，这里像坟墓，也像天堂，因为这里有对亲情的绝望，也有对亲情的美好回忆。”

齐修远轻轻喝了一口药茶，问：“能告诉我，你们姐妹俩到底发生了什么事吗？”

路曼曼拿起木马湖日记，把木马湖照片取了出来，轻轻举到眼前看着。照片里那幽蓝的湖色和地下室的绿色融为一体，和谐而生动。

路曼曼开始给齐修远讲述起木马湖的故事，语声轻缓，像回忆，也像说给自己听：“这个地下室是厨房改造的，也一直是我奶奶的研究办公室。从我们记事起，这里就绿色不断，培育着各种药用植物，这里就是绿色的天堂，我们在这里玩耍，在这里听奶奶给我们讲每种植物的故事。奶奶在这里认真地工作，累了的时候，就开心地看着我们并慈祥地微笑，她管我们俩叫小神农，也希望我们的一生都有绿色陪伴。”

听路曼曼说起小神农，齐修远立刻想到在旅途中和路遥遥第一次深谈，她也提到过。

回忆起小时候，路曼曼眼神中都是温暖的光：“在这绿色的环境中长大，我们姐妹俩也对药用植物产生了兴趣，并且在很小的年纪就掌握了很多药用植物知识。从小学到中学，我们姐妹俩都在同一个班学习，随着我们长大，奶奶也老了。当我们和奶奶说，长大了要到西南大学上学的时候，奶奶特别开心，因为我们的父母就是在那里认识并相爱的，并且一起把整个生命都献给了药用植物科考事业。”

说到自己的父母，路曼曼的眼里闪过一丝悲伤。齐修远也想起了者岩奶奶提到那对情侣时的表情眼神，和此刻的路曼曼一模一样。

路曼曼继续回忆道：“我们的父母一起意外身亡后，给奶奶的打击太大了，能看出她的悲伤和突然的衰老，而从那时开始，她的身体也大不如前，最后只能在轮椅上坚持工作。这地下室里每个角落，都有奶奶摇着轮椅的身影。她坐着轮椅在这些绿色的植物海洋中徜徉，坐着轮椅在这张桌子上写她的研究文稿，坐着轮椅给我们讲她年轻时的故事，讲她的初恋，讲她永远难忘的木马湖。”

齐修远点点头，说：“奶奶和她的初恋发现木马湖的故事，路遥遥已经和我说过了，确实特别美好和感人。”

“是啊。”路曼曼轻轻叹息了一下，“永远都不会有那么纯洁伟大的爱情了，他们真诚地相爱，在西南的森林里携手相伴，路上那无边的绿色就是爱情的颜色，在那棵高大的柏树下，那个年轻人吻了那个女孩子，然后他们继续前行，就遇到了美丽的木马湖，也就是他们的爱情之湖。”

听到路曼曼的诉说，齐修远感到心中感慨异常，轻声低吟道：“在一个一生只能去一次的地方，我们所有的纯真在那里聚水为湖。湖水甘甜，清澈如爱。我们一直在寻找它，用生命向它执着行进，可随着时光衰老，世事变迁，我们离它已经越来越远，甚至背道而行。”

路曼曼眼里闪过忧伤：“这段话是我和文凯去木马湖的路上写的，因为当时发生了一些事情，让我难过无比，才写下这段话。”

“什么事？”

“一会儿我会讲到的。”路曼曼把木马湖照片轻轻放在日记本上，继续说，“我们姐妹俩从小就被这伟大的爱情感动着，因此，对美好的木马湖也产生了依恋和向往。我们都想去那里一次，去看看那棵见证美好爱情的大柏树，然后在开满日月花的山顶，俯瞰那片纯美幽蓝的爱情之湖。”

齐修远轻轻转动着手里的茶杯，看着碧绿的茶液轻轻晃动，心情也随着路曼曼的诉说，时而温馨时而惆怅。

路曼曼静了静，继续回忆：“当我们俩一起考上西南大学的时候，奶奶很高兴。她要我们好好学习，像我们的父母那样优秀。上大学前的那个夏天，我们姐妹俩一起高中毕业旅行，去了很多地方。你看到的那本西藏旅行日记，就是那段时间写的。我们要放松自己，来迎接即将到来的大学时光。夏天过去了，大学的时光开始了，我们俩全心沉浸在绿色的知识海洋里，身体里就像奔涌着绿色的血液，青春而美好。我们参加了校内的各种团体活动，一起和同学到森林里旅行调研，也就是那个时候，我们认识了黄文凯，他比我们高一届，他是北京人，因为对药用植物的热爱，才来到西南大学上学。”

“听路遥遥说过，黄文凯特别优秀。”齐修远说。

路曼曼点点头：“是啊。文凯性格开朗，学识和组织能力也特别好。他是学生会主席，学校里很多社团他都参与或领导。

在艰险的野外旅行调研中，因为有了文凯的乐观和帮助，同学们才克服了很多困难，学到了很多知识。最开心的事就是在野外露营，女同学负责煮饭，男同学就负责改善伙食，有的捉鱼，有的寻找野果。文凯会将几根藤条拧成弓，将树枝削成箭，去草丛里狩猎野兔。也就是那段时光，遥遥学会了做弓箭，她像个男孩子一样，跟着文凯，一人背着一张藤弓，钻进树林里狩猎，最后两人一起举着战利品回来，同时遥遥会向我们所有人得意扬扬地大喊：‘我是森林女王！’”

听路曼曼这么说，齐修远心里一阵难过，那天路遥遥举着弓箭从树丛中走出的样子再次浮现在眼前。

路曼曼似乎猜到了齐修远的心事，说：“遥遥用弓箭的本领异常优秀，甚至教她做藤弓的文凯都自叹不如，她能射中远处奔跑的野兔，所以那天射中老六和刀哥根本不是难事，只不过，她在箭头上涂了麻眩草的汁液，这种汁液厉害得很，融入血液就立刻起作用。”

“是啊，我都没有想到遥遥会那么厉害，她拿着弓箭走出树丛的时候，就像个复仇女神。”

“复仇女神。”路曼曼轻轻重复了一遍，叹口气，继续说，“我和遥遥都对文凯崇拜且依恋，在他那里，我们学到了很多知识以及乐观的生活态度。我们三人一起研究植物，一起编写求生指路的记号，一起快乐地享受着所有的美好。我们邀请文凯来家里做客，也就是在这个地下室里，奶奶见到了他。他的幽默风趣和植物学识让奶奶对他赞叹不已。奶奶特别喜欢文凯，邀请他经常来这里玩。”

齐修远点头："我能想象得出。"

路曼曼眼里闪过一丝柔光："嗯，特别优秀，但是也因为如此，发生了一件特别意外的事情。"

"什么事？"

路曼曼再次叹了口气，说："这件事是潜移默化间发生的，甚至开始我都没有察觉到，那就是，我和遥遥同时爱上了黄文凯。"

齐修远隐隐猜到了一些，但是路曼曼最后说出来的时候，还是有些微微吃惊："那，黄文凯知道吗？"

路曼曼点点头："文凯是个聪明的人。他肯定发觉了，但他一直用宽容和隐忍的心态面对这件事情。我和遥遥虽然是孪生姐妹，但我们俩的性格却不太一样。我内敛含蓄一些，遥遥外向直爽一些。"

"要是我没猜错，最后黄文凯还是选择和你相爱了？"

"对。"路曼曼点头，"都说爱情是自私的，在那一刻我是真正地感觉到了。黄文凯和我相爱后，他也怕伤害到遥遥，所以和我只是偷偷地相恋。每次听到遥遥向我吐露心事，向我诉说对文凯的爱恋时，我就有一些负罪感，但也不敢和她说明。文凯也是有意无意地躲避着遥遥，怕她用心太重，受伤太深。"

齐修远叹口气："但这也不能隐瞒一辈子啊。"

"其实那段时间也是我们姐妹俩最难过的阶段，因为奶奶已经病重了。当看到最亲的亲人就要离开我们，那种难过和悲伤真的令我们无法呼吸。但生命是无常的，充满了太多相遇和离别。我到现在也无法忘记，奶奶临终那一刻，拉着我们俩的手，让我们不要难过，说她要去木马湖了，她会在那里等着我们。如果我们想她了，就去木马湖边看望她，她会像宽阔清澈的木马湖湖水一样，日复一日、年复一年地倒映着悬崖上那美丽的日月花。”

听路曼曼说到这里，齐修远感到一丝难过，一种难以压抑的悲伤在内心翻涌奔腾。他知道，世上最悲伤的事，就是和亲人永远分离然后天地永隔，一切美好只能留存在思念和回忆里。

路曼曼的声音也有些哽咽：“最后，奶奶拉过文凯的手，嘱托他照顾好我们姐妹俩。听到文凯答应后，她才平静地闭上了眼睛。看着奶奶离去，我的心疼痛难忍，我真想扑在黄文凯的怀里痛哭一场。但我转头看去，遥遥已经扎在文凯的怀里大哭着，文凯也是泪流满面，轻轻安慰她。也就是那一刻，我感觉事情已经到了无法控制的地步，但我根本没有勇气去伤害遥遥，因为奶奶离开后，我们彼此已经是这世界上唯一的亲人了。”

“这种失去亲人的悲伤，你们姐妹俩肯定很久才抚平吧？”

路曼曼点点头，擦了擦眼泪：“嗯，在很长的一段时间里，我和遥遥都悲伤失落，甚至都无心学习了。我们俩就像孩子一样，在这个地下室里呆呆地坐着，寻找着奶奶留存在空气中的气息，在那个处于最低谷的阶段，是文凯无微不至的关怀和照顾，才让我们俩从悲伤里慢慢走了出来，最后恢复了以前的样子。之后我们开始一边上学，一边着手整理奶奶还没有完成的植物研究资料。那个时候，文凯已经毕业了，为了陪伴我们，没有再去考研和工作，而是用一年的时间，帮助和鼓励我们完成了学业。但就在那个夏天，我们不愿看到的事情还是发生了。”

“遥遥向黄文凯表达爱意了？”

“是啊。”路曼曼语气辛酸，“遥遥性格直爽，敢爱敢恨，文凯也怕伤害到她，所以斟酌了很久，才说出了和我相爱的事实。但就算这样，遥遥还是难过无比。她当时哭着对我们喊，说我们俩在欺骗她。接着，她把自己锁在这个地下室里，不见我们。等到秋末再看到她时，她已经瘦得不成样子。但那几个月的自我封闭，还是让她清醒了很多。一天，我们姐妹俩在这里长谈了一整夜，她决定退出，让我和文凯继续相爱。她说，她可以和难过与孤独共度一生，也不愿失去我这个最亲的亲人。她会把对黄文凯的爱深藏在心底，并祝福我们。”

齐修远心里一疼，重重地叹了口气。

路曼曼拿起桌上的黄铜钥匙，轻轻抚摸着，说：“作为姐姐，我真的不愿看到她难过，见她恢复了一些，就和文凯做出了决定，离开重庆去北京生活。而遥遥也接受了现实，说她愿意一个人好好整理奶奶没有完成的学术研究资料。分开的时候，她把这把钥匙给了我，让我想她的时候随时回来，这里永远都是我的家。接下来，我和文凯到了北京并登记结婚，但我们没有举办婚礼，因为没有遥遥参加的婚礼，也没有什么意义。那段时间，文凯到一家广告公司上班，而我就守候在家里，日夜思念着远方的遥遥。直到有一天，我突然产生了一股冲动，就是想去木马湖看一看，为了我，也为了遥遥。”

齐修远点头：“然后，你和黄文凯就去了？”

“对。”曼曼眼光悲伤，“文凯辞掉了工作，我们就一起飞到大理，在那里停留了几天，接着租了一辆越野车去往木马湖。到了贡嘎村后，我见到了者岩奶奶和蛮推阿叔。我们在那里住了整整一周，这期间，我犹豫了很多次，最后还是没有告诉他们，我还有个孪生妹妹，因为我不想让善良的他们替我们俩的事操心难过。接着，和你们一样，我们穿越雪山和森林，经历了太多的困难和美好，最后终于到达了美丽的木马湖，我也把一路的见闻和心路历程都记录到了木马湖日记里。在木马湖湖边的悬崖上，文凯拍了这张照片，然后我们又在奶奶定情的大柏树下，把我们爱的誓言写到了一张纸上，放进玻璃瓶里，埋在了树下。”

听到这里，齐修远低声背诵那八个字：“路途遥漫，木马成湖。其实，这里面有你们姐妹俩的名字。”

“是的。这八个字是文凯想出来的，因为我们俩去木马湖的时候，心里都在惦记着遥遥。我把旅途经历写到日记里，把遇到的珍稀药叶采集收藏，文凯拍了很多照片，我们俩做的这一切，也都是为了给遥遥看，我希望通过这本木马湖日记，让她看到最美的木马湖。但没想到，在归途中，我一个突发的小任性，让文凯失去了生命。”

齐修远犹豫了一下，还是问道：“是在情人岩出的事吧？”

路曼曼点头，眼泪再次流出，哽咽道：“从贡嘎村和者岩奶奶分开后，我们本来想着直接回大理的，结果路过图贡县时，在当地人那里听到了情人岩的美好传说，我就缠着文凯改道去了那里，结果……”说到这里，路曼曼已经无法再正常说话，低声地哭了起来。

齐修远有些手足无措，赶紧从桌上的纸巾盒里抽出纸巾来递给路曼曼。路曼曼接过，擦拭着脸颊上的泪水，泣不成声。

过了一阵，路曼曼的情绪平复下来。她哭红的泪眼愣愣地看着桌上的木马湖日记，缓缓地说："文凯坠岩后，我当时大声痛哭，在情人岩站立了很久很久，我真想也跳下去随文凯一起死去，但我们的一个约定让我选择活了下来。"

"什么约定？"

路曼曼深深吸了一口气，缓缓地说："在我们准备去木马湖的时候，者岩奶奶一直阻拦着我们。她说，在她们民族的传说里，木马湖是孤独之湖，如果恋人一起去了那里，结果都不会很好，肯定会有一个人失去生命或者两人永远分离。"

齐修远点头："我和遥遥从贡嘎村出发时，者岩奶奶确实也说过，但我们俩并没有当回事，结果……"说到后面，齐修远想到自己的下场，停住了话语。

路曼曼叹口气："当时我和文凯也不相信这个传说，所以还是一起出发了。但出发前我们约定，如果真的发生传说中的厄运，那么活下来的那个人，一定要坚强活下去，并好好照顾遥遥。"

路曼曼这句话说得虽然平淡，但齐修远听到后，还是感动不已。他能想象得到，路曼曼和黄文凯说出这个约定时，两人眼光中的笃定和内心的共鸣，这个约定也是两人纯真爱情的反映。

路曼曼继续说："我忍受着失去文凯的伤痛，孤单地返程，并把这本木马湖日记在大理的'慢邮时光'寄到10年后。我希望，自己能用10年的时光来抹平这份伤痛。我没有再回北京，而是回到了重庆，回到了这里，我当时特别需要遥遥的怀抱，因为文凯去世后，在这世界上，我只有遥遥一个亲人了。我想她能给我安慰和温暖，但是我没有想到，迎接我的不是她最温暖的慰藉，而是她失控的情绪。她像变了一个人，哭着向我大叫，说因为我的任性，才让文凯命丧情人岩的。她迁怒于我，甚至对我产生了仇恨，最后，她做了一件偏激的事，就是把我锁在了这里。她说，当初为了成全我和文凯的爱，她选择了退出，但我却没能好好地珍惜她赠予的那份爱情。她觉得不公平，觉得我就是罪人。所以她对我做出惩罚，开始了对我10年之久的囚禁。”

齐修远惊愕异常，感觉一种无边的压抑惆怅充斥着身体。

路曼曼看看浓绿幽静的地下室，说：“我在这片绿色里被幽禁着，用10年时光赎罪，也再没有见过遥遥。我们唯一的接触，就是门口那个送餐轿格，我所有的饮食和生活用品，都是她用那个轿格送下来的。我从她的声音里，感觉她的性格大变，变得偏激而执拗。她用我的身份继续生活，生活在和黄文凯的爱情假想里，在潜意识里，她在寻找爱情亏欠她的一切。”

“你没想过逃出去？”

“没有。”路曼曼摇摇头，“失去文凯和遥遥后，我也感觉自己被囚禁在这里是罪有应得。我有很多次机会可以逃出去，但我还是选择了孤守在这里，在我看来，只有这里才能让我忘记难过和仇恨，因为奶奶的爱、我和遥遥的姐妹情意，以及文凯的爱情都弥漫在这绿色的空气中，它们包围着我，安抚着我，让我能赎清我的罪。”

正说到这里，吱嗡一声，地下室的大门突然被人推开了，两个人慢慢走了进来，前面那个人手里拿着一把自制手枪，脸色阴狠，眼睛里闪着凶光。

第二十二章 幕后人

看到这个人的模样，齐修远猛地站起来，吃惊地低喊：“刀哥。”

果然，一脸凶恶的刀哥举着一把手枪，嘴角咧着，狠毒地狞笑。

紧跟着，他冲身后的人说道：“听到了吗？这个女人才是你要弄死的人。”

他身后那个人畏畏缩缩地跟了进来，眼睛里都是怯懦，不敢直视齐修远和路曼曼的眼睛。

当看清这个人的面目后，齐修远更是惊愕异常，满脸惊奇地喊道：“黄……黄哥。”

果然，刀哥身后正是房东老黄。

这两个人一同出现在地下室，让事情变得非常诡异，齐修远不知道他们是因为什么一同到来。

看到刀哥手里乌黑的自制手枪，齐修远感到危险临近，急忙用身体挡住桌子后面的路曼曼。

刀哥停住脚步，用手里的枪管蹭了蹭额头，死死盯着齐修远，语气凶狠："没想到吧，我没有死。"

齐修远无畏地和刀哥对视，说："你要寻仇，我奉陪，但和这个女人没关系。"

刀哥看了一眼齐修远身后的路曼曼，冷笑："这个你说了不算，我今天就是要她的命。"

"为什么？"

"为什么？"刀哥侧头看了一眼老黄，说，"那你问他。"

听到刀哥的话，老黄脸色猛地变得苍白，仍然不敢直视齐修远的眼睛。

刀哥见老黄怯懦的样子，无奈地摇了摇头，说："老黄，刚才在门口，你也都听明白了。其实你要弄死的是这个女人，她才是你的弟妹。"

齐修远听到刀哥的话，看了一眼身后的路曼曼，大声质问老黄："黄哥，你为什么要弄死她？"

老黄身体一哆嗦，脸色苍白，看了齐修远一眼，低声说："不，不，我不敢，不敢。"接着，他对刀哥说，"还是，还是算了吧。"

"算了？"刀哥狠狠地瞪视着老黄，把手里的手枪一晃，

“你说算了就算了？难道我那俩兄弟就这么白死了？”

说完，刀哥突然把枪口指向齐修远，大声说：“实话告诉你吧。我带着秃奎、老六去杀你们，就是你这个黄哥雇的。”

齐修远直盯着老黄，问：“黄哥，为什么？”

老黄身体哆嗦着，脸色异常难看，低声说：“我弟弟黄文凯死了以后，他的那套房子就被写到了我的名下。我自己那套已经炒股赔进去了，我就剩1002那套房子了，那是清华学区房，值1000多万，你那天突然告诉我找到了曼曼，她还没有死，我怕……我怕她回北京把房要走。”

“所以你就雇凶杀人，让他们一路追杀我和曼曼？”情急之下，齐修远还是把路遥遥叫成了曼曼。

老黄吓坏了，语气发颤：“也……也不是……”

一旁的刀哥突然出声打断：“不是？是你口口声声要我们弄死那个女人的。”

老黄已经满头大汗：“不，我现在改主意了。”

“你想改主意就改主意？我那俩兄弟的命谁来赔？我告诉你姓黄的，今天我必须用这女人的尸首换到佣金，而且不是200万了，是600万，因为秃奎和老六不能白死。”说着，刀哥一指路曼曼：“早知道你真的弟妹藏在这里，我们也不会千里迢迢跟他们到云南，还搭进两条命去。”

老黄抬头看了一眼齐修远身后的路曼曼，对刀哥说：“这样吧，要不我想办法给你凑齐600万，就求你别杀她了。”

刀哥听了，恶狠狠地摇摇头：“你这是在破我的规矩，我干这一行，就是拿尸首换钱，反正今天她得死在这儿。”

老黄吓得不轻，脸色煞白，已经惊慌失措了。

刀哥狞笑："都到这时候了，你想临时变卦当好人？没门儿。反正这浑水你已经蹚了，就算淹死，你也得往深里走。"说完，他把手里的枪往老黄面前一递，厉声说："我定的规矩是不亲手杀人。给，你拿着这把枪，去打死你弟妹，然后再把600万给我，结了账，我永远消失。"

老黄根本不敢接那手枪。

刀哥见状，突然把枪递到老黄手里，并大声喊："给我拿着。"

老黄一哆嗦，双手颤抖地接过手枪，表情惊惶。

刀哥手指齐修远和路曼曼，说道："去。杀了你弟妹。那个姓齐的要是敢拦着，连他一起杀。"

老黄浑身上下已经颤成一团，哭丧着脸说："我……我不敢。"

"不敢也得敢。快，打死她。"

老黄愣了一下，表情痛苦地看了一眼路曼曼，把抖动的枪口指向了她。

齐修远立刻用整个身体挡住路曼曼，眼睛不眨地看着老黄，说："黄哥，你可千万别干傻事。"

"快！两个都打死！"刀哥大声催促道。

老黄被吓得肩膀一颤，把眼睛一闭，手指就要扳动扳机。

突然，路曼曼猛地从桌子后面蹿到齐修远身前，一把把齐修远推开，大声说："大哥，你开枪吧。其实，10年前我就应该死了，你是文凯的亲哥哥，你就是真的杀了我，我也不恨你。"

老黄傻了，犹豫着不敢扳动扳机。

一旁的刀哥冷笑，大声喊："快点儿啊，开枪。"

老黄肩膀颤动，突然把身体一转，枪口冲向刀哥，怯怯地说："我……我不开枪。你……你也别逼我了，再逼我……我……我就打死你。"

"哈哈哈……"刀哥面对枪口并不害怕，而是狂肆地大笑，他慢慢地走向老黄，眼光阴狠，"好，那你就打死我吧。来啊！开枪！冲我脑门儿打！"

"你别过来，别过来。"老黄把枪口指向走近自己的刀哥，慢慢后退。

刀哥并不停步，狞笑着继续向前。

齐修远见状，知道机会来了，猛地往前一蹿，想要去夺老黄手里的枪。

老黄已经成了惊弓之鸟，听到齐修远的动静，立刻又把枪口冲向齐修远，惊惶地喊："你也别动，别过来！"

齐修远赶紧停住脚步，不再冒险上前，此刻的老黄已经高度紧张，一个小小的刺激，就会让他敏感的手指扳动扳机。

老黄又把枪口转向刀哥，激动地喊道："你站住别动了，听到没？"

刀哥阴狠地笑了笑，并没有停步，把头一探，用手指着自己的脑门，眼睛盯着老黄，说："开枪吧！杀了我，你就不用花那600万了。然后呢，我再教你个办法，你接着再打死他们，在这屋子里放一把火烧了，你那学区房就保住了。来，先打死我。"

老黄被刀哥的气势吓到了，连连后退，结果撞到书桌的柜边，双手直挺着手枪，冲着面前刀哥的脑门儿，但根本不敢开枪。

最后，刀哥已经把额头顶到枪口上了，挑眼盯着老黄，抬起右手把枪管攥住，把枪口对准自己的眉心，幽幽地说：“开枪啊，我不怕死。我身上背着十多条人命呢，已经被通缉七八年了，早晚要挨这一枪。你打死我吧。”

老黄身体僵住了，根本动弹不了。

顿了几秒，刀哥叹口气，轻轻地把手枪从老黄手里拿过来，说：“还是算了吧，罪过啊罪过，这确实太为难你了。”

枪一离手，老黄双腿一软，立刻瘫倒在书桌下，身体开始微微发颤，眼神直愣。

刀哥把手枪拿正，往后退了几步，然后把枪口对着路曼曼，说：“我那俩兄弟不在了，没人帮我动手了，看来我得破戒了。”说着，他看了一眼地上的老黄：“老黄，你是雇主，看好了，我替你把事办了，枪一响，你就准备600万吧。”

老黄眼光呆滞，已经吓傻了，根本没有回应。

刀哥又瞟了一眼齐修远，说：“打死这个女人，我交差拿钱。下一枪就是你了，我兄弟老六就死在你手里，我得给他报仇。”

齐修远冷冷地和刀哥对视，眼神无畏。

刀哥冷笑，把枪口指向路曼曼，手臂伸直，食指慢慢地扳动扳机！

“等一下。”

正在这紧急时刻，一个淡定的女人声音从门口传来。

刀哥一愣，猛地转身把枪口对向大门，只见一个女人出现在门口，她表情平静，目光幽幽，怀里抱着一个黑色纸盒，正是路遥遥。

齐修远猛地看到这个让他又爱又恨的女人，立刻惊呼道：“曼曼！”

同时，路曼曼也喊道：“遥遥！”

路遥遥看了齐修远一眼，眼神复杂，面容沉冷，轻声说：“我不是曼曼。”

“哦，我知道。”齐修远看着身形变得清瘦许多的路遥遥，说，“你是路遥遥。”

刀哥把枪口指向路遥遥，说：“好，都来齐了。今天我能把两个兄弟的仇都报了，秃奎就是被你这女人害死的。”

路遥遥并不回应刀哥，而是慢慢走进地下室，从容地把黑色纸盒放在桌上，四下看了看，喃喃地说：“姐姐，这10年，你又种了这么多植物，奶奶要是看到，会很开心的。”

路曼曼回答：“嗯，感谢你给了我这10年，让我能完成奶奶的好多心愿。”

路遥遥刚要说话，刀哥已经大声喊道：“行了。你们俩别叙旧了，说吧，谁先死？”

齐修远一把把路遥遥拉到路曼曼身边，挡在她姐妹俩身前，对刀哥说：“你不许伤害她们，直接打死我吧。”

刀哥阴冷一笑：“英雄救美是吗？那我可以成全你。可是我得先和雇主结完账再说，受人钱财，与人消灾嘛。”他看了一眼地上的老黄，问：“你说是不是？老黄。”

老黄已经彻底崩溃了，嘴一咧，呜呜地哭了起来。

刀哥低声骂：“㞞包。”

老黄抽泣着，对着齐修远说：“小齐，别恨我。我就是钱迷了心窍，我早就后悔了，可现在这样，我……我也没有办法了。”

齐修远无奈地看着可悲的老黄，已经不知道要说些什么了。

刀哥用枪一指齐修远，厉声说：“你让开，我要先打死他弟妹把账结了。再和你们俩清算秃奎和老六的账。”

齐修远下意识地拉了一下路曼曼的胳膊，把她紧紧挡在身后，说：“有种，你先冲我来。”

“好！”刀哥眼一瞪，手枪一举，“那我就先给老六报仇。”

齐修远下巴一抬，狠狠盯着刀哥，一脸无畏。

这时，他身后的路遥遥突然说道：“你等一下。”

刀哥一愣。

路遥遥一边说着，一边拨开姐姐路曼曼的阻拦，走到前面。

齐修远赶紧一拉路遥遥：“曼……遥遥，不要！”

路遥遥回头看了一眼齐修远，轻轻甩开他的手，走到刀哥面前。

刀哥恨极了路遥遥，狠狠地打量着她，问：“胆子够大，这都快死了，你还有什么可说的？”

路遥遥脸色平静，无畏地看着刀哥的眼睛，说：“这个地下室我已经10年没下来了，这里有我很多美好的回忆，我想再好好看看它。我还有一些话要和我姐姐说，等说完了，你再打死我也不迟。”

刀哥被路遥遥无惧的眼神震慑住了，僵持了几秒，冷笑着点点头：“好。那你就说吧，想说什么就说吧，我慈悲为怀，给你时间。”说完他拿起身边的一把椅子，举着枪倒退几步走到门口，坐下来把腿一跷，警惕的眼神带着嘲弄，手里的枪依然指着齐修远三人。

路遥遥轻轻叹口气，四下看了看绿植遍布的地下室，又回头看了一眼路曼曼，轻声说：“这10年，你又培养出了这么多植物，看来真的用心了。”

路曼曼点头：“好多都是奶奶科考时带回来存下的种子，这10年时间，我都把它们种出来了。”

路遥遥慢慢走到一棵绿植前，轻轻抚摸着浅绿的叶片，说：“这是龙齿草吧，我只见过它的图片，记得奶奶说过，它只能在海拔高的森林里生长。你竟然把它种活了，奶奶要是看到了，一定很开心。”

路曼曼眼里闪过一丝快乐：“是。你看，那里还有黑蚕草和九叶甜，都让我培植出来了，而且，我还发现了它们的新功效，已经添加在奶奶的笔记里了。”

路遥遥叹口气：“这应该是我们一起做的事。”

路曼曼点头：“你还记得当年奶奶说过的一句话吗？等她离开我们去木马湖后，让咱俩相互陪伴，培育出更多神奇的药草。”

路遥遥脸上隐现悲伤，一指那张长桌右侧：“我当然记得，奶奶就是在这里和我们说这些话的。”

路曼曼眼神里闪动着柔光："对，我记得奶奶一边喝着药茶，一边对咱们说的。"

"药茶？"路遥遥轻轻重复道，走到桌前拿起桌上的茶杯晃了晃，看着热气微腾的淡绿色茶液，轻轻喝了一口："嗯，还是那个味道，奶奶生前最爱喝这个药茶了，她为了研究要经常熬夜，都是靠这个药茶提神的。我记得，文凯也爱喝它。"

"是啊，文凯第一次来这个地下室做客，喝了这个药茶后，就对它赞不绝口。"

刀哥似乎有些不耐烦了，说："你们说完了没有，我让你们俩在这儿品茶呢？"

路遥遥并没有理他，而是继续在地下室徘徊，身影徐徐，一边走一边动情地说："好怀念我们小的时候，在这里守着奶奶，听她讲这里每种药草的故事，听她讲当年科考队遇到的新鲜事。"

"嗯，记得。我们上学出门前，奶奶就把那把黄铜钥匙给我们一人一把，让我们挂在脖子上。她就在这里等我们回来，每次我们打开这扇门时，都会看到轮椅上的她快乐慈祥的笑容。"

路遥遥深深吸了口气，说："对，我们从小就爱闻这里的味道，湿湿的、甜甜的，到处都是药植的清香，还有药茶的香气。"

"对啊。"路曼曼眼睛一亮，悠悠地回忆道，"还有熏香的味道，还记得吗？奶奶用药秆做的，一根可以烧很久。"

听路曼曼这么一说，路遥遥看了一眼右侧墙边的资料柜，问："那个熏香还有吧？"

“有，我一直留着舍不得点，还在那个柜子里。”

路遥遥点头，走到资料柜前，轻轻地打开柜门，先看了看柜子里的植物标本和图书，然后从里面拿出一个陈旧的纸盒，打开盒盖，从里面拿出一把干枯的植物茎秆，放在鼻子前闻了闻。

她轻轻地拿出一根，把剩下的又放回纸盒，接着走到桌前，在酒精炉边拿起一个老式煤油打火机，点燃了那根茎秆。

火苗在茎秆顶端跳跃了几下熄灭了，接着一股青烟飘荡在空气里，随后青烟渐渐散去，茎秆顶端留下一颗红色的火芯，一缕淡淡的烟气袅袅直上，同时，一股若有若无的清香飘散开来，闻到后心里一阵舒畅。

路遥遥把这根植物茎秆做的熏香插在那盆龙齿麻的泥土里，然后拿起桌上的药茶又喝了一口，深深吸了口气，动情地说：“现在这个地下室就是当年的味道了，有绿叶的气息，有药茶和熏香的香气，还有我们俩……但是，已经没有奶奶了。”说完，她的眼泪在眼眶里涌动。

齐修远看到路遥遥这悲伤的样子，心里也是一阵难过，此刻的路遥遥就像一个孤单的孩子，在熟悉的地方寻找亲人的气息，悲伤地沉浸在美好的回忆中。

刀哥已经有些不耐烦了，说道：“我怎么没闻到你说的那些味儿，只闻到那熏香的香味，不过这玩意儿确实挺好闻的。就是不知道，一会儿它能不能盖住血腥味儿。”说着，他低头看了一眼地上的老黄，大声地调侃道：“老黄，你说能不能盖住？”

老黄一哆嗦，眼神迷离，愣愣地看了一眼刀哥，弱弱地说：“哦，应该可以，应该吧。”

“哈哈哈。”刀哥放肆地大笑道，“瞧把你吓得，第一次跟我们见面那牛气劲哪儿去了？”

齐修远满眼怒火地盯着刀哥，恨不得直扑过去一拳把他打倒，但自己离他有些距离，此刻出手根本不能一击制服，还会危及路遥遥，只好压着怒火，寻找着最好的攻击时机。

路遥遥看了一眼老黄，苦笑了一下，对路曼曼说：“对了姐姐，我还带来了一样东西，在这个时候，它应该在这里。”

“什么？”

路遥遥轻叹一声，拿起自己带来的那个黑色纸盒，轻轻地打开。

当看到里面的东西后，齐修远和路曼曼都惊讶地喊了出来：“啊！”

第二十三章 遥遥的醒悟

盒子里放着一株日月花，叶片翠绿，红艳的日花和洁白的月花一起美丽地绽放着。

路曼曼眼里闪着光，快步地走了过去，一把捧起那日月花，惊喜地喃喃道：“日花和月花竟然可以一起开放了。太美了！”

而齐修远一眼就看到栽种日月花的瓶子，正是埋在大柏树下的那个玻璃瓶，心里也是猛地一疼。那天路遥遥疯狂挖土的样子再次浮现在眼前。他看了一眼此刻的路遥遥，只见她沉静地看着惊喜的路曼曼，眼里微微闪烁着激动的光。

这时，路曼曼也看到了那个玻璃瓶，脸上的惊喜变为忧伤，把玻璃瓶和日月花一起抱进怀里，低声说：“就是这个玻璃瓶，我们埋在了大柏树下的。”

路遥遥听她这么一说，苦笑了一下，嘴里念出那八个字：“路途遥漫，木马成湖。”

路曼曼叹口气：“是啊，就是这八个字，倾注了所有的爱，深埋在那棵见证爱情的大柏树下。”

路遥遥看了齐修远一眼，幽声说：“它应该继续深埋在土里，让所有的爱深埋。但挖出了它，就变成了仇恨。”

路曼曼轻轻放下日月花，眼睛呆呆地凝视着那两朵同根而生但花色不同的花朵，说：“日月花，一株双花，日夜轮番开放，同根而生，一生却无法相见。”

这时，刀哥突然大叫一声：“行啦。该看的看了，该说的说了，我可没耐心再听你们叙旧了。”说完，他从椅子上站了起来，手枪平举着，直指向齐修远三人冲来。

齐修远赶紧用身体挡住姐妹二人，直接面向刀哥。

刀哥迈了几步，突然身体一晃，脚步微微错乱，急忙停步，用力摇了摇脑袋，手里的枪也颤抖着，似乎神智有些紊乱。

同时，地上的老黄也叫道：“我……我怎么这么晕？”

刀哥稳了稳身形，眼神有些迷离，骂道：“这……这香有毒！”

老黄听到后吓得大叫：“什么？有毒？”

刀哥狠狠盯着齐修远三人，大声地说：“哼。就算毒死我，今天我也要杀了你们！”说完，他把枪口指向齐修远，用力扳动扳机。

“小心。”齐修远见刀哥就要开枪，猛地后退护住路曼曼姐妹俩。

砰！一声震耳欲聋的枪声在地下室响起，齐修远暗叫不好，下意识地把眼睛一闭，再睁开，发现自己毫发无伤，这第一颗子弹打在了左侧的墙上。

同时，刀哥低声咒骂着举枪迈步向前，但刚迈出一步，他的身体就猛地一个趔趄直接向右面歪去，像一个喝醉的人似的无法控制自己的身体。

但他还是扳动了手枪扳机。

砰！第二声枪声响起，子弹射到左面的柜子上，柜子玻璃哗啦一声碎裂开来。

刀哥开了两枪，已经再也控制不住自己的身体了，嘴里哦哦怪叫着，猛地跌倒在地上，手里的枪也啪的一声掉落到一旁。他躺在地上，胡乱扭转着想要站起来，但手脚根本使不上力气，眼睛死死地盯着齐修远三人，眼光里都是仇恨和不甘。

齐修远立刻蹿了上去，一脚把手枪踢到一边，然后眼神冷峻地看着刀哥挣扎着。

刀哥身体虽然不能动弹了，但思维并没有错乱，他快速地喘着气，狞笑了一下，杂乱不清地说着："又……又被这女人摆了一道，这个买卖……赔惨了，真惨。"

齐修远看着一脸不甘的刀哥，并不知道刀哥为什么会突然这样。他也想到了应该是路遥遥点的那个熏香的作用，但自己却没有任何不适，这让他疑惑不已。

一旁的老黄吓坏了，瘫在地上，嘴里含糊不清地喊着："我不想死啊，曼曼，看在文凯的分上，饶了我吧。你快救救我，我手脚已经不听使唤了。我不想被毒死。”

路曼曼眼里都是不忍，叹了口气，拿起桌上的水壶往杯子里倒满药茶，然后走到老黄面前，蹲下身，把茶杯放在老黄嘴边，说道：“大哥，您放心，这熏香不是毒药，只是闻到后会麻痹身体，喝一口这个药茶，就会马上恢复了。”

老黄知道这是救命之水，赶紧喝了一大口，因为喝得太急，大声地咳嗽起来。

路曼曼叹口气，把剩下的半杯药茶放在一旁的地上，起身又站回到路遥遥身边，和妹妹一起坐到桌边的椅子上。

刀哥仰面朝天，嘴里胡乱嘟囔着，口水流了一脸，身体已经瘫软不堪，只能粗重地喘气。

和他相反，老黄喝下了药茶，身体迅速地恢复过来，手脚活动了几下就晃晃悠悠地坐起来了，他看了一眼旁边的刀哥，又看了看齐修远三人，嘴张了张，却不知道该说些什么。

齐修远见危险的形势已经过去，长舒了一口气，上前把老黄扶起，让他坐在桌旁的另一把椅子上。

老黄一脸愧疚，头深深低着，面容苍白。齐修远也慢慢坐下，静静地看着一旁的路遥遥，看着这个自己深深爱恋的女人，心里千言万语翻涌着，却欲言又止。此刻，他也分不清自己对路遥遥到底是爱还是恨，只好沉默。

飘着淡淡香气的地下室，空气似乎凝固了。

路遥遥和路曼曼二人也是呆望着桌上的日月花发愣，眼波深邃，不发一言。

过了许久，路遥遥从口袋里掏出手机，拨打电话。

安静的地下室里传出“嘟——嘟——”的等待音，几秒后，听筒里传来一个女性的声音：“您好，这里是110报警服务台，请问有什么可以帮助您？”

路遥遥语气沉稳地对着话筒说：“您好，我这里是凤岗路153号，刚刚有歹徒持枪闯入我家地下室，现在歹徒已经被制服了。”

“您确定歹徒是持枪吗？”

“是的。”

“请问歹徒是几个人？”

“是……”路遥遥停住了，看了一眼坐在一旁的老黄。

老黄一脸惊恐，语气颤抖地低声对路遥遥说：“不，不要。我承认我错了，请你不要，不要……”

路遥遥轻轻叹口气，对着话筒说：“歹徒是一个人。”

接警员说道：“好。那我立刻联系附近的警力去你那里，凤岗路153号地下室，一个歹徒，持枪闯入，已制服，对吗？”

“对。”

“请保持通话畅通，您附近的警察会马上赶到，请注意安全。”

“好，谢谢。”路遥遥挂断电话。

老黄感激地看着路遥遥，说：“谢谢，谢谢你。我以后再也不会干傻事了。”

路遥遥并不回应，而是轻轻抚摸着手机，一言不发。

路曼曼看着可怜又可恨的老黄，轻轻叹了口气，说：“大哥，事情已经过去了，就不提它了。您是文凯的亲哥哥，我不会恨您的。我们那套房子，就算它真值1000多万，但和亲情相比，它也是一文不值。那套房子，我永远不会找您要回，只要您能安稳地生活，让我知道，在北京还有一个亲人，就行了。”

老黄听到路曼曼这番发自肺腑的真心话，呜呜地哭了起来，不停地说着：“好，好，我知道了，知道了。我错了，我错了。”

又是一阵沉默，四个人都是心绪翻涌，但却没有人说话，这四个人由亲情和爱情联系着彼此的关系，是那么熟悉，但又似乎十分陌生。

最后，老黄长长叹口气，说：“我觉得，我还是向警方自首吧，虽然你们原谅了我，但警察来了，刀哥还是会说出一切的，我……我这算买凶杀人。”

路曼曼安慰道：“放心吧大哥，就算他说出你来，只要我们不追究，就不会有事的。”

老黄点点头，这片刻的安静让他清醒了很多，想起了最开始和刀哥在门外偷听到的事，突然觉得此刻自己就是一个多余而可恨的人，已经没有脸面再坐在这里了，想了想，弱弱地说了句：“那我去大门口等警察，你们聊，你们聊。”说完，他落寞地站起身子，因为眩晕还没有完全散去，微微晃了晃，扶了一下桌子，慢慢起身向门口走去。

齐修远看了一眼身边坐在一起的姐妹俩，还是不知道该说什么。而桌上玻璃瓶里盛开的日月花也显得异常孤寂，红白两朵美丽的花映衬着，但又相互疏离着，显得既亲近又陌生。

突然，身后传来老黄一声恐惧的大喊：“水，水没了！”

齐修远三人吓了一跳，回头一看，只见老黄指着地上，脸上都是惊恐。

顺着他的手指看去，地上那半杯药茶已经不见了踪影。

齐修远大惊，立刻站起身，再一找，只见那杯药茶竟然攥在刀哥的手里，而里面那半杯药茶已经没了。

再找那把枪，也已经不见了踪影。

齐修远心里一惊，知道情况不妙，赶紧对路曼曼姐妹俩大喊一声："你们别动。"

话音刚落，只见刀哥猛地坐了起来，哈哈地大笑着，晃了晃左手的空茶杯，又晃了右手的手枪，狞笑道："这茶水好喝啊，太好喝了。"

齐修远万分后悔，自己一时的疏忽，让已经束手待毙的刀哥钻了空子，因为地下室到处都是大小不一的药植，叶片遮挡了他们的视线，所以坐在桌边根本看不到刀哥做出的动作。这下，形势再次对自己一方不利起来，他心一横，直向刀哥冲去。

刀哥见齐修远向自己冲来，强撑着抬起刚刚恢复的手臂，把枪口指向齐修远，根本不去瞄准就扳动了扳机。

砰！枪声再次响起的同时，齐修远觉得左肩膀一震，像被一个铁锤锤中一样，低叫一声，整个人猛地一晃。

"修远！"身后传来路遥遥的惊叫。

齐修远知道自己左肩已经中枪，但此刻已经不顾生死了，低吼了一声后，调整好重心，继续冲向刀哥。

同时，只听老黄大叫一声，猛地扑了过去，一下就抱住了刀哥的肩膀。

刀哥上身被抱住，他大声咒骂着奋力挣脱。他这是用尽全力的反抗，身心虚弱的老黄根本拗不过他，被他一下子甩到一边，刀哥猛地把枪口指向老黄，对着齐修远大喊：“别过来！过来我就打死他！”

老黄吓得双臂一挡，恐惧地大叫：“啊！”

齐修远急忙停住脚步，肩膀的剧痛也跟着传来，疼得身体一晃，扑通一声就倒在了地上。

路遥遥见齐修远倒地，立刻跑向他，俯身就要去扶。

同时，刀哥歇斯底里地大喊：“你们今天都别想活。”说完他把枪口猛地指向桌边站立的路曼曼，直接扳动了扳机。

“姐！”路遥遥见状，大声叫喊着转身用身体去遮挡路曼曼。

砰！砰！

两声枪声响过，路遥遥身形趔趄了一下，后背绽出两片血花。

“曼曼！”齐修远情急之下，还是喊出了心底最熟悉的名字。

“遥遥！”路曼曼也惊恐地大叫妹妹的名字。

叫声中，路遥遥的身体晃了两晃，慢慢委顿倒下。

路曼曼已经扑了过去，一把抱住了妹妹。

齐修远怒吼一声，忍着剧痛一跃而起，直扑向刀哥。

刀哥已经下了狠手，见齐修远再次向自己扑来，立刻就扳动了扳机，但连扳了两下，并没有听到枪响的声音。刀哥心里一惊，知道手里的自制手枪已经没有了子弹，情急之下用力把枪掷向齐修远。齐修远根本没有闪躲，手枪直接砸到他的腿上并掉落在一旁，同时刀哥撑起身体就要站起来，但他刚刚起身，齐修远就已经扑倒在他身上，两人在地上立刻扭打到一起，展开了殊死搏斗。

齐修远左手掐住刀哥的脖子，全身的愤怒都倾泻在右拳上。他的拳头用足了力量，重重地击打在刀哥的左脸上，刀哥也奋力反抗，一把就掐住齐修远流血的左肩。

齐修远疼得大叫一声，身体一歪，刀哥就势一用力就把齐修远推倒在一边，他发疯似的扑向齐修远，开始挥拳猛击齐修远的脸部。

这几拳都是置人于死地的攻击，立刻就把齐修远打得满脸是血。齐修远左肩受伤，根本使不上力，但在部队多年格斗的经验在此刻起了作用，挨了几拳后，齐修远腰一用力，一下甩开刀哥，看准刀哥的胸口，右腿用力一踢，刀哥闷叫一声，整个人就被踢飞出去，狠狠地撞在一个陶盆上面，陶盆哗啦一声就碎裂开来，里面栽种的药植被刀哥压在了身下。

齐修远不等刀哥起身，再次扑了上去，又把刀哥压在了身下，拳头带着风声重重击打着刀哥的脸颊，几下之后，刀哥的脸已经血肉飞溅。

刀哥已经被打得无力翻身，他的手四下抓着，最后抓到半个碎裂的陶盆，立刻抓起攒足了力量，狠狠地砸在齐修远的脑侧。

啪的一声闷响，齐修远被砸得向一侧倒去，头发里登时流出鲜血，眼前也是模糊一片。

紧跟着，刀哥奋力站起，蹿了一步，右脚用力踢在齐修远的心口上。同时，齐修远的双手也抱住了刀哥的右脚，用尽全力一扯一扭。咔的一声轻响，刀哥立刻发出撕心裂肺的一声惨叫，只见刀哥的右脚已经被齐修远用特殊手法扭错了位，整个右脚已经扭横过来，脚腕处筋骨凸起。

刀哥惨叫着，抱着右脚在地上打滚儿，疼痛变形的脸上冷汗和鲜血混合在一起，异常恐怖。

齐修远摇晃着站起身，飞起一脚就把刀哥踢倒在地上滚了几圈。

刀哥大声惨叫着原地扭动，再也不能起来。

这时，地下室的大门被人猛地推开，三个警察举着微型冲锋枪已经蹿了进来。走在前面的警察把枪口举起，对齐修远大声喊道："不许动！举起手，蹲下！快！"

齐修远喘着粗气，把双手举起，大声喊道："快！快叫救护车，有人中枪了。"

三个警察迅速占好位置，仔细地看了一眼每个人的情况，并把地上的手枪快速捡起。

路曼曼抱着路遥遥，眼里都是泪水，大声喊道："快啊，我妹妹中枪了。"

一个警察急问："哪个是歹徒？"

路曼曼一指还在地上打滚儿的刀哥："他，他就是！"

那个警察立刻掏出手铐，敏捷地把刀哥的双手铐在背后，然后对门口的同事喊道："赶紧叫救护车！"

那警察点头，掏出手机，一边拨打一边跑出大门。

刀哥双手被铐在背后，已经没有力气扭动身体，只是野兽一般低吼着，慢慢地，声音越来越小，已经疼得昏死过去。

齐修远趔趄着扑到路曼曼姐妹身边，低头看着虚弱的路遥遥，大声喊着那不属于她的名字："曼曼，曼曼！"

路遥遥眼神已经迷离恍惚，虚弱地看着齐修远，低声说："修远，我是不是快要死了？"

齐修远看到路遥遥后背的鲜血已经染透了路曼曼的衣裳，知道她受伤严重，急忙说道："不！你没事，你不会死的，救护车马上就到！"

抱着妹妹的路曼曼已经哭得泪水滂沱，对齐修远说："修远，你快抱着她，我去弄止血药。"

齐修远点头，急忙轻轻接过路遥遥，把她的头紧紧抱在自己怀里。

路曼曼擦了一把眼泪，站起身快速地跑到一棵药植前，发疯一样揪扯着叶子，一边揪一边说："遥遥，你坚持住，我这就给你弄草药。你放心吧，一定会没事的。"说着，她又跑到另外一棵药植前揪下一把叶子，捧着那些药叶跑到桌前，慌乱地找出捣药工具，一边哭一边捣了起来。

路遥遥抬头看了一眼齐修远，嘴角翘了翘，问："修远，我把你推下悬崖，你恨我吗？"

齐修远眼里都是悲恸的神色，用力摇头："不！不恨你！"

路遥遥虚弱地点点头，说："当时你说出那八个字的时候，我一下就失去了理智，当时觉得，你那些话是向姐姐说的。无论是文凯还是你，都爱上了优秀的她。而我就算顶替了她，也无法获得属于我的爱情。所以我在情绪狂乱之下失手把你推下了悬崖。你掉下悬崖后，我特别难过，甚至想跳下去陪你一起死了。可我看到那满崖的日月花，我知道，我还不能死，我要把姐姐安顿好，再去找你。”

齐修远眼泪流出，点头：“曼曼，你想错了，我爱的是你，一个陪伴我历尽艰辛找到木马湖的你。”

路遥遥微微一笑，说：“虽然曼曼不是我的名字，但是，我好喜欢你叫我曼曼。”

“嗯，我知道，虽然你是路遥遥，但是，那段寻找木马湖的美好时光，是曼曼陪伴着我，我们共同经历了太多快乐，也共同面对了太多危险。”

听到齐修远这么说，路遥遥泪光莹动，说：“你知道吗？修远，在那片河谷，我们一起做的鱼汤，是我喝过的最美味的鱼汤。”

齐修远向路遥遥点点头：“那以后我们还去，我还负责捉鱼，你还负责找野菜，我们会做出更美味的鱼汤的。”

路遥遥点点头：“好，我们还会去的。”

这时，路曼曼端着一碗草药泥跑了回来，她跪在妹妹身边，说：“遥遥，来，把这草药敷在你伤口处，就能把血止住了。”

路遥遥点头：“好，姐姐的药可管用了。小时候我摔倒了，磕破了皮，都是姐姐给我耐心地捣药敷药，药凉凉的，血立刻就不流了。”

路曼曼哭着点头，和齐修远小心地把草药泥敷在路遥遥背后的伤口处。

路遥遥在齐修远的搀扶下坐正身体，低声说：“还是凉凉的，特别舒服，姐姐捣的草药一直都特别管用。”

齐修远低头看了一眼，只见路遥遥流出的鲜血已经和草药泥混在了一起，不停地流在自己的身上。

路遥遥脸色越来越苍白，看着泪流满面的路曼曼，继续说道：“姐姐，把日月花和木马湖日记给我好吗？”

路曼曼点头，站起身把两样东西拿过来，放在路遥遥怀里。

路遥遥紧紧抱着日月花和木马湖日记，眼神直愣片刻，说：“多美的日月花啊，一株双花，日夜轮转开放，永远在一起，被美丽的木马湖守望呵护着。”

路曼曼已经哭得泣不成声，只能用力点头。

路遥遥手上的鲜血已经染透了玻璃瓶和木马湖日记的封面，她喃喃地低语道：“姐姐，不要恨我，我是真的羡慕你和文凯相爱的。我一直认为，文凯是这世界上最优秀的男人，永远没有人能够比他更好，但是，现在我也遇到了一个，我真的很幸运。”

路曼曼抬头看了一眼齐修远，轻声说：“是，他和文凯一样，都是优秀的男人。”

“是啊，特别优秀，和文凯一样勇敢开朗。但是我没有好好珍惜他，我太自私了。当我在大柏树下挖出这个玻璃瓶后，我还是变得偏激了。我心里深藏的对文凯的爱，让我在那一刻变得歇斯底里了。甚至他对我说出爱我的时候，我都没有醒悟，还冲动地把他推下了悬崖。这应该怪我，是我还没准备好，去面对最真心的爱。我现在准备好了，但是应该已经没有时间了，没有了。”

齐修远听到路遥遥的话，眼泪汹涌而出，低头吻了一下路遥遥的额头，动情地说：“曼曼，一切都过去了，我对你的爱是不会变的，悬崖上对你说的话，永远是真心的。”

路遥遥苍白的脸上隐隐现出一丝生机，微笑了一下，喃喃地说：“修远，你这样说，我特别开心。现在多好啊，你们都不恨我了，还是这么呵护着我，我现在就算死去，也值了。谢谢你们，我的亲人，我的爱人。”

齐修远紧紧地抱着路遥遥，已经哭得泣不成声了，感觉自己的心海在翻涌奔腾，根本无法压制。

渐渐地，路遥遥的眼睛失去了光亮，嘴里低声自语道：“修远，你再把悬崖上的那句话说给我听，好吗？这回我认真地听。”

“好。”齐修远抑制住眼泪，用沙哑和真诚的声音，对着怀里的路遥遥说道，“路途遥漫，木马成湖。曼曼，我爱你！”

路遥遥听到齐修远说出的这句话，神情变得放松了，笑了笑，虚弱地轻声道：“路途遥漫，木马成湖。真好啊，我也拥有最真的爱情了，我太开心了。姐姐，修远，我要走了，去木马湖了，奶奶在那里等着我呢，我要把这件开心的事告诉她，我会在木马湖等着你们，在开满日月花的木马湖湖畔等着你们，无论多久，我都等你们。”说到最后，她的声音越来越虚弱，最后微笑着闭上了眼睛，整个人像睡熟的婴儿一样，没有了声息。慢慢地，她怀里那朵洁白的月花，也轻轻地弯下茎秆，美丽的花瓣合在了一起，不再绽放。

尾声
路途遥漫，木马成湖

木马湖湖畔的悬崖上，山风拂动，四下松涛阵阵，一片鲜红怒放的日月花随风热烈地摇晃着。

齐修远和路曼曼并肩而立，不发一言，静静地俯瞰着美丽幽蓝的木马湖，任无尽的悲伤在心底奔涌着。

此刻蓝天清澈，阳光明亮，木马湖的颜色在它们的映衬下显得无比浓郁多彩。湖面一望无际的幽蓝里存着墨绿，泛着青色的微光，各种颜色融合错落着，变幻着。远处，那随着山形而波动着的灰绿色森林，连贯延绵着，形成了浓郁的剪影，浅白色的雾气在其间弥漫飘荡，氤氲如带。最远处的天边，那座白雪覆盖的雪山如海市蜃楼般映立在旷美的湖面之中，静穆深沉。

路曼曼眼中都是泪水，她慢慢蹲下身，把装着路遥遥骨灰的玻璃瓶埋在日月花下，旁边放着的是那本染着路遥遥鲜血的木马湖日记。

路曼曼用手轻轻捧起四周潮湿的泥土，掩埋着妹妹的骨灰。一阵风吹过，木马湖日记唰唰地翻动着，几片药叶和木马湖照片随风而起，在空中飘摇而上，像蝴蝶一样慢慢地向脚下幽深的万丈深崖坠落。

路曼曼拿过木马湖日记，紧紧抱在怀里，站起身后，眼里晶莹的泪水再次奔涌而出。

齐修远低头看着那片掩埋着爱人骨灰的泥土，心里也是悲恸而绝望。

两人继续怅然伫立，任鼓荡的山风吹动着他们的发梢衣角，看着旷阔无比的木马湖变换着动人的颜色。

突然，路曼曼轻喊了一声："修远，看，那里有一朵月花开着。"

齐修远一愣，仔细去看，果然看到在一片火红热烈的日花丛里，一朵洁白的月花正悄然绽放着。

他心里一颤，悲伤涌动。

路曼曼轻轻地穿过花丛，俯身采摘下那朵日月花，小心翼翼地拿着，回到了齐修远的身边。

两人仔细地看着这朵美丽的日月花，只见淡绿色的细叶茎秆顶端分出了两枝，红色的日花和洁白的月花同时盛开着，两朵花随风微颤，日花像火焰般热烈鲜艳，月花像晨雪般纯洁清白，互相辉映着。

路曼曼把日月花紧紧贴在心口呵护着，喃喃地说："修远，你知道吗？日月花，其实就是传说中的两生花。它开放在木马湖湖边的悬崖上。一茎双花，并蒂而长。日花在白天太阳最灿烂的时候盛开，月花在夜晚月光最明亮的时候绽放。两朵姐妹花在木马湖的映衬下互相陪伴，一生相守，日夜轮转开放。”

齐修远听到后，发出一声轻轻的叹息。

静了一下，路曼曼继续说道：“两朵花亲密无间，但一生都在各自绽放。它们拥有各自的生长时间，但互相惦念，同生共死。如果两花同时吃下，会剧毒无比。10年前，我和文凯来到了这里，立刻被这美丽的日月花所吸引，它比奶奶形容的样子还要美好，在木马湖的衬托下，无比惊艳。”

“是，我见过无数美丽的花朵，都没这日月花好看。”

路曼曼点点头：“当时文凯也是这样说的，所以他决定采摘一朵给遥遥带回去，但这日花和月花不能同时绽放，所以在白天摘下日花后，文凯又在深夜的月光里采摘到了月花。最后，他把这红白两朵姐妹花夹在了木马湖日记里，准备带回去给遥遥，我们希望她看到后，会无比开心。”

说到这里，路曼曼突然不再说话，眼里闪动着悲伤的泪光，静了静，她动情地说道：“我们回程中，因为我的一时兴起，临时改变行程，去了情人岩。在情人岩的岩头，我们俩肩并肩坐在一起，俯瞰那最美的江湾景色。我拿出木马湖日记，用文字记录下当时的心绪，文凯也陪在我身边，安静地看着我写下那些文字。谁知道，就是这最平常的举动，却带来了意想不到的后果……”说到这里，路曼曼的声音已经有些哽咽了，停止了回忆。

“后来发生了什么？”齐修远轻轻问道。

路曼曼叹口气，愣愣地看着幽蓝旷阔的木马湖，继续说：“我写完之后看着景色发呆，文凯站起来收拾我们的行囊，他刚把行囊背在肩上，突然一阵山风吹过，把木马湖日记的页面吹动开来，结果夹在日记里的那朵日花和月花被吹到了岩上，两朵花直向情人岩边飘去。我当时惊呼了一声，文凯看到后立刻跑过去追捡，结果他一不小心，和日月花一起掉下了情人岩，永远离开了我。”

听到路曼曼讲述情人岩痛失爱侣的经过，齐修远感到心里一阵难过，看着路曼曼怀里美丽的日月花，看着那壮阔幽蓝的木马湖，他无法再克制自己的悲伤心绪，不禁泪光满眼。

过了许久，齐修远长叹一口气，深情地背诵出那段内容真切深邃的文字：“在一个一生只能去一次的地方，我们所有的纯真在那里聚水为湖。湖水甘甜，清澈如爱。我们一直在寻找它，用生命向它执着行进，可随着时光衰老，世事变迁，我们离它已经越来越远，甚至背道而行。”

齐修远的声音深切悲怆，回荡在这埋葬着爱情的木马湖悬崖上。一场刻骨铭心的爱情，一个永远不能再见的人，一场充满快乐和危困的旅行，都深深蕴含在这段真切深情的文字里。

许久，他听到路曼曼在身后轻声说道：“是啊，这世间最美的湖水却充满了悲伤，这世间最艳丽的花朵却日夜两隔，永不能见。我最爱的人，我最亲的人，都已经离开了我。路途遥漫，木马成湖。一切曾经拥有的美好都融化在这幽深的湖水里，不会再有，不会再来。”

齐修远叹口气，回头望了一眼悲伤的路曼曼，但这一望之下让他心底微微一颤，只见路曼曼泪眼莹然，表情落寞悲伤，已经把日月花放在了唇边……

图书在版编目（CIP）数据

木马湖 / 宋老邪著.—南京：江苏凤凰文艺出版
社，2019.4
ISBN 978-7-5594-3280-3

Ⅰ.①木… Ⅱ.①宋… Ⅲ.①长篇小说－中国－当代
Ⅳ.①I247.5

中国版本图书馆CIP数据核字（2019）第017313号

木马湖

宋老邪 著

责任编辑 白 涵 刘洲原
特约策划 冯雪雪
装帧设计 梁 栋
责任印制 郭 晗
出版发行 江苏凤凰文艺出版社
南京市中央路165号，邮编：210009
网 址 http://www.jswenyi.com
印 刷 三河市良远印务有限公司
开 本 880×1230毫米 1/32
印 张 10
字 数 168千字
版 次 2019年4月第1版 2019年4月第1次印刷
书 号 ISBN 978-7-5594-3280-3
定 价 36.80元